Heide Hammel

Du sollst Vater und Mutter ehren

Ein Pforzheim-Krimi

Autorin:

Heide Hammel studierte Musik, Geschichte und Musikwissenschaft in Heidelberg. Sie war anschließend im höheren Schuldienst tätig, zuletzt in Pforzheim. Nach ihrer Promotion veröffentlichte sie zahlreiche Fachbücher, mehrere Publikationen zur Geschichte der Stadt Pforzheim und bisher einen Kriminalroman mit ihrem Ermittler Alfred Müller. Sie lebt in Grunbach am Nordrand des Schwarzwaldes.

Der erste Fall mit Kommissar Alfred, „Mord in der Meisenburg“, spielt in einer psychosomatischen Klinik. Er erschien als Fortsetzungsroman in der Pforzheimer Zeitung und ist im Buchhandel erhältlich.

Du sollst Vater und Mutter ehren

Ein Pforzheim Krimi

von Heide Hammel

Impressum

Autorin: Heide Hammel

Lektorat: Sandra Pfäfflin

Titelfoto: floramon, flickr

Umschlag und Satz: Christian Hammel

Das Titelbild zeigt eine lebensgroße Bronzestatue von Karl-Henning Seemann, die seit 1986 in der Pforzheimer Innenstadt steht. Der Name der Statue lautet "Männliche Figur", im Volksmund „Der Dicke“. Der Dicke ist ein beliebter Treffpunkt für Verabredungen.

Die komplette Geschichte ist frei erfunden. Alle Ähnlichkeiten mit lebenden Personen und /oder realen Handlungen sind rein zufällig.

Herstellung und Vertrieb:
Mijnbestseller B.V., Rotterdam, 2015

ISBN: 978-94-6254-117-7

1. Von Berlin nach Pforzheim

„Du spinnst“, meinte ihre Kollegin Ines, die sie zum Hauptbahnhof gefahren hatte:

„Wie kannst du nur deine Stelle kündigen und einfach abhauen? Du bist doch alt genug, um dich von deiner Mutter abzunabeln und dir in Berlin eine eigene Wohnung zu suchen. Außerdem siehst du klasse aus, bist erst 23 und hast einen festen Job – was willst du bloß in diesem Provinznest Pforzheim? Ich kann dich einfach nicht verstehen!“

Ines half ihr noch, den schweren Koffer in den Zug zu hieven, und rief ihr nach:

„Melde dich wenigstens einmal!“

Sie winkte, als der Zug abfuhr, doch Jo blickte nicht aus dem Fenster. Aus und vorbei! Sie hatte Ines nicht alles erzählt, nur dass sie in Zukunft bei ihrem Vater in Pforzheim leben würde. Dass sie diesen nie gesehen hatte, ging Ines nichts an. So wenig wie die Weigerung ihrer Mutter, die Identität ihres Vaters preiszugeben. Als sie vor einigen Jahren nach ihm gefragt hatte, erhielt sie die mürrische Antwort:

„Der ist weit weg. Frag’ mich nicht, frag mich nie wieder!“

Sie hatte es nicht mehr gewagt, das Thema noch einmal anzusprechen, auch wenn sie sich immer mehr nach ihrem Vater sehnte. Schon als Kind hatte sie sich ausgemalt, dass er sie in den Arm nehmen würde, sie trösten. Bei ihm würde sie weinen und lachen dürfen, ohne gleich als hysterisch bezeichnet zu werden. Jetzt endlich hatte sie sich aufgemacht und war auf dem Weg zu ihm.

Sie wurde in ihrer Grübelei durch lautes Baby-Gebrüll gestört. Gegenüber saß eine Mutter mit zwei kleinen Kindern und einem Säugling. Das Mädchen und der Junge rannten lärmend durch den Wagen, gelegentlich ermahnt, was die beiden aber wenig beeindruckte. Jo fand die „niedlichen Kleinen“ überhaupt nicht lustig und noch weniger das brüllende Bündel Mensch, das die Mutter nun auspackte, um ihm unauffällig eine neue Windel zu verpassen.

Jo erinnerte sich, wie ihre Mutter reagiert hatte, als sie – es musste zu Beginn ihrer Schulzeit gewesen sein – Bettnässerin geworden war. Sie hatte sich so sehr geschämt. Ihre Mutter hatte ihr jedes Mal das feuchte Betttuch vor die Nase gehalten und gebrüllt:

„Da! Da kannst du riechen, was für ein Stinktier du bist!“

Später hatte sie ihr immer wieder gedroht, sie in ein Heim zu stecken, wo es zum Essen nur Erbsensuppe und trockenes Schwarzbrot gebe und sie mit den vielen anderen bösen Kindern in einem riesigen, kalten Saal schlafen müsse. Mit zunehmendem Alter hatte Jo die blinden Drohungen ihrer Mutter durchschaut, doch waren Angst und Misstrauen geblieben. Sie hatte wohl damals angefangen, ihre Mutter zu hassen, auch wenn sie sich bemühte es nicht zu zeigen. Sie strengte sich an, der Mutter keine Gelegenheit mehr für Feindseligkeiten zu geben, befolgte die zahlreichen Anweisungen widerstandslos und meistens stumm. Sie konnte alles nur durchhalten, weil sie ihren Kummer und ihre Sehnsüchte ihrem Tagebuch anvertraute, das sie sorgfältig in immer wechselnden Verstecken verbarg.

Der kleine Junge gegenüber quengelte laut. Es gefiel ihm nicht, dass seine Mutter sein mit Schokolade verschmiertes Gesicht mit einem feuchten Tuch abrieb.

Unwillkürlich strich sich Jo übers Gesicht, von einer schrecklichen Erinnerung gequält. Sie musste wohl 15 oder 16 Jahre alt gewesen sein, als ihr Tagebuch von der Mutter gefunden, gelesen und dann völlig zerrissen in den Mülleimer geworfen wurde. Statt aus Scham im Boden zu versinken, wurde sie von einer bodenlosen Wut gepackt. Was sie alles unter Tränen gebrüllt hatte, daran konnte sie sich nicht mehr erinnern. Nur noch, dass sie plötzlich auf dem Boden lag mit einem nassen Handtuch auf dem Gesicht. Sie fühlte immer noch diese schreckliche, nasse Kälte, die sie auch bei dem Psychotherapeuten spürte, zu dem ihre Mutter sie geschleppt hatte. Ein Mann, zu dem sie nie Vertrauen gefasst und der sie ständig vor einem „illusionären Vaterbild“ gewarnt hatte.

Aber jetzt – sie strich sich erneut mit beiden Händen übers Gesicht – war ihre Haut warm und weich. Jo starrte aus dem Fenster. Die Landschaft war langweilig und es regnete leicht. Der Mann gegenüber musterte sie ausgiebig, taxierte sie mit Blicken. Sie fand das unangenehm und zog einige Prospekte und den Stadtplan von Pforzheim aus der Tasche. Ach ja, die Sehenswürdigkeiten der „Goldstadt“. Angeboten waren mehrere Rundgänge, Besichtigungen des Reuchlinhauses mit dem Schmuck-Museum, Fahrten mit dem Tretboot, ein Wildpark und viele Wanderwege.

Während sie die Prospekte betrachtete, hatte der Mann es aufgegeben, sie zu mustern. Er griff jetzt zu seinem Handy und führte ein lautes Gespräch. Der oder die Angerufene musste schwerhörig sein. Auch die entfernter Sitzenden wussten jetzt, dass der Zug in Braunschweig pünktlich abgefahren sei, dass er wegen der Osterferien aus allen Nähten platze. Er hoffe trotzdem, rechtzeitig in Kassel anzukommen. Nein, in Braunschweig war das Wetter recht gut. Er habe im Speisewagen eine Kleinigkeit gegessen. Ja, er würde nachsehen und die anderen anrufen. Er beendete sein Gespräch mit „…ich dich auch“. Dann wählte er erneut und wiederholte fast wörtlich sein Geschwätz, allerdings ohne die letzte Floskel. Als er wieder wählte, wurde es Jo zu viel. Sie griff entnervt nach ihrem Handy und rief ihre Großmutter in Pforzheim an. „Kein Anschluss unter dieser Nummer!“ Doch diese Ansage störte Jo im Moment nicht. Sie brüllte, Oma solle doch bitte ihr Hörgerät anschalten, machte eine kurze Pause, um dann kaum leiser fortzufahren. Ja, der Zug sei pünktlich in Berlin abgefahren, leider müsse sie in Karlsruhe umsteigen, um innerhalb von fünf Minuten den Interregio nach Pforzheim zu erreichen. Nein, Oma solle keine Spätzle machen, eine Gemüsesuppe wäre prima. Dann erkundigte sie sich noch nach Omas Problemen mit den Bandscheiben und nach der Arthrose in den Knien. Sie vergaß nicht, zwischen ihren Floskeln längere oder kürzere Pausen einzulegen, die das Telefonat so wirkungsvoll verlängerten, dass ihr Gegenüber sich resigniert mitsamt seinem Handy ans andere Ende des Waggons verzog.

Was war mit Oma? Sie hatte Ihre Großmutter nur einmal vor vielen Jahren gesehen. In Erinnerung war Jo allerdings das Wort „Schpätzle“ geblieben, das sie bei Omas kurzem Besuch in Berlin aufgeschnappt hatte. Sie wusste auch noch, dass sie ihr

Süßigkeiten geschenkt hatte und, wenn sie sich recht erinnerte, ihr abends vorgelesen hatte. Schade! Sie war ganz plötzlich abgereist. Warum, wusste Jo nicht, doch konnte das Süßigkeitenverbot ihrer Mutter nicht der einzige Grund gewesen sein. Dennoch, auch wenn sich die Telefonnummer geändert hatte – das Adressbuch von Mutter war alt –, würde sie ihre Großmutter ausfindig machen. Die würde ihr sicher helfen, ihren Vater zu finden.

In Kassel wurde es ruhiger. Der Handy-Quassler und auch die Mutter mit den nervigen Kindern waren ausgestiegen. Jo geriet wieder ins Grübeln. Je länger sie darüber nachdachte, umso unverständlicher wurde ihr die Geschichte mit Mutters Ossi-Freund. Als der überraschend bei ihnen eingezogen war, hatte sie sich anfangs gefreut. Denn ihre Mutter hatte nur noch Augen für Jürgen, blühte richtig auf, und ließ sie jetzt meistens in Ruhe. Eines Tages, als sie von der Schule kam, war der sächselnde Mitbewohner verschwunden. Ihre Mutter saß heulend in der Küche – ein Bild, das sie nicht vergessen konnte, denn sie hatte vorher ihre Mutter noch nie weinen sehen.

Noch schlimmer war, dass sich Mutter seither so veränderte. Sie klammerte sich immer mehr an ihre Tochter. Mit Abscheu dachte Jo an ihre dämlichen Phrasen zurück wie: „Kind, lass mich nie im Stich!“, oder auch: „Du bist der einzige Mensch, den ich habe“. Diese verbitterte Frau setzte sie immer mehr unter Druck und betrachtete sie ganz und gar als ihr Eigentum. Nein, sie war niemals eine liebevolle Mutter gewesen, wie Jo sie aus Romanen und Filmen kannte. Und jetzt diese Erpressung!

ambivalente Bindung

Was hatte Ines gesagt? Eine eigene Wohnung? Hoffnungslos! Mutter würde sie nie in Ruhe lassen. Jo sah nur einen einzigen Ausweg: Weg von Berlin! Sie hatte behauptet, zu einem zweiwöchigen Fortbildungskurs für Arzthelferinnen nach Frankfurt zu fahren. Voller Bitterkeit dachte sie an Mutters Weigerung, sie Medizin studieren zu lassen, weil sie selbst -mit einem Kind am Hals - auch nicht hatte studieren können. Jo war sich sicher, dass ihr Vater ihr ein Studium erlaubt hätte. Vielleicht war es ja noch nicht zu spät.

Vor zwei Wochen, als ihre Mutter ein paar Tage im Krankenhaus war, hatte sie deren Schränke und Kommoden durchwühlt. Sie fand keinen Hinweis auf ihren Vater, der in ihrer Geburtsurkunde als „unbekannt" vermerkt war. Trotzdem – sie grinste bitter – konnte sie nicht das Ergebnis einer unbefleckten Empfängnis sein. Sie hatte zurückgerechnet: Geboren im März 1985, musste sie also im Juni 1984 gezeugt worden sein. Ihre Mutter war jedoch erst im September 1984 von Pforzheim nach Berlin gezogen. Demnach musste ihr Vater in Pforzheim gelebt haben und hoffentlich noch dort leben – was nicht allzu schwer herauszufinden sein dürfte. Einige alte Dokumente, Briefe und ein paar Postkarten, die sie unbesehen eingesteckt hatte, würde sie noch heute in aller Ruhe durchsehen. Übers Internet hatte sie in Pforzheim eine möblierte Einzimmerwohnung gemietet und auf dem gleichen Weg auch einen Job gefunden. Sie würde nicht aufgeben!

Auf der Zug-Toilette kontrollierte Jo ihre Frisur und machte sich mit ein wenig Make-up zurecht. Sie fand ihr Aussehen nicht schlecht. Zwar sah sie ihrer Mutter sehr ähnlich, hatte deren schwarze Haare gerbt, aber zum Glück nicht die dunklen Augen. Vermutlich stammten die blauen Augen von ihrem

Vater. Im Gang war ein größerer Spiegel, vor dem sie ihre Figur musterte. Papa würde sich freuen, so eine hübsche, schlanke Tochter zu haben.

Leider hatte der Zug in Frankfurt dann doch fast zehn Minuten Verspätung. Die Zugbegleiterin meinte, bis Karlsruhe könne die Verspätung aufgeholt werden, was dann aber nicht der Fall war. Sie sah den Anschlusszug auf Gleis 10 gerade noch davonfahren. Als sie sich an den Info-Schalter in der Bahnhofshalle wandte, erhielt sie „zum Trost“ einen Kaffee-Bon. Den schauerlichen Kaffee holte sie sich dann an dem ebenso schauerlichen Kiosk. Sie hatte Hunger, aber die Würstchen und die in Frischhaltefolie verpackten belegten Brötchen erschienen ihr genauso alt und heruntergekommen wie die mit Verkaufsbuden zugestellte schmutzige Halle.

Endlich, nach fast einer Stunde Wartezeit konnte sie in den Interregio nach Pforzheim einsteigen. Neugierig blickte sie aus dem Fenster. Sie fand die grüne, hügelige Landschaft reizvoll. Es sah so friedlich aus. Sie freute sich darauf, dass ihr Vater ihr mehr von dieser schönen Gegend zeigen würde.

Nach dem Aussteigen in Pforzheim spürte sie ihre Müdigkeit, die sich zur Erschöpfung steigerte, als sie feststellte, dass sie ihr Gepäck die Treppe beim Bahnsteig hinunterschleppen musste. Nirgends eine Rolltreppe! Aufwärts gab es zwar ein Kofferband, aber offenbar funktionierte es nicht, denn die Entgegenkommenden schleppten ebenfalls ihr Gepäck. Am Ende der Unterführung befand sich wieder keine Rolltreppe, aber wenigstens ein Kofferband mit einem weißen Pfeil, der nach oben zeigte. Erleichtert hievte Jo ihren Koffer darauf, doch auch dieses Band bewegte sich nicht. Vielleicht war Oma deshalb nie wieder nach Berlin gekommen? Alte und Behinderte schienen hier vom Bahnverkehr ausgesperrt. Im Stillen leistete sie dem Karlsruher Bahnhof Abbitte, denn die Unterführung in Pforzheim stank noch mehr und war wesentlich schmutziger. Nannte sich Pforzheim in den Prospekten nicht Gold- und Schmuckstadt?

Sie musste dringend auf die Toilette, fand diese endlich an der Kopfseite des Gebäudes. Es gab keine Toilettenfrau, nur einen schmutzigen Vorraum, wo sie das Gepäck eventuell abstellen konnte. Die Toilette selbst war alles andere als ein Schmuckstück. Jo ekelte sich und schleppte ihr Gepäck ihren Koffer zurück und stieg vor dem Bahnhof in ein Taxi.

Der Fahrer war ein junger Mann in ihrem Alter. Als sie ihm die Adresse nannte, meinte er:

„Erbprinzenstraße? Also, Sie werden sehen: Viel hat der Prinz nicht geerbt. Keine feine Gegend, aber immerhin“, feixte er, „nah am Gefängnis.“

Jo musste ihm während der Fahrt innerlich zustimmen. Viele heruntergekommene, aneinandergeklebte Alt- und neuere Bauten, kaum ein Geschäft und einige schlampige Gestalten, die dem Taxi hinterher starrten.

„Ist das hier die Altstadt?“

„Nein, das ist die Oststadt. Eine Altstadt gibt es in Pforzheim nicht. Die wurde 1945 vollständig zerbombt.“

Als sie an der richtigen Hausnummer ankamen, gab sie ihm ein großzügiges Trinkgeld und bat ihn, den Koffer in den ersten Stock bis zur Wohnung mit dem Türschild „A. Schmitt“ zu tragen.

Neugierig sah er zu, wie sie den Schlüssel aus der Tasche zog. Tatsächlich, er passte. Gern hätte der Taxifahrer noch einen

Blick in die Wohnung geworfen, was Jo aber verhinderte. Schnell ließ sie sich noch den Weg zum nächsten Supermarkt und zur Bus-Haltestelle erklären. Die Wohnung, für die ihr diese Frau Schmitt den Schlüssel zugeschickt hatte, war weniger schlimm, als sie in dem schmuddeligen Treppenhaus befürchtet hatte. Sie glich einem billigen Hotel-Einzelzimmer, doch befand sich gegenüber dem Bett eine Küchenzeile mit Herd und Kühlschrank. Der Toilettenraum mit Dusche war sauber. Handtücher hatte sie mitgebracht, ebenso Bettwäsche und Geschirrtücher. Auf einem kleinen Tisch mit einem Stuhl davor stand ein verstaubter Kunstblumenstrauß und in der Ecke ein Fernsehgerät.

Obwohl sie müde war, ging sie zum Supermarkt, um sich mit dem Notwendigsten einzudecken. Danach starrte sie – die Tiefkühlpizza bruzzelte im Backofen – ratlos auf den Stadtplan.

Wo und wie sollte sie anfangen? Jo legte den Stadtplan zur Seite und holte aus dem Rucksack die Plastikhülle, in die sie die Sachen aus Mutters Schränken hineingestopft hatte. Die Kontoauszüge schienen vorerst uninteressant, aber vielleicht konnte das Bündel alter Briefe weiterhelfen. Sie sortierte sie nach Datum, soweit es erkennbar war. Der jüngste war vom Mai 1984, in dem eine Tante ihren Besuch in Pforzheim ankündigte. Bevor sie diesen wegwarf, notierte sie den Absender. Man wusste ja nie! Einige ältere Briefe waren von ihrer Großmutter, die sie an ihre Mutter während verschiedener Landheimaufenthalte geschickt hatte. Omas Briefe wimmelten von Ermahnungen, sie solle ja keinen Alkohol trinken, sich nicht mit Jungs einlassen, sich warm anziehen und nicht vergessen, abends zu beten. Offenbar war ihre Großmutter eine fromme Frau, doch ließ sich aus den Briefen auch liebevolle Fürsorge erkennen. Der älteste Brief, fast vergilbt, stammte von ihrem Großvater, der früh verstorben war. Er schrieb an ihre Mutter aus einer Klinik in Bad Kissingen. Es sprachen so viel Liebe und Sehnsucht nach seiner Familie aus seinen Zeilen. Vielleicht war ihr eigener Vater auch Pastor geworden? Mitten unter den Briefen fand sie eine nicht abgeschickte, alte Geburtstagskarte an eine Frau Bärbel Janatz in Pforzheim und einen gefalteten Zettel ohne Datum. In sorgfältiger Schülerschrift geschrieben sah er aus, als wäre er aus einem Schulheft gerissen worden. Vielleicht war er während des Unterrichts geschrieben und weitergereicht worden? So etwas war auch in ihrer Klasse üblich, auch wenn sie selbst immer nur Postbote gewesen war. Sie strich den Zettel vorsichtig glatt:

Hallo Anne,

warum warst du gestern nicht in der Chorprobe? In Prag bist du mir immer aus dem Weg gegangen. Da hast du dich immer an Banni und seine Kumpels gehängt. Auch Bärbel hat das beobachtet und fand es nicht gut. Sie und ich, wir könnten dir einiges über diesen Angeber erzählen, Dinge, von denen du keine Ahnung hast. Mach dir klar, dass der alle Mädchen anbaggert und dann abhaut. Bleibt es bei unserer geplanten Radtour nach Wildbad? Ich würde mich sehr freuen. Du weißt, warum. Gib mir bitte Bescheid.

Udo

Sie war verblüfft. Ihre Mutter eine Chorsängerin und auf einem Fahrrad? Unvorstellbar! Der Zettel musste über 25 Jahre alt sein. Er war vermutlich zufällig unter Mutters Papiere geraten und so der Vernichtung entgangen.

Wer war dieser Banni, wer waren Udo und Bärbel Janatz?

Zu der fast verbrannten Pizza schenkte Jo sich ein Glas Rotwein ein. Morgen würde sie zum Einwohnermeldeamt gehen, das Tourismusbüro suchen und sich vor allem ein paar neue Klamotten kaufen. Ihre Mutter war selbst schuld, wenn sie soviel Bargeld in der Kommode aufbewahrt hatte, statt es auf die Bank zu tragen.

Jo musste in den nächsten Wochen mit der Summe auskommen, die sie vor der Abreise aus Mutters Geldkassette gestohlen hatte. Wenn sie von dem angeblichen Fortbildungskurs nicht nach Hause zurückkam, würde ihre Mutter sie sicher als vermisst melden und den Diebstahl anzeigen. Jo rutschte vor Müdigkeit und plötzlicher Angst fast von dem unbequemen Küchenstuhl. Als sie sich kurz danach ins Bett legte, wurde sie plötzlich wieder von dem Gefühl eines nassen kalten Handtuchs im Gesicht überwältigt. Sie stand noch einmal auf, warf den Kunstblumenstrauß in den Mülleimer und trank ein weiteres Glas Rotwein. Der tat seine Wirkung. Sie sackte weg.

2. Ein Fall für Alfred und Margot

Auch im neuen Pforzheimer Polizeigebäude teilte sich die Kriminalkommissarin Margot Meister mit ihrem Kollegen Alfred Müller ein Büro. Sie waren seit langem ein eingespieltes Team – manchmal auch außerhalb der Dienstzeit. Alfred war heute früher gekommen, weil er nach dem Frühstück so schnell wie möglich vor seiner Ehefrau Emma geflüchtet war. Warum musste sie ihm ausgerechnet schon um 7.30 Uhr eine Predigt über seine Versäumnisse halten? Heute hatte sie nur ein Thema: Die gestrige Abendeinladung bei Bekannten, zu der Alfred kurzfristig seine Teilnahme abgesagt hatte.

„Du kannst mir nicht weismachen, dass in eurer Verbrecher-abteilung so viel los ist. In der Zeitung stand jedenfalls nichts. Du sitzt eben lieber mit der Schnepfe im Büro, als mir zuliebe einmal früher Schluss zu machen.“

Alfred hatte sich erhoben. Während er zur Tür ging, drehte er sich noch einmal zu ihr um:

„Leider hast du noch immer keine Ahnung von unserer Arbeit. Und außerdem, die Schnepfe, wie du sie nennst, ist Kriminalhauptkommissarin."

Emma hatte beleidigt geschwiegen, doch Alfred wusste, das Schweigen würde nicht anhalten. Als er gerade die Tür hinter sich schließen wollte, hatte sie ihm nachgerufen:

„Vergiss wenigstens nicht, dass wir heute Abend eine Abo-Vorstellung im Theater haben!“

Bis zu Margots Ankunft sah er noch einmal das Material über den Brand einer Wohnung in der Nordstadt durch, bei dem eine Frau umgekommen war. Auch einige der darüber liegenden Wohnungen waren vorübergehend unbewohnbar geworden, was zu heftigen Protesten der Mieter führte. Seine Abteilung der Mordkommission kam in diesem Fall einfach nicht voran. Nach den Ergebnissen des Erkennungsdienstes, der KTU und der Spezialisten der Feuerwehr war die Ursache eindeutig Brandstiftung. Verdächtigt wurde der Ehemann der Toten, der kein Alibi hatte. Dass seine Frau die Scheidung eingereicht hatte, konnte ein Motiv sein, aber bisher war ihm nichts nachzuweisen. Vielleicht müssten sie ihn härter anfassen, um ein Geständnis zu bekommen? Alfred, der seinen Beruf mit dem Ziel ergriffen hatte, sich für Gerechtigkeit einzusetzen, hasste es, wenn Verbrecher oder gar Mörder frei herumliefen.

Er seufzte und brummte „Verdammter Mist" vor sich hin, als Margot zur Tür hereinkam. Erst als sie sagte: „Soll ich gleich wieder gehen?", bemerkte er sie überhaupt.

Alfred grinste sie an, erklärte ihr den „verdammten Mist" und blickte, als suche er die Lösung durch eine himmlische Eingebung, an die Decke. Margot ahnte, was jetzt wieder kommen würde:

„Wie kann man nur so furchtbar hohe Decken bauen? Hat denn in den 50er Jahren kein Mensch an die Heizkosten gedacht? Und überhaupt, dieser Schlauch von Zimmer! Was an Breite eingespart wurde, soll wohl mit Länge ausgeglichen werden."

„Mach mal halblang", warf Margot ein, „du bist schließlich auch ein Produkt der 50er Jahre, auch wenn dir eine gewisse Patina fehlt."

Sie betrachtete ihn. Seit er aus der psychosomatischen Klinik zurück war, sah er viel besser aus. Sein Bauch war fast verschwunden, auch sein Gesicht war schmaler geworden. Erfreulicherweise hatten ihm die Psychofreaks seinen gutmütigen Charme nicht wegtherapiert.

Sie berieten noch eine Weile ihr weiteres Vorgehen gegen den mutmaßlichen Brandstifter, ehe Margot auf den neuen Staatsanwalt Dr. Badenmaier zu sprechen kam.

„Auch wenn es deine badische Seele schmerzt, Alfred, er kommt aus Stuttgart."

In diesem Moment klopfte es an die Tür und ein gut aussehender Mann in erkennbar teurem Anzug und Krawatte trat ein. Während Margot noch dachte: „Wenn man den Esel nennt", ging der groß Gewachsene auf Alfred zu und stellte sich vor:

„Ich nehme an, Sie sind Kriminalkommissar Müller? Ich bin Staatsanwalt Dr. Badenmaier, mit ai, und hoffe auf gute Zusammenarbeit." Als er Alfred lächelnd die Hand hinstreckte, stand dieser auf, um ihm ebenfalls die Hand zu reichen. Während sie sich gegenseitig musterten, läutete das Telefon. Margot hob ab, hörte einen Moment lang zu und antwortete:

„Okay, wir kommen", und zu beiden gewandt:

„Ein Toter, vermutlich ermordet, liegt im Wald zwischen dem Gasthaus Hermannsee und dem Büchenbronner Aussichtsturm. Eine Wandergruppe hat ihn gefunden."

„O je", kommentierte Alfred, „so etwas nennt man auch Spurenbeseitigungs-Team. Wie viele Wanderer waren es denn?"

„Keine Ahnung! Die Polizei, der Erkennungsdienst und ein Arzt sind bereits unterwegs. Also los!"

„Ich erbitte mir Ihren baldigen Bericht“, rief ihnen Dr. Badenmaier noch nach, war sich aber nicht sicher, ob sie ihn noch gehört hatten.

Als sie am Gasthaus Hermannsee ankamen, standen die Wanderer auf dem Parkplatz und unterhielten sich aufgeregt. Während Alfred und Margot aus dem Auto stiegen, verstummten die meisten und starrten sie an. Ein Mann mittleren Alters mit Rucksack und festen Wanderstiefeln ging auf die beiden zu und stellte sich als Wanderführer vor. Alfred zwang sich, dem Gestiefelten zuzuhören, der sie mit ausgebreiteten Armen am Weitergehen hindern wollte:

„Sie können hier nicht weiter. Da oben wimmelt es von Polizisten. Wir haben im Wald einen Toten gefunden. Das heißt, eigentlich habe ich ihn unter den Büschen entdeckt. Ich musste mal dringend.“

Margot und Alfred zeigten ihm ihre Ausweise, woraufhin der Mann sich entschuldigte:

„Wissen Sie, ich schaue mir im Fernsehen gerne Krimis an. Ich weiß auch deshalb, dass es darauf ankommt, keine Spuren zu verwischen. Ich habe darauf geachtet, dass niemand den Hauptweg verlässt, um sich den Toten anzusehen. Auch ich selbst habe den Toten nicht berührt. Aber meiner Ansicht nach ist er ermordet worden.“

„Woher wussten Sie denn, dass der Mann tot ist?“

„Gnädige Frau, das war sonnenklar. Alles voller Blut! Und – wissen Sie – ich bin Krankenpfleger und erkenne, wann nichts mehr zu machen ist.“

Margot ließ sich seine Adresse geben und bat ihn, sich mit der Gruppe beim Gasthof aufzuhalten, bis sie und ihr Kollege vom Tatort zurück wären. Einige der Wanderer meckerten über den Zwangsaufenthalt, folgten jedoch der Anweisung.

Der Krankenpfleger musterte Alfred und Margot abschätzend und empfahl ihnen, bis zum Turm mit dem Auto zu fahren, denn der Fußweg dorthin sei sehr steil. Oben zeigte ihnen der Einsatzleiter den Zugang zum Tatort, der bereits mit Plastikband weiträumig abgesichert war. Neben dem Toten, der blutüberströmt auf dem Bauch im Unterholz lag, kniete Karl Braun, der Chef des Erkennungsdienstes. Der winkte ihnen zu und spulte – wie immer hektisch – seine Erkenntnisse ab:

„Vier Schüsse in den Rücken aus unmittelbarer Nähe. Entweder war der Mörder ein Dilettant oder er handelte im Affekt. Vielleicht beides? Näheres kann ich euch aber erst…ihr wisst ja…Wenn ihr fertig seid, gebt mir Bescheid. Der diensthabende Arzt ist unterwegs – müsste jeden Augenblick hier sein. Von mir aus kann die Leiche abtransportiert werden. Hier, in diesem Gestrüpp kommen wir nicht weiter.“

„Halt! Nicht so schnell, Herr Braun! Vielleicht können Sie uns sagen, wie lange ungefähr der Tote Ihrer Meinung nach hier gelegen hat, ob er hier gestorben ist oder vielleicht hertransportiert wurde?“

Braun, der aus verschiedenen Gründen Alfred nicht leiden konnte, antwortete mürrisch:

„Er ist seit mindestens zwölf Stunden – eher länger – tot. Hätten Sie, Herr Müller, ihn vielleicht hierher transportieren können, womöglich auf den Armen durchs Unterholz? Der Mann wiegt mindestens 75 Kilo. Außerdem, Sie sehen es ja, um den Mann herum ist alles rot und in der weiteren Umgebung haben wir keinerlei Blutspuren gefunden. Meine Leute haben auf dem Boden vier Patronenhülsen und zwei Projektile entdeckt. Sie suchen weiter, aber die restlichen Kugeln können auch im Körper des Mannes stecken. Übrigens nichts Auffallendes, 9mm Pistolenmunition, Details muss das Labor klären." Bevor sie den Toten auf den Rücken drehten, hatte Braun dessen Gesäßtaschen durchsucht und einige zerdrückte Geldscheine gefunden, die ursprünglich zu einer Rolle geformt waren. Ein Hinweis auf die Identität des Ermordeten war ebenso wenig in den Taschen des Jacketts zu entdecken. Jedoch steckte in der verkrümmten Hand des Toten ein Büschel blonder Haare, die sie – wie schon das Geld – in eine Plastiktüte packten.

„Was mich wundert, ist, dass der Tote offenbar kein Handy dabei hatte. Es fehlt auch ein Schlüsselbund, wenigstens einen Autoschlüssel müsste er doch haben. Der sieht bestimmt nicht wie ein leidenschaftlicher Wanderer aus." Braun grinste:

„Er trägt weder Wanderstiefel noch Kniebundhosen, womit sich manche Pseudoalpinisten auch für den Aufstieg auf den Aussichtsturm, immerhin mindestens 200m, ausrüsten. Ha, ha"

Alfred, der sich über den arroganten Ton Brauns wieder einmal ärgerte, bot an, noch einmal persönlich den Platz um den Aussichtsturm nach einem Handy abzusuchen, was der Erkennungsdienstler jedoch dankend ablehnte.

Alfred betrachtete den Toten genauer. Soviel man sehen konnte, war er ein gutaussehender Mann. Nach seiner Schätzung so um die Vierzig, athletisch gebaut. Offenbar regelmäßiger Besucher eines Fitness-Studios und – wie er aus der Gesichtsfarbe schloss – auch eines Sonnenstudios. Der Tote war blond und starrte sie aus erloschenen blauen Augen an. Teure Schuhe, Edeljeans und das Designer-Jackett sprachen von gutem Geschmack in Klei-

Was hat teure Kleidung mit Geschmack zu tun?

dungsfragen. Sein Gesicht hatte markante männliche Züge. Vielleicht war die Nase ein wenig zu groß. Er fragte Margot: „Würdest du ihn als schönen Mann bezeichnen?“

Sie grinste ihn an: „Ja sicher, doch wäre sein Aussehen für mich kein Grund, ihn zu erschießen, obwohl ich,“ sie unterbrach sich:

„Da! Ist dir aufgefallen, dass sein Hosenschlitz offen ist?“

„Vermutlich ging es ihm wie dem Wanderführer: Falls es stimmt, war er nicht allein unterwegs, sonst hätte er sich zum Pinkeln wohl nicht in die Büsche geschlagen?“

„Vielleicht! Es kann aber auch sein, dass er sich vor Spaziergängern verbergen wollte, obwohl Männer da weniger Hemmungen haben als Frauen. Wie würdest du dich verhalten?“

Alfred meinte: „Kommt darauf an, wer dabei ist. Jedenfalls könnte sein, dass er deshalb nach vorne gebeugt war und auf den Bauch gefallen ist. Braun wird sicher über all seine Erkenntnisse ausführlich dozieren.“

Inzwischen war der Notarzt angekommen. Nachdem er den Totenschein ausgestellt hatte, wurde die Leiche abtransportiert. Braun versprach noch, so bald als möglich die ersten Ergebnisse zu liefern, und verabschiedete sich.

Die Befragung der Wanderer, die im Garten des Gasthauses an dem kleinen, künstlichen See standen, blieb wie erwartet ohne Ergebnis. Was sollten sie auch von dem Verbrechen mitbekommen haben? Einige der Teilnehmer waren sehr verärgert, weil die Wanderung nun endgültig abgesagt wurde. Erbost fragte eine rüstige Rentnerin: „Wer bezahlt mir jetzt die 10 Euro? Und wie soll ich überhaupt heimkommen?“

Der Wanderführer beruhigte sie. Er habe bereits den Bus bestellt, und selbstverständlich werde die „Pforzheimer Zei-

Wohl 2007 schon populistisch und viele Tote in der Zeitung

tung“ die Ausgaben erstatten oder für eine andere Tour gutschreiben. Als Alfred erfuhr wer der Veranstalter dieser Wanderung war, bat er den Gestiefelten, der inzwischen ziemlich verschwitzt aussah, die Lokalredaktion vor einer voreiligen Sensationsmeldung zu warnen. Das wäre eine Behinderung der Ermittlungen, sei also strafbar. Eine Bitte an die Teilnehmer, über die Ursache des Abbruchs der Wanderung zu schweigen, erschien ihm sinnlos. Die würden sicher genüsslich Gerüchte verbreiten. Es war ja sonst nichts los.

Als die Wandergruppe in den Bus gestiegen war, blieben Margot und Alfred noch kurze Zeit vor dem Eingang des Gasthauses stehen. Die Ruderboote lagen wie immer am Ufer, obwohl der See eher ein Teich war. Alfred erzählte, dass er und seine Kumpels zum Ärger des Wirtes vor vielen Jahren bei einem Klassenausflug den „See“ zu Fuß durchquert hatten, aber nur bis zur Hüfte nass geworden waren.

Margot begrüßte freudig das alte Kinder-Karussell, mit dem sie als Kind so gerne gefahren war. Alfred musterte sie von oben bis unten und bemerkte schmunzelnd:

„Heute würdest du da nicht mehr hineinpassen.“

Sie lachten beide, wurden aber sofort ernst, als sie die Gastwirtschaft betraten. Die dunkle Holzdecke des Gastraums, die Fenster mit Blick auf die Terrasse, die großen Tische mit den bequemen Stühlen, die auch beleibten Gästen genügend Sitzfläche boten, alles war wie immer: heimelig und gemütlich. Und wie immer stand die kleine, freundliche Wirtin hinter dem Tresen. Sie hatte ein gutes Gedächtnis und begrüßte die beiden wie alte Bekannte:

„Schön, dass Sie au mal wieder komme. Leider macht die Küch erscht in einer halbe Schtund auf, aber Sie könne ja scho mal was trinke. Eine Schorle für Sie, Frau Meister, und für Sie, Herr Müller, wie immer ein Weizenbier?“

„Nein danke“, wehrte Margot ab, „wir sind dienstlich hier und müssen Ihnen ein paar Fragen stellen.“

„Isch hab mir glei denkt, dass des net lang dauert, bis die Polizei kommt. Ä paar Wanderer ware vorher scho do und hen ganz uffg'regt erzählt von dem Tote obe am Turm. Des ischt ja schrecklich, was heutzutag alles passiert, gell! Also, ich hab mir glei denkt,“

Margot unterbrach sie, wenn auch ungern, denn sie mochte die Wirtin sehr: „Haben Sie zurzeit Hausgäste?“

„Bloß a paar. Die müsste inzwische’ wieder nüchtern sei. Sie ware Gäscht bei der 70er Geburtstagsfeier geschtern Abend. Ab Elfe hen se laut g’sunge und gar nemme uffhöre welle.“

„Hatten Sie denn gestern auch noch die Gartenwirtschaft geöffnet?“

„Aber ja doch, bei der Hitz' ware fascht alle Tisch b'setzt.“

„Können Sie sich an einzelne Gäste erinnern? An einen gut-aussehenden Mann um die vierzig, eventuell mit Begleitung?“

„Warte Se mal, da muss isch nachdenke. Da war wieder des ältere Ehepaar. Die b'schtelle immer s’Gleiche, aber schwätze nix mitänander. Ja, und dann die junge Leut, die hen zwei Tisch zamme'g'rückt und ware arg laut. Deshalb sind se mir uffg’falle. Wisset Se, isch mach ja meischtens den Ausschank und kann deshalb net so uff die Leut achte. Aber halt! Da fällt mir was ei! Des Paar, des Sie vielleicht meine könnte, kann isch misch erinnere, weil die Frau so arg g’schminkt war und für mein G’schmack e bissle zu blond. Also manche übertreibe's doch mit der Färberei, gell!“

„Wissen Sie vielleicht, wie der Mann heißt?“

„Leider net! Aber warte Se mal. Die Bedienung hat de Kopf g’schüttelt und g’sagt, wie se des find’, dass der scho wieder e Neue anbaggert hat. Sie müsst jeden Augenblick komme. Meischtens isch se e bissle zu spät. Die hat halt kloine Kinner.“

Während immer mehr Gäste kamen, beschlossen Margot und Alfred, wenigstens einen Kaffee zu trinken. Endlich kam die Kellnerin, aber sie mussten noch eine Weile warten, bis alle ihre Bestellung aufgegeben hatten. Als die junge Frau an ihren Tisch kam, war sie bereits von der Wirtin informiert worden.

„Sie wollen wissen, wer der Gast mit der Blonden war? Die aufgetakelte Frau habe ich noch nie mit ihm gesehen.“

„Wissen Sie, wie der Mann heißt?“

„Nein! Aber er soll der Juniorchef einer Schmuckfirma sein. Mit dem Trinkgeld ist er immer sehr großzügig. Mehr weiß ich nicht. Ist er der Tote?“

„Wir wissen es nicht und bitten Sie dringend, darüber zu schweigen.“

Die Kellnerin meinte empört: „Ich bin keine, die rumquatscht. Haben Sie schon bezahlt?“

Während sie bezahlten, fragte Alfred sie noch:

„Ist dieser Juniorchef mit dem Auto gekommen?“

„Der kommt immer mit seinem dicken BMW. Der steht noch draußen.“

Sie verabschiedeten sich von der Wirtin, die sie einlud, bald wieder zu kommen:

„Aber bitte, net dienschtlich, gell! Adele!“

Draußen standen zwei große BMWs, deren Nummern sie notierten, bevor sie ins Kommissariat zurückfuhren.

3. Erste Nachforschungen

Im Kommissariat startete Margot die Kennzeichenabfrage in der Datenbank des Kraftfahrtbundesamtes. Müde und ziemlich hungrig – sie hatten unterwegs nur ein belegtes Brötchen gegessen – starrten beide auf den Bildschirm. Nach einem Automaten-Kaffee fand Alfred wieder seinen Humor: „Ich glaube nicht, dass es uns weiterbringt, wenn wir jetzt alle Blondinen Pforzheims beobachten lassen."

„So viele werden es nicht mehr sein, denn blond ist out. Vergiss nicht die Blondinenwitze. Außerdem…" Der Computer zeigte die gewünschte Auskunft:

„Eine der großen BMW-Kutschen gehört einem Tobias Bannberger – die andere einem Türken. Der Tote sah nicht nach einem Türken aus, oder? Ich schlage vor, wir rufen bei diesem Bannberger gleich mal an."

Sie suchte im Telefonbuch und wählte. Eine Frauenstimme, die auf eine ältere Dame schließen ließ, meldete sich. Margot, die ihren Namen und ihre Amtsbezeichnung angab, bat, Herrn Tobias Bannberger sprechen zu dürfen.

„Mein Sohn ist nicht da. Weshalb um Gotteswillen ruft denn die Kriminalpolizei hier an? Ist etwas passiert?"

Margot beruhigte sie, es ginge nur um eine Zeugenaussage. Ob sie wisse, wann ihr Sohn zu Hause sei. Nein, sie habe keine Ahnung, er bleibe aus Geschäftsgründen oft über Nacht weg. Der Arme hätte ja so viel zu tun.

Alfred reichte Margot einen Zettel, auf den er das Wort AUTO gekritzelt hatte. Sie reagierte sofort, denn Frau Bannberger wollte gerade das Gespräch beenden.

„Entschuldigen Sie bitte! Nur noch eine kurze Frage. Die Verkehrspolizei hat uns gerade mitgeteilt, dass das Auto Ihres Sohnes vor dem Gasthaus Hermannsee parkt, aber zu weit nach hinten herausragt. Das habe zu Beschwerden Anlass gegeben. Könnten Sie bitte veranlassen, dass das Auto weggefahren wird?“

Die Mutter schien keineswegs überrascht. Ihr Sohn treffe sich dort öfter mit Kunden, die ihn dann, wenn er etwas getrunken habe, in die Stadt mitnähmen. Sie habe vor einer Stunde vergeblich versucht, ihn auf dem Handy zu erreichen. Bedauernd meinte die alte Dame:

„Leider fahre ich selbst nicht mehr Auto.“ Ihre Tochter sei gerade aus dem Haus gegangen, und die Schwiegertochter mache derzeit Urlaub in einem Hotel am Bodensee. Etwas zögernd sagte sie dann: „Wäre es vielleicht möglich, dass ein Polizist das Auto zu uns fährt? Entschuldigen Sie, aber es heißt doch immer, die Polizei sei dein Freund und Helfer'“.

Alfred, der mitgehört hatte, nickte heftig mit dem Kopf, woraufhin Margot der Mutter mitteilte: „Ein Polizist darf das nicht, aber keine Sorge, Frau Bannberger, mein Kollege und ich müssen nachher sowieso nach Büchenbronn und wir können Ihnen privat den Gefallen tun – falls Sie einen Ersatzschlüssel haben. Später kann einer von uns den Wagen vor ihre Tür stellen. Das kann allerdings eine Weile dauern.“

Margot versprach dann noch, in etwa zehn Minuten vorbeizukommen. Kaum hatte sie aufgelegt, machten sie sich auf den

Weg in die Friedenstraße. Eine dickliche Frau, die sich als Haushälterin vorstellte, stand vor dem Aufgang zur Villa und reichte ihnen den Autoschlüssel.

Während der Fahrt zum Hermannsee rief Alfred den Erkennungsdienst an und meldete, dass sie in etwa 15 Minuten mit dem Auto des Toten im Hof der Polizeidirektion ankämen. Braun sagte sofort seine Anwesenheit und die seiner Leute zu. Auch würde er versuchen, noch einige Kollegen der Kriminaltechnischen Untersuchung zu erreichen.

Alfred, der nur einen Golf hatte, genoss es, den schicken Wagen zu fahren, wenn auch schneller als erlaubt. An Dr. Badenmaier und Braun denkend hatte er sogar Gummihandschuhe angezogen. Er kam lange vor Margot im Präsidium an.

Braun fühlte sich verpflichtet, darauf hinzuweisen, dass sich das ganze Unternehmen am Rande der Legalität bewege, und äußerte seine Zweifel an der Anerkennung dieser Methode durch den Staatsanwalt. „Und schon gar nicht vor Gericht!"

Alfred beruhigte ihn: „Die Mutter wird uns später, wenn sie Bescheid weiß, sicher den Wagen zur Untersuchung freigeben. Die zeitliche Verschiebung können Sie ja wohl noch ertragen?"

Braun und seine Mitarbeiter zogen die Handschuhe an und begannen mit der Spurensuche im Innern des Autos. Sie fanden im Handschuhfach und den anderen Ablagen die Wagenpapiere, einen ADAC-Schutzbrief, jede Menge Plastikkarten samt Scheckkarte in einer Brieftasche, die alle eindeutig bewiesen, dass Bannberger der Besitzer des BMW war. Das Foto auf dem Personalausweis bestätigte außerdem, dass er das Todesopfer sein musste. Margot schüttelte den Kopf: „Ganz schön leichtsinnig, die Sachen im Auto zu lassen!"

„Er konnte ja nicht wissen, dass er erschossen würde“, meinte Alfred.

Braun hielt sich mit Kommentaren zurück und suchte mit seinen Leuten weiter. Sie sicherten überall Fingerabdrücke. Er selbst nahm sich die Ablage in der Fahrertür vor: Gebrauchte und neue Papiertaschentücher, ein Antibeschlagtuch, Plastikhandschuhe und eine Schachtel mit Kondomen legte er zur Seite. Interessant schienen ihm zwei Papierknäuel, die er sorgfältig auseinanderfaltete:

„Hier! Ein alter Kontoauszug, der vermutlich sehr lange dort oder woanders herumlag – ziemlich vergilbt. Und hier! Nicht zu fassen, was die Leute alles im Auto mit sich herumfahren. Es sind – ob ihr’s glaubt oder nicht – zwei Seiten eines Vordrucks für einen Vaterschaftstest der Firma Kuckuckskinder, neueren Datums übrigens. Also, wenn ihr mich fragt, hatte er nicht vor, diese Formulare auszufüllen und sie abzuschicken.“

Nachdem sie das Auto gründlich durchsucht und Alfred alle Papiere kopiert hatte, fuhr Margot den Wagen in die Friedenstraße. Von wo sie auf jeden Fall zu Fuß in die Innenstadt zurückgehen wollte.

Als sie wieder im Büro ankam, telefonierte Alfred gerade. Aus seinem verbiesterten Gesichtsausdruck schloss sie auf ein Telefonat mit Emma. Er brüllte fast: „Mein Gott, wir haben hier ein Tötungsdelikt. Geh doch allein in deine bescheuerte Oper. Ich hatte echt keine Zeit, dich zu benachrichtigen. Immer das selbe! Dein Mann ist bei der Kripo. Wann kapierst du das endlich?“

Wütend legte er auf.

„Das war deutlich“, bemerkte Margot, „ ich hole uns erst mal einen Kaffee. Leider gibt es keinen Johanniskraut-Tee im Automaten. Soll ich vielleicht einen Antrag stellen?“

„Ein Bier wäre mir lieber. Aber so etwas spuckt der verdammte Automat nicht aus."

Er sah sie mit einem Mitleid heischenden Hundeblick an: „Bitte, könntest du mich, wenn wir die Berichte fertig geschrieben haben, zu einem Bierchen bei dir einladen?"

Margot zuckte die Schultern und gab ihm keine Antwort. Nachdem sie die Arbeit abgeschlossen hatten, sagte sie nachdenklich: „Alfred, das hatten wir doch schon. Erst bittest du um ein Bier oder ein Stündchen Gesellschaft und dann bleibst du die ganze Nacht. Ich bin einfach zu müde und muss dringend schlafen. Und überhaupt, was willst du Emma sagen, wenn du erst morgen früh heimkommst?"

„Ich werde auf jeden Fall erst morgen früh zu Hause auftauchen. Ausgeschlafen hat sie sich meistens etwas beruhigt. Notfalls schlafe ich hier auf dem Feldbett im Krankenzimmer – falls dieses nicht schon von einem anderen Kollegen belegt ist. Lass uns wenigstens vorher noch im Schlosskeller etwas essen und trinken."

Margot war einverstanden, aber auch nach dem Bierchen war sie nicht zu erweichen und blieb reserviert. Die Leichtigkeit ihrer Beziehung, die vor seinem Klinikaufenthalt bestanden hatte, schien verloren. Beim zweiten Glas Bier wagte Alfred, noch einmal nachzufragen:

„Liegt es daran, dass du jetzt Hauptkommissarin bist und ich als einfacher Kommissar mein Haupt nicht mehr bei dir und auf dir ruhen lassen darf? Trägst du deshalb nicht mehr die grüne Bluse, die dir so gut steht und in der du mir so besonders gut gefallen hast?"

„Alfred, du spinnst! Das Haupt im Titel hat mich nicht dazu verführt, mein eigenes höher zu tragen, und die grüne Bluse war so abgetragen, dass sie in der Kleidersammlung gelandet ist. Es ist etwas ganz anderes: Immer wenn du mit Emma eine Auseinandersetzung hast, bittest du mich um Asyl. Nach alter Gewohnheit fängt die Bitte mit einem Glas Bier an und dann erbettelst du dir zusätzlichen Trost bei einer Liebesnacht. Wobei ich unsere gemeinsamen Nächte genossen habe. Doch nachdem du so lange weg warst fehlt etwas! Ehrliche Gefühle, Zuneigung, ein bisschen Sehnsucht – ich weiß nicht, wie ich mich ausdrücken soll – aber ich möchte mir einbilden können, dass ich nicht nur für Notlandungen angeflogen werde."

Alfred war völlig verblüfft, schwieg lange, bis er endlich zu verstehen schien, was sie meinte, um dann fast beleidigt zu maulen: „Soll ich vielleicht einen Kniefall vor dir machen, dir täglich rote Rosen ins Büro bringen oder gar – wie einst meine bayerische Großmutter sagte – wie ein nackerts Engerl vor dir herumhüpfen?"

„Schade! Du kapierst überhaupt nichts oder stellst dich einfach blöd. Dann eben: Gute Nacht auf dem Feldbett im Krankenzimmer."

Margot bezahlte an der Theke und ließ ihn sitzen.

Er sah ihr nach. Sie bewegte sich leichtfüßig, obwohl sie einige Rundungen hatte, die er so gern liebkoste. Ob sie einen neuen Freund hatte? Ein Wunder wäre es nicht, denn er selbst war gut zehn Jahre älter als sie und – er gestand es sich ein: Ein Feigling war er auch. Margot legte zwar keinen Wert auf teure Kleidung und ging selten zum Friseur, doch war sie für ihn eine begehrenswerte, sehr attraktive Frau. So ganz ohne Macken! Ob er ihr das einmal sagen sollte?

Alfred erschien am nächsten Morgen verspätet und unrasiert zu der auf 8 Uhr festgelegten Dienstbesprechung, was ihm einen missbilligenden Blick von Kriminaldirektor Größer eintrug. Seine Laune besserte sich ein wenig, als er auf seinem Platz eine Tüte vorfand, die verführerisch nach Croissants duftete. Er warf Margot, die ihm gegenüber saß, einen dankbaren Blick zu, wagte jedoch nicht, sofort über das unverhoffte Frühstück herzufallen. Allerdings nahm er sich vor, die Sitzung keinesfalls durch überflüssige Fragen und Einwände in die Länge zu ziehen. Er hasste diese Besprechungen, bei denen nach seiner Erfahrung selten etwas Neues herauskam. Außerdem war er todmüde: Das Feldbett war so unbequem, dass er kaum geschlafen hatte.

Wie immer erhielt Braun zuerst das Wort und ebenfalls wie immer konzentrierte er sich auf die Schilderung des möglichen Tathergangs, bei der er sich stolz erhob und nach Alfreds Meinung am liebsten selbst auf die Schulter geklopft hätte. Die eintönige, wenn auch laute Stimme des Erkennungsdienst-Chefs und die zunehmende Hitze im Besprechungsraum ließen Alfred komplett abschalten. Schon als Schüler beherrschte er die Kunst mit offenen Augen zu schlafen, weshalb sein alter Lateinlehrer ihn einmal als Karnickel bezeichnet hatte.

Ein Tritt an sein Schienbein – er blickte Margot böse an – brachte ihn schmerzvoll in die Wirklichkeit zurück, in der Kriminaldirektor Größer gerade die bisherigen Ergebnisse zusammenfasste:

„Also, was haben wir? Die blonden Haare stammen von einer Perücke, bei dem alten Kontoauszug der Berliner Sparkasse war der Name des Überweisenden durchgestrichen, ebenso der des Kontoempfängers, das Handy des Opfers konnte nicht geortet werden und die Tatwaffe ist unauffindbar. Außerdem gibt es die diversen Papiere aus dem Auto. Vorrangig ist nun eine Identifizierung des Toten durch ein Familienmitglied."

Staatsanwalt Dr. Badenmaier, der bislang unbeteiligt dazusitzen schien, meldete sich zu Wort: „Ich muss Sie darauf aufmerksam machen, dass das vorliegende Material, das ohne meine Befugnis aus dem Auto entnommen wurde, von keinem Richter als Beweisstück anerkannt werden wird. Ich möchte an dieser Stelle die anwesenden Kommissare dringend vor weiterem eigenmächtigen Vorgehen warnen, das – wie mir scheint – unter meinem Vorgänger toleriert wurde."

Seiner Ermahnung folgte betretenes Schweigen, während Badenmaier sich das Foto des Toten genau betrachtete. Bevor Kriminaldirektor Größer weiterreden konnte, ergänzte der Staatsanwalt: „Erlauben Sie mir noch eine Anmerkung: Falls der Tote tatsächlich der junge Bannberger ist, tut mir seine Mutter leid. Sein Vater Josef wurde erst vor kurzem beerdigt. Er war wie ich auch Mitglied des Lions Clubs und wurde nicht nur dort als sozial engagierte und integere Persönlichkeit geschätzt. Mir liegt deshalb viel daran, dass der Täter möglichst schnell gefasst wird."

„Daran ist uns allen gelegen, Herr Doktor Badenmaier!" Kriminaldirektor Größer betonte den Titel, den er vor einigen Tagen in einem Gespräch ausgelassen hatte und deshalb gemaßregelt worden war. Größer mochte es gar nicht, wenn Berufsanfänger der Meinung waren, ihre Vorgänger diffamieren zu müssen. Auch deshalb fuhr er mit verärgertem Unterton in der Stimme fort: „Wie Sie sicher wissen, Herr Doktor, darf der soziale Status des Opfers bei unserer Arbeit keine Rolle spielen."

Er hatte Mühe, sich zu zügeln, machte eine kurze Pause und entschied dann wieder gefasst: „Frau Meister und Herr Müller, sie bearbeiten diesen Fall. Die Brandstifter-Sache wird ein anderes Team übernehmen. Wie wir alle wissen, sind die ersten

24 Stunden nach einem Verbrechen entscheidend. Die Tat geschah am frühen Sonntagabend, die Leiche wurde gestern Vormittag gefunden. Heute haben wir bereits Dienstag! Also, falls sie personelle Verstärkung brauchen, lassen sie es mich wissen."

Nachdem sich die beiden Kommissare kurz zugenickt hatten, meinte Margot: „Das ist angesichts der mageren Beweislage vorerst wohl nicht nötig."

Kurz vor Ende der Besprechung wandte sich der Staatsanwalt direkt an Margot und Alfred:

„Ich erbitte mir zeitnahe und exakte Informationen über ihre Fortschritte und ebenso über ihre Ermittlungsmethoden."

Was Alfred nicht davon abhielt, zunächst einmal im Büro mit großem Genuss seine Croissants zu verspeisen.

4. Hinterbliebene

Dieses Mal fuhr Alfred tatsächlich mit Tempo 30 durch die Friedenstraße. Margot liebte diese Straße, die rechts und links von herrschaftlichen Jugendstil-Villen gesäumt war. Sie und die angrenzenden Straßen des Rod-Viertels bildeten einen attraktiven Gegensatz zu der öden Innenstadt – wären vielleicht sogar für fotografierwütige Japaner, die sie neulich in Heidelberg beobachtet hatte, interessant.

Als sie angekommen waren, sagte Alfred: „Ich wäre dir dankbar, wenn du das Gespräch führen könntest. Du bist gewandter und findest eher den richtigen Ton. Ich übernehme dafür das Protokoll."

Margot nickte zustimmend.

Nachdem sie sich über die Sprechanlage gemeldet hatten, öffnete sich das Tor automatisch. Der steil ansteigende Vorgarten mit den breiten Treppenstufen und die Hausfassade mit jeweils einem kleinen Erker an den Seiten und einem Türmchen auf dem Giebel machten einen sehr gepflegten Eindruck.

Mürrisch wurden sie von der Haushälterin empfangen, die sich erkundigte, ob sie angemeldet seien.

„Leider haben wir nur den Anrufbeantworter erreicht", sagte Margot und zeigte wie auch Alfred ihren Dienstausweis vor. „Wir müssen mit Frau Bannberger und die anderen Familienangehörigen sprechen."

„Da müsse' Se g'schwind warte", murmelte die Haushälterin unfreundlich und führte sie in ein Wohnzimmer.

Margot musterte die Einrichtung des großen Raumes, die mit üppigen Gardinen drapierten hohen Fenster, die gepflegten Jugendstilmöbel, die prächtigen Teppiche und die Bilder. Für ihren Geschmack glich der penibel ordentliche Raum einem Museum, auch wenn er nicht so roch. Fehlen nur noch Schilder mit „Berühren verboten", dachte sie. Ob die Inneneinrichtung auch unter Denkmalschutz stand? So wie das angrenzende Esszimmer, dessen Türen offenstanden? Soweit sie es mit einem kurzen Blick erkennen konnte, waren die Wände mit dunklem Holz getäfelt, auch sonst schien alles massive deutsche Eiche.

Entgegen Margots Erfahrung bei einem Orthopäden, wo das „g'schwind warte" über zwei Stunden gedauert hatte, betrat nach einigen Minuten eine grauhaarige gepflegte Dame das Zimmer, die nach Margots erstem Eindruck perfekt zu dieser Einrichtung passte. Sie ging nicht, sie schritt, auch wenn sie leicht hinkte.

Gekleidet war sie ganz in Schwarz – ob als Zugeständnis an ihr Witwendasein oder weil sie wusste, dass dadurch ihre üppige Haarpracht und die lange Goldkette besonders gut zur Geltung kamen? Margot vermutete Letzteres. Dem dezent geschminkten Gesicht sah man die einstige Schönheit trotz ihres verbitterten Ausdrucks an. Mit einem gekünstelten Lächeln sagte sie: „Ich danke Ihnen, dass Sie das Auto meines Sohnes hergefahren haben", und als sie auf die beiden zuging:

„Bitte nehmen Sie Platz. Darf ich Ihnen etwas anbieten?“ Margot und Alfred lehnten dankend ab. Frau Bannberger unterbrach das folgende Schweigen:

„Den Anrufbeantworter habe ich inzwischen abgehört, aber ich weiß trotzdem nicht, weshalb Sie – Sie sind doch von der Kripo, oder? – hergekommen sind. Sie wollten alle Familienmitglieder sprechen? Leider ist mein Sohn immer noch nicht da, aber meine Tochter Katja, die im obersten Stockwerk wohnt, wird gleich herunterkommen. Ich habe keine Ahnung, wo Tobias sein könnte. Er wird auch in der Firma dringend gebraucht. Liegt eine Anzeige gegen ihn vor?“

„Nein“, antwortete Margot, „aber warten wir doch auf Ihre Tochter. Haben Sie noch weitere Kinder?“

„Nein!“

„Enkel?“

„Ebenfalls nicht!“

Frau Bannberger, Margot und Alfred schwiegen sich an. Alfred, der noch an den sich nächtlich zugezogenen Rückenschmerzen litt, fand das Jugendstil-Sofa, auf dem er Platz genommen hatte, äußerst bequem. Allerdings störte ihn der weite Abstand zu den Sesseln, auf denen die beiden Frauen saßen.

Endlich erschien die Tochter, die kurz von ihrer Mutter als Katja Bannberger vorgestellt wurde. Sie hatte ein hübsches Gesicht, einen Kurzhaarschnitt, trug enge Jeans und einen engen knallroten Pullover, der ihre gute Figur betonte. Allerdings konnte sie nicht verbergen, dass sie nicht mehr die Jüngste war. Vielleicht auch deshalb, weil sie auf jegliches Make-up zu verzichten schien. Noch bevor sie sich neben Alfred setzte, erkundigte sie sich forsch:

„Was hat denn mein Bruder angestellt, dass sogar die Kripo hier auftaucht?“

Margot wartete, bis sie Platz genommen und Alfred sein Notizbuch gezückt hatte.

„Ihr Bruder hat nichts verbrochen. Es tut uns leid, aber wir befürchten, dass er das Opfer eines Verbrechens geworden ist.“

Während Alfred weiterhin schwieg, berichtete Margot vom Auffinden des Toten in der Nähe des Büchenbronner Aussichtsturms. Dass sie sein Auto durchsucht hatten, verschwieg sie und berief sich auf die gefundene Brieftasche. Als sie ein Foto des Toten der jungen Frau Bannberger zeigte, sagte diese:

„Eine gewisse Ähnlichkeit mit meinem Bruder besteht. Aber eines ist sicher, Tobi hätte sich niemals so fotografieren lassen. Wissen Sie, er ist sehr eitel. Wo haben Sie dieses Bild her?“

Sie reichte es an ihre Mutter weiter, die es ausführlich betrachtete und schließlich mit unbewegter Miene sagte:

„Er ist es“, und zu ihrer Tochter gewandt, „es ist das Bild eines Toten.“ Dann fuhr sie sehr leise fort: „Ich habe geahnt, dass etwas Furchtbares passiert ist, denn auf seinem Handy war er bisher immer erreichbar. Warum nur musste er so schrecklich enden? Er war früher so ein liebenswerter Junge!“

Margot fasste nach: „Sie sagten ‚früher’? Gab es in letzter Zeit Konflikte mit Ihrem Sohn?“

„Mit ihm seltener, aber umso heftiger mit meinen Schwiegertöchtern. Er hat sich zweimal scheiden lassen und brachte vor kurzer Zeit eine dritte Ehefrau ins Haus. Als Gattinnen eines Unternehmers haben sie alle drei nichts getaugt. Das Esszimmer ist leer geworden.“

Unwillkürlich blickten Margot und Alfred in den Raum und sich fragend an. Wer isst schon vormittags um 11 Uhr? Katja Bannberger, die sie beobachtet hatte, erklärte: „Es ist bei mittelständischen Schmuckherstellern in Pforzheim üblich, dass wichtige Kunden durch persönliche Bewirtung verwöhnt“, sie grinste kurz, „und gewonnen werden. Dabei sind zum Beispiel handgeschabte Spätzle der Gattin fast ein Muss. Meine Mutter mit ihrer Arthrose war damit in den letzten Jahren überfordert und meine diversen Schwägerinnen haben sich geweigert, diese Tradition zu pflegen.“

Auf Margots Frage nach möglichen Feinden von Tobias blickten sich die beiden Frauen an, um dann gleichzeitig zu bestätigen, dass sie keine wüssten.

Als sich Margot nach den Adressen der früheren Gattinnen und der jetzigen erkundigte, wollte Katja unwirsch wissen: „Wozu brauchen Sie die?“

Alfred, dem Margot zugenickt hatte, erklärte, dass sie bis jetzt noch keinerlei Hinweise auf den Täter hätten und jeder auch noch so unwahrscheinlichen Spur nachgehen müssten. Vielleicht wüssten die Frauen mehr über mögliche Feinde des Opfers? Bedauerlicherweise sei außerdem eine persönliche Identifizierung des Toten notwendig.

„Ich übernehme das, Mutter!“

An Margot gewandt fuhr sie fort: „Meine Mutter braucht jetzt dringend Ruhe. Für die Adressen und weitere unaufschiebbare Auskünfte kommen Sie bitte mit mir nach oben.“

Margot bat die alte Dame noch um die Erlaubnis, das Auto ihres Sohnes untersuchen zu dürfen, weil darin eventuelle Spuren des Täters zu finden seien. Sie stimmte der Bitte zu und erhob sich zur Verabschiedung. Frau Bannberger streckte Alfred den rechten Arm mit der Handfläche nach unten hin. Sie schien einen Handkuss zu erwarten, was der Kommissar geflissentlich ignorierte. Margot hätte der Mutter, die ihr nicht besonders erschöpft schien, gern noch weitere Fragen gestellt und kündigte deshalb an, dass sie vermutlich noch einmal wiederkommen müssten.

Als sie den ersten Stock erreicht hatten, blieb Katja vor einer Etagentür stehen und bedauerte, dass sie leider noch einige Treppen höher steigen müssten, denn dies hier sei die Wohnung ihres Bruders. Alfred bat, sich diese ansehen zu dürfen, worauf ihn Katja misstrauisch musterte: „Brauchen Sie da nicht einen Durchsuchungsbefehl?"

„Nur wenn die Spurensicherung die Wohnung auf den Kopf stellen will. Vergessen Sie nicht, ihr Bruder ist nicht der Täter, sondern das Opfer."

Widerwillig schloss sie die Tür auf und zeigte ihnen die Küche und das modern eingerichtete Wohnzimmer. Es glich dem Werbeprospekt eines Möbelhauses für gehobene Ansprüche.

„Der Geschmack meiner neuesten Schwägerin. Es sieht überall so ähnlich aus. Allerdings hat mein Bruder während all seiner Ehen auf seinem Rückzugsgebiet bestanden." Sie begleitete sie in ein anderes Zimmer, das sie ironisch als „Tobis Sakristei" bezeichnete.

Neben einer abgewetzten Couch gab es ein paar alte Sessel, die alle in Blickrichtung auf einen großen Bildschirm standen. An den Wänden standen halbhohe, zum Teil offene Regale, die mit CDs, DVDs, Schallplatten, einem Plattenspieler, einer Stereoanlage, Lautsprechern und diversen Kopfhörern gefüllt waren. Auf einem alten Schreibtisch standen ein Computer und ein Drucker. Bis auf ein großes Schlagzeug und überdimensionale Lautsprecherboxen glich der Raum dem Zimmer eines pubertierenden Jünglings, wozu auch die zahlreichen Kabel auf dem Boden und die mit alten Plakaten und Fotos bepflasterten Wände gehörten. Alfred wunderte sich über dieses Rückzugsgebiet des Jungunternehmers.

„Spielt ihr Bruder selbst Schlagzeug?“

„Nur sehr selten, denn das Ding dröhnt durch das ganze Haus. Zwei Haushälterinnen haben deshalb schon gekündigt. Als er jung war, hatte er eine kleine Rock-Band, genauer gesagt ein Trio.“

Alfred betrachtete die Plakate und Fotografien. Was für ein eingebildeter Lackaffe, dachte er, als er die zahlreichen Bilder eines blonden, hübschen Jünglings musterte. Unverkennbar Tobias Bannberger mal im schicken Tennisdress, mal in einer Art Seemannskleidung an eine Jacht gelehnt, mehrere Male mit verschiedenen attraktiven Mädchen und häufig auch mit Siegerlächeln vor einem Porsche. Ein Bild, größer als die übrigen, fiel ihm besonders auf. Es zeigte drei junge, langhaarige Männer im Schlamper-Look, die sich jeweils mit einem Instrument präsentierten: In der Mitte saß hinter einem Schlagzeug der blonde Jüngling, der triumphierend in die Kamera blickte, links daneben sah man einen genauso gekünstelt lächelnden, bärtigen Gitarristen und auf der rechten Seite einen etwas dicklichen Jungen, der so tat, als würde er gerade in sein Saxophon blasen. Er sah nicht in die Kamera, weshalb man sein Gesicht nicht vollständig erkennen konnte.

„Ist das die Band Ihres Bruders?“

„Ja, aber das ist lange her. Der in der Mitte ist Tobias, den sie Banni nannten, der links neben ihm hieß, glaube ich, Thomas. Sein Vater war ein stink-autoritärer Lehrer, den niemand leiden konnte – am wenigsten sein Sohn. Rechts, das ist Udo, ein Pfarrerssohn. Sie waren Klassenkameraden und nannten sich die „Reuchlin Rocker“, träumten vom großen Durchbruch in der Szene, doch wenige Wochen nach dem Abitur haben sie sich wohl zerstritten. Schade, so schlecht waren sie gar nicht.“

Alfred, der den Bärtigen genauer betrachtete, meinte: „So einen Bart hat doch kein Junge von 18 oder 19 Jahren. Sind Sie sicher, dass er noch Schüler war?“

„Aber ja, doch! Er war damals bereits – soviel ich noch weiß – 22 Jahre, weil er zweimal sitzengeblieben ist. Ich erinnere mich, dass mein Vater ihn nicht ausstehen konnte und ihn verächtlich als Schmarotzer bezeichnet hatte. Warum, weiß ich nicht. Es hat mich auch nicht interessiert.“

Alfred bat sie, ihnen das Foto für einige Tage zu überlassen, wobei ihn Margot überrascht ansah.

„Kein Problem! Wenn Sie glauben, dass es Ihnen bei der Suche nach dem Mörder hilft. Sonst noch Fragen oder ist damit Ihr Besuch beendet? Ich habe noch einen Termin, der sich nicht aufschieben lässt.“

Sie nahm die Fotografie von der Wand und versprach die Adressen ihrer ehemaligen Schwägerinnen herauszusuchen. Die Adresse der derzeitigen Schwägerin wusste sie auswendig – ein Wellness-Hotel in Überlingen -, wo diese mit einer überteuerten Null-Diät ihre Fettpolster verlieren wolle. Sie verabredeten, sich pünktlich um 15 Uhr am Hauptfriedhof zur Identifizierung des Toten zu treffen.

Bereits im Gehen erkundigte sich Alfred: „Wo waren Sie am Sonntagnachmittag und -abend?“

Wütend antwortete Katja: „Wenn Sie es genau wissen wollen: Falls Sie mir einen Brudermord unterstellen - ich habe kein Alibi! Gehen Sie jetzt endlich!“

An der Haustür übergab ihm die Haushälterin den Autoschlüssel. Alfred fuhr zurück zur Polizeidirektion, wobei er erneut die Tempo-30-Beschränkung überschritt. So ein Auto müsste man haben, dann wäre vielleicht auch Emma zufriedener.

„Was mich wundert ist, dass beide Frauen so emotionslos und cool auf die Nachricht des Totes ihres Sohnes und Bruders reagiert haben“, meinte Margot nach ihrer Rückkehr in ihr gemeinsames Büro: „Es sieht fast so aus, als hätten sie bereits vor uns vom seines Tod erfahren, oder noch schlimmer, sie hätten beide mit seinem gewaltsamen Ende gerechnet. Jedenfalls scheinen beide etwas vor uns verbergen wollen. Warum hast du übrigens um diese Bild gebeten?“

„Mir kam dieser Bärtige bekannt vor, aber ich erinnere mich im Moment nicht, woher und bei welcher Gelegenheit. Diese Katja ist nicht ganz koscher. Wetten, dass sie ihren Bruder nicht ausstehen konnte? Vergiss nicht, sie ist jetzt wahrscheinlich die Haupterbin der Firma.“

„Du kannst sie ja heute Nachmittag auf dem Hauptfriedhof genauer unter die Lupe nehmen. Ich selbst werde mich in der Firma umhören und außerdem versuchen, Genaueres über diese Familie zu erfahren. Findest du nicht, dass diese Frau Bannberger ideal zu der Wohnung passt? Bei der ist ebenfalls alles Fassade, oder?“

„Jedenfalls hat uns dieser Besuch nicht weitergebracht. Außer Vermutungen haben wir keinerlei Erkenntnisse. Verdammter Mist! Übrigens“, Alfred machte eine Pause: „meinst du, ich sollte Emma heute Abend einen Blumenstrauß mitbringen?“

„Ja nicht! Sie wird Strauß als eindeutigen Beweis eines schlechten Gewissens bewerten. Versprich ihr lieber einen Opernbesuch“, sie grinste ihn an, „am besten in Stuttgart, wo gerade die „Götterdämmerung“ läuft. Soviel ich weiß, dauert die Aufführung über drei Stunden.“

„Danke für deinen Tipp. Aber ich bin sicher, dass sogar Emma vier Stunden Wagner nicht aushält!“

Als er gegangen war, rief Margot in der Firma Bannberger an. Es dauerte eine Weile, bis sie endlich zur Chefsekretärin, die sich mit Frau Ginsele meldete, durchgestellt wurde. Diese hatte die Stimme einer reiferen Frau und schien nervös zu sein. Nachdem Margot sich und ihr Anliegen, zu einem persönlichen Gespräch noch heute vorbeikommen zu wollen, vorgestellt hatte, wurde Frau Ginsele noch aufgeregter.

„Heute noch? Also das ist unmöglich. Wir haben seit zwei Tagen die Steuerprüfung im Haus. Vielleicht sind die Herren morgen Vormittag fertig. Es ist zum wahnsinnig werden. Ausgerechnet jetzt ist der Juniorchef nirgends aufzutreiben und alles hängt an mir. Sie ahnen ja nicht…“

Margot unterbrach sie: „Wo könnte er denn sein?“

„Keine Ahnung. Ich habe überall herumtelefoniert. Es geht mich ja auch nichts an, was der Chef privat so treibt, aber das ist jetzt doch zuviel. Mich einfach so im Stich zu lassen. Das geht doch nicht! Ja, wenn der Senior noch leben würde! Da wäre so etwas nie passiert.“ Margot bemerkte, dass im Hintergrund nach Frau Ginsele gerufen wurde, die verdrossen murmelte:„Ja, ja, ich komme sofort“. Um postwendend Margot zu verkünden: „Sie hören es ja. Ich muss Schluss machen!“. Die Chefsekretärin legte abrupt auf.

Für heute gab Margot ihren geplanten Besuch in der Firma auf. Sie rief noch einmal Braun an, ob inzwischen neuere Erkenntnisse vorliegen würden. Die Antwort war negativ. Aber die kriminaltechnische Untersuchung würde in aller Eile vorangetrieben. Vielleicht morgen Vormittag…“ Margot brach das Gespräch ab und starrte die Wand an.

Auch wenn sie sich wenig davon versprach, rief sie das Hotel in Überlingen an, in dem die junge Frau Bannberger zum Abspecken weilte. Vermutlich hatte diese längst erfahren, dass ihr Mann verschwunden war, oder es war einfach vergessen worden, sie zu benachrichtigen. Sie erhielt die Auskunft, dass eine Frau Bannberger – vermutlich eine ältere Dame – vor einigen Stunden angerufen hätte und ihre Schwiegertochter sprechen wollte. Auch ihr habe der Hotelmanager mitgeteilt, dass diese bereits vor einer Woche abgereist sei. Nein, eine Adresse habe sie nicht hinterlassen. Sie sei von ihrem Mann abgeholt worden, wurde ihr auf Margots Nachfrage erklärt.

„Können Sie sich erinnern, wie der Herr aussah?“

„Oh ja, er war auffallend attraktiv, so ein italienischer Typ mit schwarzen Haaren und dunklen Augen.“

Margot versuchte, Alfred auf seinem Handy zu erreichen, das jedoch abgeschaltet war. Sie schickte ihm eine SMS in der Hoffnung, dass er diese noch heute lesen würde. Ob die derzeitige Ehefrau die Mörderin oder in den Mord verwickelt war? Doch das war nur ein vager Verdacht. Auf jeden Fall mussten sie die Frau finden. Was, wenn sich diese ins Ausland abgesetzt hatte?

Genau genommen, sagte sich Margot, als sie ärgerlich ihre Sachen zusammenpackte, stehen wir vor einem neuen Rätsel.

Sie hatte die Nase voll und entschloss sich, nach Hause zu fahren und dort die Fenster ihrer Wohnung zu putzen. Wenigstens ein kleines Erfolgserlebnis.

5. Katja packt aus

Katja Bannberger stand vor dem Haupteingang des Pforzheimer Friedhofs. Sie trug Jeans und ein blumig bedrucktes, enges T-Shirt – nicht gerade dem Anlass angemessen, fand Alfred. Sie erschien ihm weder besonders aufgeregt noch ängstlich oder gar trauernd.

In der Leichenhalle wurden sie von der Kälte überfallen. Ob Katja nur deshalb schauderte? Trotzdem betrachtete sie unbewegt das Gesicht der Leiche und identifizierte sie eindeutig als ihren Bruder Tobias. Dann verließ sie eiligst die Kühlkammer, wartete draußen auf Alfred und fragte ihn: „Sind Sie enttäuscht? Haben Sie erwartet, dass ich in Ohnmacht falle, in Tränen ausbreche oder kotze?“

„Jeder Mensch reagiert anders. Tränenausbrüche können auch gespielt sein.“

Er zögerte, war sich nicht schlüssig, wie er vorgehen sollte. Er entschied sich für ausgesuchte Höflichkeit. Sich entschuldigend bat er sie um einige Informationen, die eventuell weitere Aufschlüsse geben konnten: „Verstehen Sie mich bitte nicht falsch, aber familiäre Hintergründe sind oft hilfreich. Das soll nicht heißen, dass wir jedes Familienmitglied in Verdacht haben,“ er lächelte sie aufmunternd an, „auch wenn jemand kein Alibi hat.“

Auf seine letzte Bemerkung ging Katja Bannberger nicht ein, sondern musterte ihn skeptisch und meinte dann:

„Gut! Also! Vielleicht können wir drüben im Café Bellevue etwas trinken? Ich brauche dringend einen Schnaps. Aber Sie müssen mir versprechen, dass Sie das nicht in Ihrem Notizbuch festhalten.“

Alfred versicherte ihr, dass er kein Notizbuch bei sich habe und das Gespräch, soweit es möglich sei, als vertraulich behandle. Sie lachte spöttisch auf: „Ein Gespräch mit einem Kriminalkommissar – vertraulich? Machen Sie mir nichts vor! Sagen Sie mir lieber, ob mein Bruder obduziert wird. Die Vorstellung, dass er aufgeschnitten und in Einzelteile zerlegt wird, ist einfach grauenhaft.“

Sie wirkte plötzlich mitgenommen. So cool, wie sie sich gab, war sie also doch nicht. Deshalb beruhigte er sie und erklärte ihr, dass sich bei eindeutiger Todesursache eine Obduktion meistens erübrige, es sei denn der Staatsanwalt würde diese extra anfordern. Das sei im Fall ihres Bruders aber nicht geschehen. Er wusste nicht warum, aber sie tat ihm plötzlich leid. Trotzdem vermied er es, auf dem kurzen Weg in das Restaurant mit ihr zu sprechen.

Im Lokal waren die meisten Tische von schwarz gekleideten Damen und Herren besetzt. Offenbar mehrere Beerdigungsgesellschaften, die sich untereinander bestens unterhielten. Einige saßen wohl schon länger da, hatten die Trauermienen abgelegt und amüsierten sich prächtig.

Draußen auf der Terrasse fanden Alfred und Katja noch einen freien Tisch und bestellten. Katja ein Schwarzwälder Kirschwasser und eine Flasche Mineralwasser, Alfred ein Weizenbier. Katja wunderte sich: „Ich dachte, ein Bulle darf im Dienst keinen Alkohol trinken. Das habe ich aus Krimis gelernt, ebenso, dass es meistens einen guten und einen bösen Bullen gibt. Irre ich mich, oder spielen Sie grundsätzlich die Rolle des Guten?“

„Dann wissen Sie sicher auch, dass die sogenannten guten Bullen besonders gefährlich sind, weil sie sich tarnen. Aber ganz ohne Tarnung: Haben Sie die Adressen Ihrer Ex-Schwägerinnen mitgebracht?“

Während Katja in ihrer Tasche danach suchte, schaltete er sein Handy ein und las Margots Botschaft. Kommentarlos schaltete er das Handy wieder aus. Als Katja ihm einen Zettel mit den Adressen überreicht hatte, bat er sie, etwas über die ehemaligen Frauen ihres Bruders zu erzählen. Sie schien inzwischen ihr Misstrauen überwunden zu haben und legte los. Die erste Frau, sie hieß Karin, sei sehr nett gewesen. Sie stamme ebenfalls aus einer Fabrikantenfamilie, weshalb sie vorbehaltlos Mutters Zustimmung genossen habe.

„Wissen Sie, Herr Müller, man bleibt in Unternehmerkreisen gerne unter sich. Es ist gut für die Firma. Andererseits können Heiraten mit Akademikern oder Akademikerinnen zum Renommee der Familie beitragen. Man gehört dann eben auch zum Bildungsbürgertum.“

„Sind Sie immer so sarkastisch?“, konnte sich Alfred nicht verkneifen.

„Ja! Damit mache ich mich ziemlich unbeliebt, aber es ist mir egal. Ich bin sowieso eine Außenseiterin.“

Alfred wollte auf ihre Bemerkung nicht eingehen. Sie erzählte weiter. Karin und sie hätten sich ebenfalls gut verstanden, was ihrem Bruder äußerst suspekt gewesen sei. Sie schwieg einen Augenblick, um dann weiter zu berichten: „Über die ehelichen Konflikte der beiden weiß ich im Einzelnen selbstverständlich nicht Bescheid, aber ich nehme an, dass Tobias sie sehr bald mit einer oder mehreren anderen Frauen betrogen hat. Hinzu kam, dass meine Mutter – sie haben sie ja gehört – „dem jungen Glück'", sie lächelte bitter, „keine Chance gelassen hat. Das Familienleben wurde von ihr geregelt. Alle sollten wie gewohnt nach ihrer Pfeife tanzen, man kann sagen: funktionieren. Die junge Frau musste sich anpassen. Der gemeinsame Mittagstisch, die Betreuung der Kunden, die Anwesenheit bei repräsentativen Veranstaltungen, die Gästelisten bei Einladungen und vieles mehr wurden von Mutter festgelegt. Tobias verstand es oft, sich zu verdrücken – er musste ja auch Kunden besuchen. Nach zwei Jahren wurde es Karin zuviel. Sie zog aus und verlangte die Scheidung. Manchmal telefonieren wir noch miteinander. Sie hat den ganzen Frust vergessen, ist glücklich wieder verheiratet und hat inzwischen zwei Kinder."

Sie grinste ihn an: „Eine richtige Bilderbuchfamilie! Als Mörderin ihres Ex können Sie sie nach meiner Überzeugung streichen."

„Und die nächste?"

„Sie heißt Roberta und ist die Tochter eines Mailänder Juweliers, bildhübsch, sehr temperamentvoll und sehr eigenwillig. Sie können sich denken, dass Auseinandersetzungen mit meiner Mutter vorprogrammiert waren. Vermutlich wurde auch sie von meinem Bruder, der sich ständig an Mutters Seite gestellt hat, mit anderen Frauen betrogen. Die Ehe war sehr kurz, Roberta ging wieder nach Italien. Wie es ihr heute geht, weiß ich nicht, doch vermutlich würde sie, falls sie gewalttätig wäre, lieber ihre ehemalige Schwiegermutter umbringen als ihren Ex."

Alfred bat sie, etwas über ihre derzeitige Schwägerin zu erzählen, die doch wohl von ihr oder ihrer Mutter von dem schrecklichen Ende ihres Mannes informiert worden sei.

„Ich vermute, dass Mutter angerufen hat. Mich fragen Sie besser nicht nach ihr, denn ich kann sie nicht ausstehen – und sie mich auch nicht. Sie ist dicklich, läuft als blonder Rauschgoldengel durch die Gegend und ist dumm wie die Nacht. Dass mein Bruder auch sie bald nach den Flitterwochen hinterging, ist wahrscheinlich. Er war eben so. Doch im Unterschied zu ihren Vorgängerinnen zog sie das bequeme Leben einer Unternehmergattin vor. Ich nehme an, dass sie sich angesichts von Tobias' Seitensprüngen schadlos hielt und ihn genauso betrog."

„Ist das Ihre Vermutung oder haben Sie konkrete Beweise?"

„Sie hat auffällig oft mit ausländischen Kunden geflirtet, stand besonders auf südländische Typen. Frau Ginsele, die Sekretärin, hat mit erzählt, dass sie..." Katja schwieg plötzlich. Sie starrte ihn an und fuhr dann fort: „Was soll das Wort ‚Beweise'? Sie sind also doch nur ein Schnüffler, der jede Silbe auf die Goldwaage legt. Wie wär's damit: Meine Mutter, die Schwägerinnen, die Haushälterin, der Gärtner und ich haben einen Killer engagiert?"

Sie war lauter geworden, andere Gäste starrten bereits neugierig zu ihnen herüber. Alfred schwieg, winkte die Kellnerin herbei und bestellte Kaffee und eine Schwarzwälder Kirschtorte.

„Sie auch?" wandte sich die Kellnerin an Katja. Nach kurzer Überlegung schloss sie sich an. Als der Kuchen kam, schob sich Alfred genüsslich einen großen Bissen in den Mund und sagte anschließend: „Das erprobte Mittel meiner Großmutter: Sie war überzeugt, dass Sahne beruhigt."

Dieses Rezept wirkte offenbar auch bei Katja. Sie erschien gelassener. Nachdem Alfred erneut ein ansehnliches Stück vertilgt hatte, sagte er:

„Wie ich schon erwähnt habe: Wir verdächtigen keineswegs die Familienmitglieder. Allerdings wird es schwieriger“, er blickte sie ernsthaft an, „wenn jemand kein Alibi hat.“

„Falls Sie mich damit meinen, muss ich Ihnen gestehen, dass ich gegenüber der Polizei misstrauisch bin. Vielleicht ist das nicht gerechtfertigt, aber ich bin mir sicher, dass man dort besonders vielen Vorurteilen begegnet. Ich musste sowohl von meiner Mutter als auch besonders durch meinen Bruder oft sehr niederträchtige Häme ertragen. Meine Freundin bekennt sich seit Jahren offen und selbstbewusst zu ihrer Neigung, aber mein Vater, den ich geliebt habe, bat mich aus Rücksicht auf die gesellschaftliche Stellung der Familie und in Anbetracht der in der Provinzstadt Pforzheim weitverbreiteten Engherzigkeit – besser gesagt, der Spießermentalität – mich nicht öffentlich zu outen. Kurz gesagt, erschrecken Sie nicht. Ich bin eine Lesbe!“

„Weshalb sollte ich erschrecken? Die Zeiten der strafrechtlichen Verfolgung von gleichgeschlechtlich orientierten Menschen sind längst vorbei.“ Er lächelte ihr zu,“ das haben inzwischen auch wir Bullen kapiert. Dass eine allgemeine Diskriminierung in bestimmten Bevölkerungskreisen immer noch besteht, ist nicht abzustreiten. Aber bitte erzählen Sie bitte weiter. Wusste Ihr Bruder, dass Sie lesbisch sind?“

„Ja, er hat das wohl mitbekommen. Am schlimmsten war, dass er mich bei und vor seinen Freunden verspottet hat, angefangen hat das bei den Reuchlin Rockern und dauerte bis zu seinem Tod - manchmal in gemeinen Andeutungen – auch vor Kunden, die bei uns bewirtet wurden. Das lässt sich nicht so leicht wegstecken und bleibt schmerzhaft. Man ist abgestempelt. Egal, wie man aussieht, was man leistet, welche Persönlichkeit man ist, man wird in eine bestimmte Schublade gesteckt.“

Sie schniefte und wühlte in ihrer Tasche. Alfred reichte ihr ein Papiertaschentuch, das sie mit dankbarem Blick annahm, „Wissen Sie das Selbstbewusstsein bleibt auf der Strecke. Unvergessen bleibt für mich zum Beispiel eine zufällige Begegnung im Flur der Firma. Ein reichlich vergammelter, bärtiger Typ hat mich nach dem Büro von Tobias Bannberger gefragt. Als ich es ihm sagte, blieb er stehen, glotzte mich an und sagte überrascht: ‚Hallo, sag bloß, du bist die Katja? Stehst Du immer noch auf Fotzen?' Er verschwand dann schnell im Büro meines Bruders. Allerdings habe ich ausgerechnet diesem Mistkerl eine positive Wende in meinem Leben zu verdanken. Für mich war diese Begegnung der letzte Auslöser, meine Mitarbeit in der Firma zu kündigen. Ich habe – es ist rund zwei Jahre her – mit meiner Freundin eine kleine Designer-Werkstatt aufgemacht. Entschuldigen Sie bitte, Herr Müller, wenn ich abgeschweift bin und Ihnen persönliche Dinge mitteile, die zur Aufklärung des Mordes an meinem Bruder nicht beitragen können. Trotzdem! Danke, dass Sie mir zugehört haben."

Sie schien von einer Last befreit und lächelte ihm zu. Alfred lächelte kurz zurück, während er überlegte, ob er inzwischen auf Bärtige fixiert sei. Dennoch klingelte es bei ihm, weshalb er nachfragte: „Wissen Sie, was dieser Gammeltyp, wie Sie ihn nannten, von Ihrem Bruder wollte?"

„Keine Ahnung, Tobias hat mir auf meine Frage nur geantwortet, dass ich mir das doch denken könne, und rieb seinen Daumen mit dem Zeigefinger. Sie kennen sicher diese Geste. Mehr konnte ich jedoch nicht erfahren. Ist der Typ wichtig für die Ermittlungen?"

Alfred hielt sich bedeckt, zog nur kurz seine Schultern nach oben, entschloss sich aber dann, doch nachzufragen: „Wenn der Mensch Sie erkannt hat, dann müssten Sie sich umgekehrt doch auch an ihn erinnern?“

Sie machte ein nachdenkliches Gesicht und schüttelte den Kopf. Er hatte den Eindruck, dass sie etwas verschwieg. Er reichte ihr deshalb seine Karte und bat sie, falls ihr noch einfalle, wer der Mann gewesen sei, ihn doch bitte anzurufen.

Es war inzwischen kühler geworden. Er wollte gerade einen Aufbruch vorschlagen, als er beschloss, sie erneut nach ihrem Alibi zu befragen.

„Ich war am Sonntag mit meiner Freundin und anderen Frauen in unserem Club. Ich schreibe Ihnen die Adressen meiner Freundin und unseres Clubs auf.“

Er reichte ihr einen Stift und einen Zettel, den er dann, nachdem sie die Adressen aufgeschrieben hatte, in seine Westentasche steckte.

„Danke! Nur noch eine Frage. Hatte Ihr Bruder eine Waffe?

„Eine?“ Katja lachte, „er war ein Waffenfan, hat mehrere Modelle gesammelt und auserlesenen Gästen stolz seinen Waffenschrank im Keller gezeigt. Er war Mitglied im Schützenverein und stolz auf einige Trophäen, die er dort gewonnen hatte.“

„Wissen Sie, ob er auch im Auto eine Waffe hatte?“

„Ja sicher! Seit auf der Kö in Düsseldorf eine rumänische Bande mit einem selbstgebastelten Funkgerät bei einem Schmuckvertreter die elektronische Sicherung blockiert hat, um dann den Musterkoffer zu stehlen, hatte Tobias grundsätzlich eine Waffe im Handschuhfach. Diese nahm er beim Verlassen des Autos an sich. Es sind schon viele Schmuckhändler aus Pforzheim überfallen und ausgeraubt worden – auch wenn sie eine Calwer oder Karlsruher Nummer am Auto hatten."

„Blieb die Waffe immer im Auto?"

„Ich weiß es nicht. Vermutlich hat er sie bei Verabredungen mit seinen Weibern vorher herausgenommen. Die Damen könnten ja sonst erschrecken, der?"

Sie grinste ihn an, bevor sie bezahlten. Sie wollte ihn einladen, aber Alfred lehnte das schmunzelnd mit dem Hinweis auf Verdacht von Bestechung ab. Er begleitete sie noch bis zu ihrem Auto. Sie saß schon beinahe im Auto, als er sich noch einmal umwandte und sie mit kleinlauter Stimme bat „Könnten Sie mir vielleicht doch noch den italienischen Kunden nennen, mit dem nach Aussage von Frau Ginsele Ihre Schwägerin geflirtet hat?"

Wider Erwarten regierte sie nicht aggressiv, sondern blieb locker.

„Herr Müller, Sie sind schlimmer als der Detektiv Colombo, der sich immer an der Tür noch einmal herumgedreht hat. Ich weiß nicht, wer es war. Wir hatten viele italienische Kunden. Am besten, Sie fragen Frau Ginsele selbst."

Sie schlug schnell die Autotür zu und fuhr sofort ab.

Alfred setzte sich auf eine Bank im Hauptfriedhof und notierte sich alles, was er in Erfahrung gebracht hatte. Dann versuchte er, Margot telefonisch zu informieren. Vergeblich! Er erreichte nur ihren Anrufbeantworter. Er bat sie, morgen Vormittag 10 Minuten vor der Dienstbesprechung ins Büro zu kommen. Dann rekapitulierte er noch einmal die neuesten Informationen und überlegte, wie er morgen den Staatsanwalt von seinen und Margots nächsten Schritten überzeugen könne.

Die Entscheidung, gleich nach Hause zu fahren oder die Gelegenheit zu nutzen, die Hauptallee entlangzugehen, wurde ihm leicht gemacht. Es fiel ihm ein, dass Emma heute von ihrer Schwester besucht wurde. Diese Zicke hatte leider Sitzfleisch und würde sich frühestens vor dem Abendessen verabschieden. Außerdem hatte Emma ihr sicher von dem geplanten Opernbesuch in Stuttgart erzählt. Mit Schrecken dachte Alfred an ihre begeisterte Zustimmung zur „Götterdämmerung". Oh Gott, mehrere Stunden dieser Orchesterkrach und die brüllenden Sänger, die man trotzdem nicht verstand. Andererseits war er Emma etwas schuldig, selbst wenn er sich insgeheim an diesem Abend ein plötzliches Gewaltverbrechen wünschte. Doch, abgesehen von diesem Bannberger-Fall, war Pforzheim keine Verbrecher-Hochburg.

Er genoss den Gang durch die Allee, die prächtigen Bäume und die prunkvollen Grabmäler der vergangenen Jahrhunderte, mit denen sich vermögende Familien der Schmuckstadt Denkmäler gesetzt hatten. Auch wenn er wusste, dass sich die Mehrheit der Pforzheimer so eine pompöse Prachtentfaltung zur Erinnerung an ihre Toten und an die Bedeutung ihres Unternehmens auch damals nicht leisten konnte, war er jedes Mal fasziniert. Es erging ihm hier wie Emma, die keine Sendung über die Royals und andere Königshäuser verpasste.

An den meisten Denkmälern, die er fast alle kannte, schlenderte er vorbei. Nur bei dem lebensgroßen Sandsteinengel, der auf einem hohen Postament saß, blieb er stehen. Trotz der Flügel, die die Figur ins Jenseits verwiesen, hatte der Engel unübersehbar weltliche Attribute. Aus dem faltigen Gewand wölbten sich weibliche Brüste hervor, die jedem Schönheitschirurgen als Modell dienen konnten. Für den Grabmalkünstler war die Götterwelt keineswegs ohne irdische Reize. Alfred grinste vor sich hin. Vielleicht war die „Götterdämmerung“ doch nicht so bedrohlich!

Da es allmählich dunkel wurde, verließ Alfred den Friedhof und fuhr nach Hause.

6. Eine zufällige Begegnung

Trotz der Hitze, die Jo seit Tagen quälte, wenn sie aus der klimatisierten Praxis auf den Leopoldplatz kam, fühlte sie wieder diese schreckliche, nasse Kälte im Gesicht. Ihr war schwindelig und die Beine taten ihr schon wieder weh. Ihr Arbeitgeber Dr. Rübele hatte darauf bestanden, ihre Wirbelsäule zu röntgen, auf die er die Ursache ihrer zunehmenden Schmerzen zurückführte. Der Befund war negativ, doch die Beschwerden kamen überfallartig immer wieder. Dr. Rübele wollte sie zu einem Neurologen überweisen, doch sie verzichtete darauf, denn kaum hatte er sie angemeldet, hatte sie keine Beschwerden mehr.

Kurz vor Dienstschluss – die Kolleginnen waren schon gegangen - hatte er sie heute zu einem Gespräch gebeten. Er teilte ihr mit, dass er mit ihrer Arbeit sehr zufrieden sei und sie gern nach der bald abgelaufenen Probezeit langfristig anstellen wolle. Er bat sie, sich deshalb endlich in Pforzheim offiziell anzumelden. Sie wusste jedoch von ihren Nachforschungen auf dem Einwohnermeldeamt, dass dieses ihrem bisherigen Wohnsitz ihre neue Adresse mitteilen würde. Was sollte sie tun? Mutter wüsste dann Bescheid und würde ihr womöglich wegen der gestohlenen Summe die Polizei an den Hals hetzen. Das durfte einfach nicht geschehen! Sie konnte noch nicht aus Pforzheim verschwinden. Sie musste hier doch unbedingt noch weitersuchen.

Ihre Beine und die Schwindel zwangen sie stehenzubleiben. Sie hielt sich an dem lebensgroßen metallenen Standbild fest, das die Pforzheimer den „Dicken“ nannten. Er war das Abbild eines älteren Spießers, der mit einem dicken Bauch und Hängepopo die Passanten zu beobachten schien.

„Du, Mädle, halt dich lieber an mir fescht. I bin knackiger, gell“, sagte ein junger Mann, der sie beobachtet hatte. Einige Umstehenden lachten und andre blieben neugierig stehen. Jo wankte - so schnell sie konnte - in die Fußgängerzone, bis sie eine Bank fand. Während sie erschöpft mit abwesendem Blick dasaß, wurde sie von einer älteren Frau angesprochen:

„Gell die Hitz macht Ihne zu schaffe. Kann ich Ihne helfe?“

Jo blickte sie an und sagte abwehrend:

„Lassen Sie mich gefälligst in Ruhe!“

Sie konnte diese süddeutsche Freundlichkeit manchmal nicht ertragen und sehnte sich gelegentlich nach der Schnoddrigkeit der Berliner. Die hatten wenigstens Witz. Weil sich die ach so freundliche Frau neben sie setzte, stand Jo auf, um trotz ihrer Schwindelanfälle durch die Fußgängerzone in Richtung Rathaus zu gehen. Beinahe hätte sie eine der Reklametafeln, die vor den Ramschläden standen, umgeworfen. Sie fand ihr Gleichgewicht erst wieder, als sie sich an einem der zahlreichen Kleiderständer festhielt.

Trotz ihres schlechten Zustands konnte sie die laut geäußerten Kommentare, die sie verfolgten, nicht überhören.

„So ebbes! I glaub’, die Frau isch b’soffe. Ma sollt d’ Polizei rufe.“

„Die isch b’schtimmt e Asoziale, gell.“

„Des glaub i net, dafür isch se zu gut angezoge.“

„S’ wird e Ausländerin sei. Des G’sindel hen mer noch braucht.“

„E Türkin kann’s awwer net sei, die trinke kein Alkohol.“

Jo hetzte weiter. Als sie gegen einen Kinderwagen stolperte, rief ihr die dicke Mutti nach:

„Pass doch auf, du blöde Kuh!“

Weitere Schimpfworte verstand sie nicht mehr. Sie stürzte in ein Café, das in ihrer Wahrnehmung mitten auf der Straße stand, und fand zu ihrer Erleichterung ganz hinten rechts noch einen freien Tisch mit zwei Stühlen. Die anderen Tische waren überwiegend mit Frauen besetzt, die sich so gut unterhielten, dass sie Jo nicht weiter beachteten. Sie bestellte sich einen Cognac, nahm einen kräftigen Schluck und griff zur Pforzheimer Zeitung, die auf dem freien Stuhl lag. Nach ihrer Erfahrung wurden Zeitungsleser in einem Lokal seltener gestört, außerdem waren an den besetzten Tischen hier und da noch einzelne Stühle frei. Sie atmete auf und trank das Cognac-Glas leer, woraufhin ihr besser wurde. Sie strich sich über das Gesicht. Es war warm und weich. Ob sie sich die feuchte Kälte nur eingebildet hatte? Sie nahm sich vor, in Zukunft unbedingt gelassener zu reagieren. Warum erregte sie sich bei jeder Banalität? Sie musste lernen, in Ruhe über alles nachzudenken. Sie würde weitere Schritte erst einmal vor sich herschieben und sich nicht mehr ihren Ängsten aussetzen.

Als die Bedienung kam, bestellte sie einen Espresso und noch einen Cognac. Bildete sie sich das nur schon wieder ein, oder blickte die Kellnerin sie tatsächlich verachtend an, so wie die Passanten in der Fußgängerzone? Wenn sie sich weiterhin so aus der Fassung bringen ließ, würde sie wahrscheinlich für verrückt gehalten oder betrunken. In diesem Fall war es vorbei mit der süddeutschen Freundlichkeit.

Sie ließ den Cognac erst einmal stehen, denn sie fürchtete, zum Gesprächsthema der anderen Gäste zu werden. Doch das plötzliche Gekicher und die spöttischen Bemerkungen, die sie nicht ganz überhören konnte, galten offenbar nicht ihr.

„Da isch er scho wieder, unser Heiliger."

„Noi! Bei uns isch für dich kein Schtuhl mehr frei. Schwätz dei fromme Schprüch woannerscht."

Jo drehte sich nicht um, blickte aber von der Zeitung auf, als ein dicklicher, lächelnder Mann, dessen schwarzes Hemd über der Hose hing, sie bat, an ihrem Tisch Platz nehmen zu dürfen. Sie nickte und konnte nicht übersehen, dass der Mann einen Stoß Flugblätter auf den Tisch legte und sie dann intensiv anstarrte. Es war ihr unangenehm, weshalb sie sich barsch erkundigte:

„Warum glotzen Sie mich so an?"

Ein wenig verlegen, aber weiterhin lächelnd antwortete er:

„Entschuldigen Sie bitte. Sie sehen einem Mädchen, das ich einmal vor langer Zeit geliebt habe, verblüffend ähnlich. Allerdings," seine Augen suchten ihr Gesicht ab, „sie hatte braune Augen. Aber verblüffend ist das schon. Vielleicht sind Sie mit ihr verwandt?" Bevor Jo antworten konnte, erhob er sich ein wenig und sagte:

„Darf ich mich vorstellen: Ich bin Bruder Udo."

„Es ist mir egal, wie Sie heißen. Lassen Sie mich in Ruhe. Ihre Masche zieht bei mir nicht!"

Sie griff zum Cognac-Glas und nahm sich vor, gleich zu gehen, als die Bedienung kam und zu ihrem Tischnachbarn sagte:

„Na, Udo, wie üblich, eine Käsesahne-Torte und ein Glas Pfefferminztee?"

Jo verzichtete auf das sofortige Bezahlen, denn ihr war plötzlich eingefallen, dass der alte Zettel an ihre Mutter von einem Udo unterschieben war. Außerdem - hatte diese Lehrerin nicht auch den Namen Udo erwähnt? Vermutlich gab es hunderte von Udos in Pforzheim, aber vielleicht war dieser Mensch mit dem Dauer-Lächeln, das so vielen Frommen ins Gesicht geschrieben ist, ein Treffer. Sie musste versuchen, mehr über ihn zu erfahren. Aber wie? Sie griff erneut zum Cognac, was diesen komischen Heiligen zum Kopfschütteln veranlasste:

„Verzeihen Sie, aber wissen Sie nicht, dass Alkohol bei Kummer und Schmerz nicht weiterhilft?“ Bevor sie antworten konnte, fuhr er fort:

„Helfen kann Ihnen nur einer, der auch Sie liebt.“ Er legte ihr eines seiner Flugblätter vor die Nase, auf dem sie in Fettdruck die Überschrift las: **Jesus ist für uns alle gestorben. Auch für Dich!** Jo hätte ihm gern den Zettel zerknüllt an den Kopf geworfen, doch sie zwang sich, seine folgende Tirade anzuhören. Zwar war sie auf Drängen ihrer Mutter, der Pfarrerstochter, zum Konfirmanden-Unterricht gegangen – es musste zehn Jahre her sein - doch gläubig war sie nicht geworden. Wenn der liebe Gott schon so unendlich gütig war, warum hatte er sie bei seiner Zuneigung ausgespart? Sie kämpfte mit sich, diesem lächelnden religiösen Eiferer ihre Meinung zu sagen. Was waren das für Menschen, die sich hinter ihrem missionarischen Eifer versteckten? Seine Rede glich der aller fanatischen Sektenmitglieder, die die Leute auf der Straße oder an der Haustüre belästigen.

Nachdem Udo, der wie ein Automat auf sie eingeredet hatte, eine Pause machte – seine Stimme war heiser geworden -, bestellte er noch einen Pfefferminztee. Er beobachtete sie, um die Wirkung seiner Worte an ihrem Gesicht abzulesen. Dazu gab Jo ihm kaum Gelegenheit. Sie stand auf und erkundigte sich nach dem Weg zur Toilette.

Während sie allein war, dachte sie über seine Verblüffung wegen ihrer Ähnlichkeit mit seiner Jugendfreundin nach. Es war doch möglich, dass er ihre Mutter gemeint hatte. Ein Typ, der fremde Frauen mit Behauptungen einer verblüffenden Ähnlichkeit anbaggert, schien er nicht zu sein. Wenn er Recht hatte, dann wollte er sie sicher über ihre Lebensumstände, ihren Wohnort, ihr Alter aushorchen.

Dass er ihr Vater sein könnte, erschien ihr unwahrscheinlich. Jürgen, der vorübergehende Ossi-Freund ihrer Mutter, war trotz all seiner Macken ein sehr attraktiver Mann gewesen, wenn auch mit einem Bart, den Jo schrecklich fand. Dieser Bruder Udo schien keinen Rasierapparat zu brauchen. Sein rundes Gesicht war ohne markante männliche Züge und vollkommen glatt.

Während sie die Treppe zum Gastraum wieder hochging, hatte sie den Verdacht, dass er seine Floskeln auch während ihrer Abwesenheit vor sich hingesprochen habe. Dem war nicht so. Er starrte ihr entgegen und empfing sie mit den Worten:

„Es ist nicht zu fassen! Auch Ihr Gang gleicht dem meiner einstigen Freundin, als wären Sie Zwillinge. Weil Sie keinen Dialekt sprechen, nehme ich an, dass Sie aus Norddeutschland kommen? Vielleicht sind Sie gar Verwandte.“

Jo fühlte sich bestätigt. Er wollte sie aushorchen, weshalb sie bereit war, das Gespräch weiterzuführen. Doch sie musste sich beherrschen, auch wenn dieser Missionar ihr auf den Nerv ging. Freundlich forderte sie ihn auf:

„Erzählen Sie mir von ihr.“

Er wurde rot, wischte sich mit dem Taschentuch das Gesicht ab und, wie es Jo vorkam, zugleich das ständige Lächeln weg:

„Das kann ich nicht. Es schmerzt mich bis heute. Ohne meine christliche Gemeinschaft wäre ich verloren gewesen. Sie wird auch Ihnen helfen, Ihren Kummer zu bewältigen."

„Wie kommen Sie auf die Idee, dass ich Kummer habe?"

„Ich sehe es Ihnen an. Sie wirken hilflos und verängstigt. So geht es vielen, bis sie endlich in unserer Gemeinschaft zu sich selbst finden. Auch wenn ich Ihnen lästig bin, bin ich sicher, dass auch Sie bei uns Ihren Frieden finden werden. Kommen Sie doch einmal in unsere Gebetsstunde, die jeden Tag um 18.00 Uhr stattfindet."

Jo hätte ihn gerne mit bösen Worten abgefertigt, doch nach ihrer Erfahrung prallten Gegenargumente an diesen Überzeugungstätern ab wie Bälle an der Mauer. Um Zeit zu gewinnen, schnäuzte sie sich erst einmal in ein Papiertaschentuch, wischte sich über das Gesicht und sprach es dann trotzdem aus:

„Warum verstecken Sie Ihre Persönlichkeit hinter einer Maske? Lügen Sie sich und anderen nicht etwas vor?" Und noch aggressiver ergänzte sie:

„Merken Sie nicht, dass Sie sich lächerlich machen?"

„Auch Jesus Christus wurde verspottet, doch hat er uns alle von der Erbsünde befreit. Warum sind Sie so nervös? Warum haben Sie Ihr Taschentuch total zerkrümelt und wischen sich dauernd über das Gesicht? Irgendetwas quält Sie doch."

„Verdammt noch mal, was geht Sie mein Befinden an. Was soll Ihr Geschwätz von der Erbsünde. Ich sündige nicht wegen dieser Apfelgeschichte im Paradies, sondern weil mir nichts anderes übrigbleibt, denn ich bin ein Opfer. Heißt es nicht in Ihrer Bibel ‚Zahn um Zahn und Auge um Auge' oder so ähnlich?"

Bruder Udo wirkte völlig verblüfft, während sie aufstand und der Kellnerin winkte. Sie ging ihr entgegen und bezahlte, um dann schleunigst aus dem Café zu gehen. Kaum vor der Tür taten ihr wieder die Beine weh, weshalb sie einen Moment stehen blieb. Bruder Udo war ihr nachgeeilt und meinte zerknirscht:

„Es tut mir leid. Ich wollte Sie nicht kränken. Ich weiß auch nicht, womit ich Sie aus der Fassung gebracht habe, würde mich aber sehr freuen, wenn Sie noch ein paar Schritte mit mir über die sogenannte Kulturmeile gehen würden. Ich werde Sie auch nicht mehr zu unseren Gebetsstunden überreden. Vielleicht können wir runter an das Enzufer gehen. Da weht um diese Tageszeit meistens ein frischerer Wind.

Sie stimmte schließlich zu. Sie gingen über den Rathausplatz und die Gernika-Brücke. Er zeigte ihr die Stadthalle, die heute CCP hieß – es war das erste Mal, dass er ein wenig grinste – das Stadttheater und das Parkhotel. Auf dem Rasen spielten Kinder und gepflegt gekleidete Mütter fuhren mit Kinderwagen spazieren. Alle Leute schienen mit sich und der Welt zufrieden zu sein, sogar der armselig gekleidete Mann mit Vollbart, der sich auf das Durchwühlen der Müllbehälter so konzentrierte, dass er sonst nichts wahrnahm.

Sie blickten auf das Wasser und beobachteten die Tretbootfahrer. Udo schwieg und Jo fühlte sich zwar von ihrer Umgebung ausgeschlossen, doch trotzdem ein wenig wohler. Als Udo wieder zu sprechen anfing, wurde sie sofort misstrauisch. Doch dann sagte er unter vielen Entschuldigungen:

„Da drüben ist die Stadtkirche. Da findet am Samstag und am Sonntag ein Konzert statt. Vielleicht kennen Sie den

„Messias“ von Georg Friedlich Händel? Als ich jung war, habe ich da ein paar Mal mitgesungen. Es war eine schöne Zeit. Vielleicht begleiten Sie mich?“

Jo hatte wenig Ahnung von Musik und schon gar keine von einem „Messias“, doch wollte sie den Kontakt mit Bruder Udo nicht abbrechen. Sie hatte bisher ja gar nichts von ihm erfahren. Deshalb bedankte sie sich und stimmte seiner Einladung zu. Sie verabredeten, sich am Samstagabend am Kirchturm zu treffen und verabschiedeten sich dann.

7. Neue Erkenntnisse

Alfred war schon im Büro, als Margot kam. Sie war offensichtlich schlecht gelaunt:

„Warum hast du dein Handy abgeschaltet, während du dich mit dieser Katja amüsiert hast?“

„Nur deshalb, weil du mich zur ‚Götterdämmerung‘ verurteilt hast.“

Sie blickten sich an und mussten beide lachen. Mit ihren Kaffeebechern prosteten sie sich zu mit ihrem alt eingeübten Spruch „Sind wir wieder gut“. Dann erzählte Alfred, was er von Katja erfahren hatte, allerdings nur eine Kurzfassung, denn auf der nachfolgenden Dienstbesprechung müsste er seine Erkenntnisse wie immer ausführlich vortragen. Auf dem Weg in das Besprechungszimmer informierte er Margot noch zusätzlich:

„Ich weiß jetzt – bin mir ganz sicher – wer der Bärtige auf dem Bild der „Reuchlin Rocker“ ist. Letztes Jahr hat mich Emma wie meistens, überredet, mit ihr zum Öchsle Fest zu gehen. Wir waren in einer der Hütten, die einen Alleinunterhalter engagiert hatten. Er nannte sich Carlo Canussi, sang und begleitete sich selbst auf der Gitarre, übrigens nicht schlecht. Zwischen seinen Songs hatte er offenbar zuviel Wein getrunken und war schließlich sturzbesoffen. Der Wirt, der ihn Tommi nannte, warf ihn raus, was nicht ohne Gebrüll abging. Vor der Hütte hat er dann noch eine Weile herumgegrölt, bis er dann von den diensthabenden Uniformierten abgeführt wurde. Ich erinnere mich nur wegen des Krawalls an ihn. Das Alter passt. Er muss es sein. Leider habe ich mir den Namen des Wirtes nicht gemerkt, denke aber, der müsste herauszukriegen sein.“

Margot blieb keine Zeit mehr zu einer Stellungnahme, denn bei Dr. Badenmaier schien es angebracht, möglichst pünktlich zu erscheinen.

Als sie das Zimmer betraten, waren die übrigen bereits da, standen plötzlich alle auf und klatschten. Direktor Größer kam auf Alfred zu und sagte:

„Ich darf Ihnen, Herr Müller, herzlich gratulieren. Sie sind ab sofort Kriminalhauptkommissar. Meiner Meinung nach haben Sie diese Beförderung schon lange verdient, aber sie wissen ja, wie eng der Stellenplan ist.“

Alfred bedankte sich, nahm die Urkunde entgegen und versprach, sie alle zu einem Umtrunk einzuladen.

„Aber bitte nicht im Dienstgebäude“, warf Dr. Badenmaier ein und fuhr fort: „Kommen wir doch endlich zur Sache. Ich schlage vor, dass Sie, Herr Hauptkommissar, beginnen.“

Ausführlich berichtete Alfred von seinem Gespräch mit Frau Katja Bannberger und fasste dann zusammen:

„Wir haben nun konkret einige Verdächtige. Für mich steht da an vorderster Stelle dieser heruntergekommene ehemalige Freund des Ermordeten. Meiner Ansicht nach hat er Tobias Bannberger erpresst. Als dieser ihm weitere Zahlungen verweigerte – der Grund für die Erpressung muss in der Vergangenheit liegen –, hat ihn dieser Bärtige ermordet.“

Braun, der sich bisher ruhig verhalten hatte, unterbrach Alfred und sagte:

„Ein Bärtiger mit einer blonden Frauenperücke? Dass ich nicht lache! Hat er sich seinen Bart womöglich zu einem Zopf geflochten oder ihn - was weiß ich - mit wie viel Gel oder Schminke angeklebt? Das wäre doch sicher der Kellnerin aufgefallen.“

Dr. Größer nickte Alfred zu, der fortfuhr:

„Meiner Ansicht nach hatte er eine Komplizin. Weil der junge Bannberger nach Aussage seiner Schwester ein Waffennarr war, könnte dieser ehemalige Kumpel von ihm die Pistole gestohlen haben. Er nennt sich übrigens Carlo Canussi, heißt aber mit bürgerlichem Vornamen Tommi oder Thomas. Es dürfte nicht schwer sein, den Zunamen herauszufinden. Ich schlage vor, dass wir uns vorerst auf ihn als Hautverdächtigen konzentrieren. Ein erster Schritt wäre, die Waffensammlung des Opfers und zugleich seine Wohnung nach weiteren Hinweisen zu durchsuchen. Die zweite verdächtige Person ist die junge Frau Carmen Bannberger, über die Ihnen Frau Meister Genaueres berichten kann.“

Margot berichtete von ihrem Anruf in dem Hotel, in dem die junge Frau nach Aussage ihrer Schwiegermutter, bestätigt von der Schwester des Toten, einen Aufenthalt gebucht hatte. Sie sei jedoch dort schon vor einer Woche, Margot betonte die folgenden Worte, „von ihrem Mann, einem attraktiven Südländer“, abgeholt worden:

„Kurz gesagt: Sie ist verschwunden. Herr Müller hat mir mitgeteilt, dass sie sich nach Aussage ihrer Schwägerin für die Seitensprünge ihres Mannes schadlos hielt. Frau Ginsele, die Chefsekretärin der Firma wisse darüber mehr.“

Jetzt ergriff der Staatsanwalt das Wort: Ist Katja Bannberger nicht eine Lesbe?“ Ihre Aussage könnte doch…“

Er wurde heftig von Größer unterbrochen:

„Tut das etwas zur Sache, Herr Doktor?“

„Vielleicht doch, denn sie hat, soweit ich informiert bin, kein Alibi für die Tatzeit.“

„Das Alibi, ein gemeinsamer Abend in einem Feministinnen-Club, wird gerade von einem Polizisten überprüft. Ich denke, dass wir bis zum Ende der Sitzung das Ergebnis erfahren können.“ Er blickte in Richtung Dr. Badenmaier, vermied es aber, diesem direkt in das Gesicht zu sehen und bemerkte:

„Frau Bannberger rechnete mit Vorurteilen, weshalb sie uns ihr Alibi nicht sofort bekannt gab.“

Mit stillem Vergnügen beobachtete Margot, dass der Staatsanwalt rot geworden war.

Das folgende betretene Schweigen wurde von Braun beendet. Wie fast immer erhob er sich auch dieses Mal zu voller Größe, legte eine wirkungsvolle Pause ein und sprach dann mit erhobener Stimme:

„Auf mein Drängen hin haben sich die Spezialisten der kriminaltechnischen Untersuchung beeilt. Es ist ihnen tatsächlich gelungen, einige Daten auf dem Kontoauszug der Berliner Sparkasse zu rekonstruieren. Die Streichungen wurden offenbar zu verschiedenen Zeiten vorgenommen und dazu verschiedene Stifte verwendet. Nicht mehr löschbar waren die Durchstriche, die mit Kugelschreiber vorgenommen wurden, in mehreren Schichten. Dazu gehören…“

Größer unterbrach ihn:

„Herr Braun, um die Sitzungszeit nicht unnötig zu verlängern, bitte ich Sie uns doch zuerst die lesbaren Fakten zu nennen.“

„Also gut! Lesbar ist, wie schon gesagt, die Bank des Empfängers oder der Empfängerin mitsamt der Bankleitzahl. Weil es sich um ein zweites Blatt mehrerer Kontoauszüge zum gleichen Datum handeln muss, fehlt – wie üblich – der Name des Empfängers. Radikal zerstört sind die sogenannten Belastungen in der linken Spalte. Lesbar werden konnte, weil nur mit Filzstift durchgestrichen, das Datum einer „Überweisung Gutschrift“ vom 2. Januar 2003, darunter der Name der überweisenden Person - Sie werden es nicht glauben“, er machte erneut eine Pause, die er für wirkungsvoll hielt, lächelte triumphierend und erhob seine Stimme, „Sofia Bannberger“ und die Bemerkung „Letzte Rate“. Zu lesen war auch noch die Bankleitzahl: 666 400 35 und die Gutschriftsumme von 1500 Euro. Die Bankleitzahl stimmt zufällig mit der meiner Bank überein, weshalb es mir nicht schwerfiel diese ausfindig zu machen: Es ist die Commerzbank Pforzheim.“

Mit der nachfolgenden Reaktion der Anwesenden konnte Braun zufrieden sein. Ein allgemeines Stimmengemurmel setzte ein. Deutlich vernehmbar war Badenmaier, der sich nicht beherrschen konnte: „Das kann doch nicht wahr sein! Sofia! Ich fasse es nicht!“

Nach einer Weile erbat sich Größer energisch Ruhe. Er blickte Dr. Badenmaier an und sagte ohne jede Häme:

„Geldüberweisungen sind kein Verbrechen, und es ist sicher, dass Frau Bannberger ihren Sohn nicht umgebracht hat. Doch müssen wir der Sache nachgehen. Ich muss Sie jedoch, weil es in Ihre Kompetenz fällt, um eine richterliche Verfügung zur Kontrolle von Frau Bannbergers Konto bitten. Auch müssen wir mit der Berliner Sparkasse Kontakt aufnehmen. Hier schlage ich vor, das LKA um Unterstützung zu bitten. Frau Meister, Sie melden sich zu Wort. Bitte!“

„Wenn wir schon die Hilfe des LKA brauchen, schlage ich vor, dass wir gleichzeitig auch Amtshilfe bei der Suche nach der vermissten Ehefrau des Opfers, Frau Carmen Bannberger, erbitten.“

Alfred meldete sich zu Wort: „Dringend erscheint mir eine Anordnung zur Wohnungsdurchsuchung von Tobias Bannberger, der, wie ich bereits berichtete, eine umfassende Waffensammlung besitzt. Möglicherweise fehlt eine Pistole, die er nach Aussage seiner Schwester manchmal auch im Auto hatte. Außerdem brauchen wir persönliche Informationen, eventuell Dokumente über seine verschwundene Ehefrau – vielleicht auch Hinweise über ihre vermeintlichen Seitensprünge oder den bis jetzt anonymen Südländer. Hinzu kommt eine dringende Befragung der Chefsekretärin Frau Ginsele in der Firma. Frau Meister hatte uns berichtet, dass diese Frau Ginsele wegen einer Steuerprüfung sehr aufgeregt war“

Braun warf ein, dass ältere Sekretärinnen vermutlich immer nervös sind, wenn das Finanzamt erscheint. Alfred, der sich wieder ärgerte, weil der Mann vom Erkennungsdienst sich in die Ermittlungsarbeit einmischte, widersprach heftig:

„Frau Ginsele ist seit Jahrzehnten mit der Buchführung und anderen Verwaltungsdingen vertraut. Sie war die rechte Hand des Seniorchefs und hat schon sehr viele Steuerprüfungen überstanden. Es kann sogar sein, dass wir das Finanzamt um Auskünfte ersuchen müssen – obwohl ich das nicht hoffe.“

Kriminaldirektor Größer schwieg. Alle wussten, dass er sich dabei die nächsten Schritte durch den Kopf gehen ließ, weshalb sie auch schwiegen. Endlich – er hatte etwas länger gebraucht als üblich - sagte er:

„Ich bin zu dem Schluss gekommen, dass es angesichts der Fülle der anstehenden Aufgaben notwendig ist, eine SOKO zusammenzustellen. Sie als Inspektionsleiter, Herr Forstmann, übernehmen bitte die Koordination, wobei die eigentliche Ermittlungsarbeit Frau Meister und Herr Müller übernehmen werden. Zu Ihrer Unterstützung werde ich Ihnen Kriminalkommissar Pfefferle zuweisen, der bisher im Drogendezernat eingesetzt war. Er hat dort hervorragende Arbeit geleistet."

Während Größer noch sprach, ratterte das Fax-Gerät. Forstmann nahm das Schreiben in Empfang und las es laut vor:

„Das Alibi von Frau Katja ist von ihrer Freundin und der Vorsitzenden des Frauenclubs bestätigt. Näheres folgt. Gez.: Polizeiobermeister Schmitt."

Zur Erleichterung aller Anwesenden, die die ständigen Dienstbesprechungen satt hatten, schlug Größer vor, eine weitere Sitzung so lange zu verschieben, bis konkrete Ergebnisse vorlägen. Dr. Badenmaier konnte sich jedoch die Anmerkung nicht verkneifen:

„Ich bitte trotzdem, von der Sonderkommission stets informiert zu werden."

Bevor er noch an der Tür war, erkundigte sich Braun bei Alfred, wann denn der Umtrunk stattfinden würde, erhielt aber keine Antwort.

Als Alfred und Margot in ihr Büro kamen, stand bereits – etwas verlegen – Hans Pefferle vor ihrem Schreibtisch und schien sich vergeblich nach einem Sitzplatz umzusehen. Die Schreibtisch- und Stuhlbesitzer, die ihn beide kannten, begrüßten ihn sehr freundlich. Margot rief sofort den Hausmeister an und bat diesen, so schnell wie möglich einen weiteren Schreibtisch und den passenden Stuhl zu bringen. Dem Hausmeister passte diese Bitte nicht, aber das waren sie gewöhnt. Sie mussten lachen, als sie Margots Gespräch zuhörten:

„Wo sie des Zeugs in dem kleinen Raum hinschtelle solle? I moin am beschte quer vor unsere Schreibtisch'! Nix mit g'schwind warte, mir müsse au schaffe!"

Pfefferle freute sich. Als Margot aufgelegt hatte, sagte er:

„I hab net g'wusst, dass Sie au schwäbisch schwätze könne! Aber machen Sie sich keine Sorgen, ich kann auch hochdeutsch."

„Dann kann ja nichts mehr schiefgehen! Also, wie gehen wir jetzt vor? Vorerst, Pfefferle, können Sie sich – aber bitte ausnahmsweise – auf meinen Schreibtisch setzen", meinte Alfred, „ist nicht gerade bequem, aber Sie sind ja noch jung."

Die Wohnungsdurchsuchung bei Tobias Bannberger mussten sie vorerst verschieben. Pfefferle grinste und meinte:

„Mit Gefahr in Verzug können wir nicht vorgehen, denn schließlich ist der Wohnungsinhaber ja schon tot."

Alfred war erst dagegen, Frau Sofia Bannberger zu befragen, weil die Auskünfte der Bank noch nicht vorlagen. Margot überzeugte ihn jedoch, dass man sie auch mit dem einzigen Bankauszug konfrontieren könne. Und ohne weiteres Abwarten stünde auch einem Gespräch mit Frau Ginsele nichts im Wege, selbst wenn diese nicht bereit wäre, über die Finanzen nähere Auskünfte zu geben. Aber da sei ja noch die ausgerissene Witwe. Sie betrachtete Pfefferle ausführlich und entschloss sich dann, ihn direkt zu fragen:

„Trauen Sie sich das Gespräch mit Frau Ginsele zu? Ohne Ihnen schmeicheln zu wollen, steht fest, dass Sie ein attraktiver Mann sind. Vielleicht reagiert sie auf freundliche schöne Männer? Schmeicheln Sie ihr halt ein wenig."

Pfefferle lächelte und sagte:

„Bisher habe ich nur Erfahrung mit Junkies und Dealern. Frau Ginsele wird weder das eine noch das andere sein. Wünschen Sie mir etwas Erfolg!"

Gerade als er zur Tür hinaus wollte, kam der Hausmeister mit einer Hilfe herein und stöhnte etwas zu laut über das Gewicht des Schreibtischs. Währen die Männer diesen aufstellten betrat auch der Inspektionsleiter Forstmann das Zimmer und forderte ihn auf, einen weiteren Stuhl herbeizuschaffen. Wenn Blicke töten könnten, wäre Forstmann sofort umgefallen. Er entschuldigte sich bei Alfred und Margot für sein eigenmächtiges Vorgehen. Er habe nicht nur mit dem LKA telefoniert, sondern ohne Rücksprache mit ihnen, auch mit Dr. Badenmaier. Es sei ihm tatsächlich gelungen, bei diesem sofort die Anordnung zur Wohnungsdurchsuchung von Tobias Bannberger zu erreichen:

„Was haben Sie inzwischen beschlossen?"

Alfred berichtete von dem geplanten Vorgehen. Er bat zugleich, etwa eine Stunde früher zusammen mit Margot Frau Bannberger zu sprechen und zu informieren:

„Ich denke, dass sie sich dieses Mal nicht so sehr verweigert, uns konkrete Auskünfte zu geben. Vielleicht wäre es auch möglich, ihr beizubringen, dass man die Durchsuchung eventuell ohne einen Tross von Uniformierten vornehmen kann– ich denke da an ihre Sorge wegen des Imageschadens in der Nachbarschaft. Was meint ihr?"

Forstmann feixte Alfred an:

„Der Erkennungsdienst, d. h. Herr Braun, wird sich aber nicht vermeiden lassen. Ich werde versuchen, eine unauffällige Ermittlungsgruppe in ziviler Kleidung zusammenzubringen. Wenn es zu lange dauert, werden wir erst einmal mit den Leuten vom Erkennungsdienst allein kommen. Mein Vorschlag wäre deshalb, dass Pfefferle nach dem Gespräch mit dieser Sekretärin ebenfalls in die Friedenstraße kommt. Okay?"

Sie waren einverstanden, kündigten sich telefonisch bei Frau Bannberger an und machten sich dann auf den Weg.

8. Ausreden und Halbwahrheiten

Dieses Mal trafen sie Frau Bannberger bereits abwartend in ihrem repräsentativen Empfangszimmer. Auf einem Glastischchen stand ein kostbares Tee-Service samt einer Kanne, Zucker und Milch sowie einer Schale mit Gebäck. Nach einem kurzen Überblick stellte Alfred fest, dass diese Köstlichkeiten sicher nicht aus einem Supermarkt stammten. Frau Bannberger lud beide sehr freundlich ein, doch Platz zu nehmen, und entschuldigte sich gleichzeitig, dass sie wegen ihrer schmerzenden Beine sitzen blieb.

„Bitte bedienen Sie sich! Haben Sie Neuigkeiten oder wissen Sie sogar, wer dieser Verbrecher war, der meinen Sohn ermordet hat?“

Alfred nickte Margot zu, die ihr dann oberflächlich die bisherige Erfolglosigkeit der Ermittlungen bekannt gab:

„Nein! Frau Bannberger, wir haben keine Neuigkeiten für Sie, aber einige neue Fragen, von deren Beantwortung wir uns Fortschritte in der weiteren Ermittlung versprechen. Da wären zuerst einmal Auskünfte über Ihre Schwiegertochter Carmen. Was wissen Sie von ihrem derzeitigen Aufenthalt?“

Frau Bannberger schien einen Moment verlegen und trank, um Zeit zu gewinnen, einen Schluck Tee. Ihr erneutes Angebot, dass sich die Kommissare doch bedienen möchten, wurde abgelehnt. Alfred sah auf seine Uhr und drängte die Seniorin:

„Wir haben noch weitere Fragen und unsere Zeit ist, wie Sie gleich erfahren werden, leider begrenzt.“

Endlich entschloss sich die Dame zu einer Antwort:

„Ich habe meine Schwiegertochter leider nicht erreichen können. Nach Auskunft des Hotels ist sie bereits abgereist, aber hier noch immer nicht angekommen. Vielleicht hatte sie einen Unfall? Ich muss gestehen, dass ich mir aber keine große Sorgen um sie mache“.

Sie machte eine Geste der Verachtung und sagte mit Blick auf Margot:

„Eine Schwiegermutter hat keinen Einfluss auf das Verhalten der Frau ihres Sohnes. Sie ist, ehrlich gesagt, ein dummes Ding, das meinen Sohn wegen seines Geldes geheiratet hat.“

Alfred übernahm jetzt das Wort:

„Frau Bannberger, im Auto Ihres Sohnes, das Sie uns zur Untersuchung freigegeben hatten, wurde ein Kontoauszug der Berliner Sparkasse gefunden, zum Teil unleserlich gemacht, doch konnte Ihr Name als Überweisende rekonstruiert werden. Er ist auf den 2. Januar 2003 datiert mit dem Text ‚letzte Rate’. Wir gehen davon aus, dass Sie seit längerer Zeit an die leider unleserliche Kontonummer überwiesen haben. Also bitte, wer war der Empfänger?“

Frau Bannberger legte plötzlich ihr damenhaftes Verhalten ab. Wütend blickte sie die beiden Kommissare an und sagte überlaut:

„Kommen Sie mir ja nicht mit Unterstellungen! Lächerlich! Ein unleserlicher Kontoauszug! Suchen Sie doch endlich den Mörder meines Sohnes, anstatt in meiner angeblichen Überweisung und in meinen Privatangelegenheiten herumzuschnüffeln, die Sie einen Dreck angehen. Verlassen Sie bitte sofort mein Haus!“

„Nein, das tun wir bestimmt nicht! Mit einer richterlichen Anweisung wird derzeit Ihr Konto bei der Commerzbank überprüft. Wofür haben Sie Geld nach Berlin überwiesen? Vergessen Sie nicht, dass wir den Kontoauszug im Wagen Ihres Sohnes gefunden haben. Das ist für uns, die wir nur unsere Arbeit tun, ein wichtiger Hinweis."

Alfred war ebenfalls etwas lauter geworden. Als er, um seinen Ärger zu unterdrücken, aufstand, zuckte die Lady zusammen. Sie fand jedoch wieder ihre Beherrschung, doch zu einer Entschuldigung für ihre Ausfälligkeit war sie nicht bereit. Sie sagte in ihrer seit Jahren eingeübten Distanz:

„Also gut, wenn Sie meinen, dass es der Sache dient. Ich habe vor vielen Jahren ein Bild in Berlin gekauft, ein sehr teures Original, das ich meinem Mann zu unserem 50. Hochzeitstag geschenkt habe. Sonst noch Fragen?"

Margot war aufgestanden und betrachtete das Bild, das ihr schon beim ersten Besuch aufgefallen war. Sie wandte sich um:

„Wenn es dieses Bild ist, dann müssten Sie doch noch den Verkäufer wissen?"

„Nein, die Galerie weiß ich nicht mehr. In Berlin gibt es zahlreiche Galerien, die ich mir nicht alle merken kann. Es war übrigens nicht dieses Bild, das wir von meinem Schwiegervater geerbt haben. Das Bild aus Berlin war von einem weniger bekannten Maler der Niederländischen Schule," spöttisch fügte sie an, „die einem Kripobeamten so wenig bekannt sein dürfte wie der Name des Malers."

Margot wurde rot und antwortete ärgerlich:

„Ein Kripobeamter verdient zu wenig, um sich kostbare Bilder zu kaufen – noch nicht einmal auf Raten. Ihre Arroganz ist nicht angebracht."

Alfred mischte sich schnell ein:

„Ich gebe zu, dass ich mich bei Kunstwerken nicht auskenne, stattdessen bei Vorspiegelung falscher Tatsachen und Lügen. Also, wo hängt," er übertrieb absichtlich, „Ihr niederländischer Schinken?"

Endlich wurde die Dame ein wenig verlegen. Sie rang sichtlich um die passende Antwort.

„Sie werden – wie Sie es sagen – den niederländischen Schinken weder in diesem Haus noch in der Firma finden. Und schon gar nicht…" sie über legte einen Augenblick, „ in unserem Vorratsraum. Vor zwei Jahren hat mein Mann dieses Bild verkaufen müssen, weil die Aufträge an die Firma zurückgegangen waren. Das ist leider bis heute der Fall. Vielleicht kennen Sie die Probleme der Pforzheimer Schmuckindustrie. Viele kleinere Firmen, aber auch einst sehr gut gehende kämpfen ums Überleben."

Sie tat, als wische sie sich eine Träne aus dem Auge, selbstverständlich mit einem Spitzentaschentüchlein. Die beiden Beamten waren jedoch nicht von Mitleid gepackt. Alfred zog das Bild der „Reuchlin Rocker" aus der Tasche und hielt es ihr vor die Nase:

„Hat die finanzielle Krise Ihrer Firma etwas mit dieser Gruppe zu tun? Geben Sie endlich zu, dass einer der Mitspieler Ihren Sohn oder Ihren Mann erpresst hat! Es gab da auch eine Andeutung Ihrer Tochter Katja, dass es der bärtige Thomas war. Wir werden das sowieso herausfinden."

Frau Bannberger starrte ihn genauso entsetzt an wie Margot, die überlegte, ob ihm seine Beförderung in den Kopf gestiegen sei. Sie erinnerte sich nicht, ihn jemals bei einem solchen, wie sie fand, billigen Bluff erlebt zu haben. Er schien sich mehr, als sie gedacht hatte, auf den Bärtigen festgefahren zu haben. Sie schwieg. Alfred, der ebenfalls schwieg, blickte sie entschuldigend an, doch sie sah weg. Auch Frau Bannberger brachte kein Wort heraus.

Mitten in die Stille platzte vor Zorn bebend Katja herein und schrie:

„Herr Müller, mit Ihnen bin ich für alle Zeiten fertig!"

Offenbar hatte sie eine ganze Weile vor der Tür gelauscht. An ihre Mutter gewandt, sagte sie mit ebenfalls zorniger Stimme, nur etwas weniger laut:

„Was glotzt du dieses Bild so an? Sag' endlich einmal, was du weißt. Tobi brauchst du nicht mehr in Schutz zu nehmen. Dein verwöhnter Liebling ist tot, mausetot, hingerichtet wie ein Verbrecher."

Echt erschüttert begann Frau Bannberger jetzt hemmungslos zu weinen. Margot reichte ihr eine Packung Papiertaschentücher und wollte die Auseinandersetzung in vernünftige Bahnen leiten. Aber sie hatte keine Chance. Katja war nicht zu bremsen:

„Mutter, die du nie eine für mich warst, du wolltest seit Jahren nicht zur Kenntnis nehmen, dass die heile Welt der Familie längst zerbröckelt war. Die Fassade war dir wichtiger als zum Beispiel mein Leben, mein Friede, meine Perspektiven. Das war dir alles egal. Mit eurer blödsinnigen Geheimnistuerei nicht nur über die Situation der Firma, nein, viel schlimmer, über so manche Übeltaten meines Bruders, der sich alles erlauben durfte, hast du zu der verlogenen und unerträglichen Atmosphäre hier das Deinige beigetragen. Obwohl du mich abgelehnt hast, hast du dich nach Vaters Tod an mich gekettet. Das eine sage ich dir: Entweder du sagst jetzt, was damals los war, oder ich ziehe heute noch aus!"

Während Katjas Ausbruch, bei dem die ältere Frau Bannberger, als würde sie geschlagen, die Hände schützend vor ihr Gesicht hielt, klingelte Margots Handy. Sie ging hinaus, kam aber gleich wieder zurück und sagte zu Alfred:

„Komm bitte einen Moment heraus. Es ist wichtig."

Alfred war froh über diese Ablenkung. Draußen teilte ihm Margot mit, dass Pfefferle, Braun und Forstmann mit dem Suchtrupp vor der Haustür standen. Er sprach kurz mit Forstmann, erklärte ihm, dass sie beide im Moment schwer abkömmlich seien. Sie möchten doch bitte noch ein paar Minuten auf seinen Anruf warten und erst dann mit der Durchsuchung beginnen.

Als sie wieder in das Zimmer traten, fanden sie Mutter und Tochter schweigend und starr vor sich hinblickend. Margot übernahm die schwierige Mitteilung:

„Entschuldigen Sie bitte, wir hatten bisher keine Möglichkeit, Sie darauf vorzubereiten, dass die Wohnung Ihres Sohnes in ein paar Minuten durchsucht wird – übrigens mit behördlicher Genehmigung. Es geht hauptsächlich um die Waffensammlung Ihres Sohnes, aber auch um Dokumente, die uns helfen können, seinen brutalen Feind aufzuspüren. Außerdem brauchen wir die Personalakten Ihrer Schwiegertochter, die vom LKA beziehungsweise von Interpol gesucht wird. Die dazu eingesetzte Mannschaft wird mit aller Diskretion vorgehen. Es sind nur Männer in Zivil. Können wir bitte die entsprechenden Schlüssel haben?"

Frau Sofia schien über die Unterbrechung, die ihr half, in die Gegenwart zurückzufinden, fast erleichtert. Gefasst bat sie Katja, die Schlüssel zu holen. Diese weigerte sich entschieden. Mühsam erhob sich ihre Mutter, die plötzlich sehr alt aussah, und schleppte sich in das Esszimmer. Mit einem Schlüsselbund kam sie zurück und reichte diesen an Margot. Ihre Tochter bat sie, die Beamten zu begleiten, was diese erneut ablehnte:

„Das tue ich bestimmt nicht! Das kann Herr Müller tun, dessen Gegenwart mir einfach lästig ist. Vielleicht findet er draußen ein Stück Sahnetorte“, fügte sie gehässig an. Zu Margot gewandt, die das mit der Sahnetorte nicht verstand, meinte sie:

„Es wird wohl ein Bulle genügen oder bestehen Sie auf Verstärkung? Ich nehme an, dass das Suchkommando nichts stehlen wird, und alles, was die mitnehmen, von Mutter bestätigt werden muss. Ich bleibe hier, damit meine Mutter sich nicht wieder wie seit Jahrzehnten um eine Antwort drücken kann.“

Margot nickte ihr Einverständnis und Alfred schlich wie ein begossener Pudel hinaus.

Frau Bannberger, die sich wieder gesetzt hatte, wirkte plötzlich erleichtert und begann:

„Mein liebes Kind, ich werde…“ Katja unterbrach sie brutal:

„Sag’ nie mehr ‚mein liebes Kind’! Ich kann diese bescheuerte Floskel nicht mehr hören. Ich war nie dein liebes Kind. Pack endlich einmal aus. Was weißt du?“

Frau Bannberger schnäuzte sich und sagte, ohne ihre Tochter eines Blickes zu würdigen, zu Margot:

„Mein Mann wollte mich schonen und hat anfangs deshalb nicht alles erzählt, was nach dem letzten Konzert der Jungs in der Grenzsägmühle passiert war. Mit drei ihrer Anhängerinnen, man nennt solche Mädchen heute, glaube ich, Groupies, sind sie auf einer Wiese irgendwo im Kirschengäu spazieren gegangen, wo sie, wie Tobias gestand, alle Alkohol getrunken und, was er lange verschwieg, auch Drogen konsumiert haben. Einige Wochen später drohte eines der Mädchen mit einer Anzeige wegen Vergewaltigung. Tobias, den sie Banni nannten, hat geschworen, dass die Mädchen, verzeihen Sie den ordinären Ausdruck, aber er hat es so formuliert, scharf wie Sensen waren. Sie wollten unbedingt genommen werden, hätten sich ausgezogen, die Jungs so lange provoziert, bis es eben passiert war. Ich weiß, dass es dafür keine Entschuldigung gibt. Mein Mann war verzweifelt. Er wollte unbedingt einen Skandal vermeiden und die Zukunft seines Sohnes nicht aufs Spiel setzen. Damit sie ihre Anzeige zurückzieht, ließ er sich erpressen und hat bezahlt. Weshalb er sich auf Ratenzahlungen eingelassen hat, weiß ich nicht. Vielleicht hatte er immer gehofft, dass die Erpresserin eines Tages verzichtet. Er bat mich dann, die Summen über mein Konto laufen zu lassen und mit meinem Namen zu unterzeichnen, damit er nicht selbst oder gar die Firma mit dieser üblen Geschichte konfrontiert würde. Wir haben dann die Geschichte mit dem Bilderkauf erfunden, falls doch noch etwas ruchbar wird. Vor vier Jahren sagte er dann: ‚Jetzt reicht's, Schluss, aus!' Es war die Zeit, in der Tobias als Teilhaber in die Firma eintrat."

Katja wollte etwas sagen, doch sie kam nicht zu Wort, denn Margot fragte sofort nach:

„Seit wann liefen diese Überweisungen und an wen?"

„Die Ratenzahlungen begannen im Herbst 1984. Zu Ihrer zweiten Frage", Frau Bannberger zog ihre Stirn in Falten, so als würde sie intensiv nachdenken, um schließlich zu dem Schluss zu kommen:

„Es tut mir Leid, ich kann mich wirklich nicht an den Namen erinnern."

Margot glaubte ihr kein Wort:

„Aber vielleicht erinnern Sie sich an die Namen der Mädchen?"

„Bitte glauben Sie mir, dass ich diese nicht mehr so genau weiß, auch deshalb, weil diese sich untereinander, genau wie die Jungs, selten mit ihrem richtigen Vornamen anredeten und schon gar nicht mit ihrem Familiennamen. Sie waren meistens bei einer der Partys von Tobias dabei und wurden mir dann kurz vorgestellt. Einen Namen weiß ich allerdings noch genau, weil das Mädchen mir als Friedelinde vorgestellt wurde, worüber die anderen lachten. Das Mädchen tat mir Leid – wie kann man einem Kind so einen altbackenen Vornamen geben! Eine andere hieß, glaube ich, Bärbel oder Babsi und eine weitere Anne, Anni, vielleicht auch Hanni. Es waren oft noch andere Mädchen und Jungs dabei, aber an deren Namen kann ich mich überhaupt nicht mehr erinnern. Wir Eltern waren bei diesen Festen nicht gern gesehen, wurden als störend empfunden und später ausgeschlossen, was man ja verstehen kann. Auch deshalb weiß ich keine Einzelheiten mehr.“

Sie machte eine Pause und sah dann Margot bittend an:

„Tobias hat aus dieser Geschichte der angeblichen Vergewaltigung viel gelernt. Er war verantwortungsbewusster geworden.“

Jetzt war Katja nicht mehr aufzuhalten:

„Dass ich nicht lache! Tu doch nicht so, als hättest du nie mitbekommen, dass er weiterhin zahlreiche Weiber vernascht hat. Du bist doch nicht blöd, hast einfach nur weggesehen. Hauptsache war, dass dein Goldstück den Schein gewahrt hat. Vermutlich springen in Pforzheim oder sonst wo ein paar Enkel von dir herum.“

Margot, die eine weitere Eskalation vermeiden wollte, machte dem Gespräch ein Ende und fragte die Tochter:

„Ist das nur eine Unterstellung oder wissen Sie es genau?“

Verlegen antwortete Katja:

„Zugegeben, es ist eine Vermutung, die aber nicht aus der Luft gegriffen ist. Mein Bruder war ein Heimlichtuer, letztlich auch ein Betrüger, der die Firma an den Rand des Ruins gebracht hat.“

Frau Bannberger erhob Einspruch:

„Davon hast du keine Ahnung. Ich verbitte mir deinen Ton. Du warst immer neidisch auf deinen Bruder. Verschwinde in deine Wohnung und verschone mich mit weiteren Anschuldigungen! Du bist unerträglich.“

Katja stand auf und brüllte noch, bevor sie die Tür zuknallte:

„Das war ich seit meiner Geburt für dich. Aber jetzt ist Schluss. Ich ziehe aus!“

Margot, die unter der Auseinandersetzung ein wenig gelitten hatte, bat um eine Tasse Tee. Nachdem die beiden Frauen einen Schluck zu sich genommen hatten, wirkte Frau Bannberger wieder ruhiger:

„Haben Sie sonst noch Fragen? Ich muss Ihnen gestehen, mich hat diese schreckliche Geschichte jahrelang bedrückt. Es ist sehr, sehr traurig, dass mein Tobi sterben musste. Ich glaube aber nicht, dass ein Ereignis vor über 20 oder inzwischen 24 Jahren seinen Tod verursacht hat.“

„Es muss nicht so sein, aber die Möglichkeit eines späten Racheakts dürfen wir nicht außer Acht lassen. Waren die Mädchen und Jungen in einer Klasse?“

„Ja, soviel ich weiß, zumindest gemeinsam in einem Englisch-Leistungskurs.“

„Wie hieß der Lehrer?

„Ich erinnere mich nur, dass er von den Schülern Bomberle genannt wurde. Vielleicht hieß er wirklich so?“

Es klopfte an die Tür und Forstmann trat ein. Er trug ein Laptop, eine Pistole und einige Papiere vor sich her, verbeugte sich kurz vor der Dame des Hauses und stellte sich vor:

„Der Waffenschrank Ihres Sohnes ist in Ordnung. Alle Waffen dokumentiert und registriert. Wir müssen lediglich diese Pistole für eine kriminaltechnische Untersuchung und sein Laptop mitnehmen, sowie die auf der Liste verzeichneten Dokumente. Selbstverständlich erhalten Sie alle Dinge wieder zurück. Wenn Sie bitte hier unterzeichnen!"

Margot stand auf. Bevor sie mit Forstmann den Raum verließ, sagte Sie:

„Nur noch eine Frage, Frau Bannberger. Haben Sie sich wegen des Verbleibs Ihrer Schwiegertochter mit deren Eltern in Verbindung gesetzt? Wir brauchen deren Adresse."

„Nein, ich habe diese ungebildeten Leute nicht angerufen. Wir haben uns nur einmal, nämlich bei der Hochzeit, getroffen. Das war nicht zu vermeiden, und ihre Anwesenheit war höchstpeinlich für unsere anderen Gäste."

Sie zog verachtend die Nase hoch, während sie Margot die Adresse nannte.

Auch wenn Margot im Laufe der vorangegangenen Befragung trotz ihrer Routine beinahe ein wenig Mitleid mit der alten Bannbergerin empfunden hatte, so war sie von dieser Empfindung jetzt geheilt.

Beim Hinuntergehen konnte sie sich nicht bremsen und schimpfte, zu Forstmann gewandt:

„Arrogante Zicke!"

Als die Soko am Spätnachmittag wieder versammelt war, dieses Mal in dem größeren Besprechungsraum, redete Braun zuerst über die Dokumente, die er in einer der Schubladen im Rückzugszimmer des Tobias Bannberger gefunden hatte. Dazu gehörten ein paar Hochzeitsbilder mit Carmen, geb. Wurmer, und der damals abgeschlossene Ehevertrag. Interessant war die Übereinkunft, dass bei einer Scheidung seine dritte Ehefrau nur eine kleine Abfindung bekommen würde:

„Beim dritten Mal hat er wohl etwas dazugelernt. Die Pistole wird noch untersucht. Das Kaliber stimmt überein, doch wurde die Waffe nach der ersten Überprüfung in letzter Zeit nicht benutzt. Genaueres erfahren Sie später. Über das Laptop machen sich unsere Spezialisten her, doch wird kaum etwas zu finden sein. E-Mails habe Bannberger offenbar immer gleich gelöscht – bei der Festplatte wird es ähnlich sein. Ein sehr vorsichtiger Typ!“

Pfefferle berichtete, dass auch er nicht vorangekommen sei. Frau Ginsele sei zwar sehr freundlich gewesen, habe ihm Kaffee angeboten, sich offenbar über die Abwechslung gefreut, aber von Seitensprüngen der Ehefrau habe sie nie etwas gehört. Sie habe allerdings angedeutet, dass es der Firma schlecht gehe und die Steuerprüfung nicht so ausgefallen war wie in den früheren Jahren:

„Ihre Loyalität zur Firma scheint grenzenlos.“

Nach Margots Bericht, in dem sie auch den Lehrernamen Bomberle erwähnte, freute sich Pfefferle, denn auch er hatte bei ihm Abitur gemacht – wenn auch viel später als Tobias Bannberger. Er wusste, dass der Englischlehrer in Wirklichkeit Hugo Junkers hieß.

„Er war ein guter Lehrer, auch wenn er mir im Abiturzeugnis nur 8 Punkte gegeben hat – das war eine Drei -, worüber ich sehr sauer war. Er ist seit einigen Jahren pensioniert und es soll ihm gut gehen. Meistens ist er zu Ferienbeginn gleich nach der letzten Stunde mit seinem Wohnwagen abgefahren. Ich vermute, dass er das jetzt nicht mehr macht."

Margot und Alfred, die aneinander vorbeiblickten, nickten beide, worauf Pfefferle verschwand. Margot schlug vor, auch gleich die Eltern dieser Carmen anzurufen, womit die anderen sehr einverstanden waren. Alfred schwieg meistens. Erst als sie nach dem Anruf wiederkam, wagte er ein vorsichtiges Lächeln, das Margot übersah. Sie schien frustriert:

„Diese Schwaben! Sie wohnen in Grunbach. Als ich sie um Auskunft über ihre Tochter bat, meinte die Mutter, dass da jeder anrufen könne. Sie glaubte mir nicht, dass ich eine Kripobeamtin bin. Sie war ziemlich mürrisch und meinte: ‚Ich woiß viel, aber i sag' nix. Da müsset'Se scho selber vorbeikomme, aber net ohne Ausweis, gell!'"

Die Überprüfung der Kontobewegungen von Frau Bannberger hatte sich nach Meinung Forstmanns nach dem Geständnis der Kontoinhaberin erübrigt, zumal die Banken Auszüge nur 10 Jahre lang aufbewahrten.

Über eines waren sich alle Beteiligten klar: Sofia Bannberger hatte meisterhaft Halbwahrheiten von sich gegeben und nur dann, wenn sie mit Gegenbeweisen konfrontiert wurde, einiges zugegeben.

Weil Pfefferle nicht mit seinem ehemaligen Lehrer sprechen wollte und sich für befangen erklärte, war Alfred bereit, dieses Gespräch trotz seiner Vorbehalte gegen Lehrer, am nächsten Vormittag zu übernehmen.

Margot sollte nach Grunbach fahren und Pfefferle bekam den Auftrag, im Büro die Stellung zu halten, um mögliche Anrufe entgegenzunehmen und wenn irgend möglich Dr. Badenmaier abzuwimmeln.

Nach der Sitzung, die für alle Feierabend bedeutete, sprach Alfred Margot im Flur an:

„Bitte Margot! Ich weiß, dass du mich heute verachtet hast. Aber wie sollte ich diese eiskalte Dame sonst weichkochen? Ich kam mir selbst miserabel vor. Bitte lass uns irgendwo noch ein Bier oder ein Glas Wein trinken. Ich brauche deine Freundschaft, ich bin schon beinahe abhängig davon. Wir sind doch ein Team, nicht nur beruflich. Ich werde, falls du mir zustimmst, sofort Emma anrufen, dass ich noch zu arbeiten hätte. Bitte!"

Margot blickte ihn lange an. Er sah fast verzweifelt aus. Sie mochte ihn doch so gern. Seit ihrer Scheidung war er der einzige Mann, der liebevoll zu ihr war – sie kannte seine Grenzen -, aber wollte sie mehr? Auch sie war frustriert wegen ihrer Emotionen, die sie bei dem Gespräch mit der arroganten Dame getäuscht hatten. Sie lächelte ihn an:

„Alfred, okay, ruf deine Emma an. Komm mit mir nach Haus. Was war das mit der Sahnetorte?"

Er erklärte es ihr, woraufhin sie meinte:

„Leider habe ich keine Sahnetorte zu Hause, aber irgendetwas zum Essen werden wir schon finden. Ein paar Flaschen Bier habe ich auch noch."

Sie gingen in Margots Wohnung. Weder Bier noch der eingefrorene Elsässer Flammkuchen waren notwendig. Sie umarmten sich mit großer Zärtlichkeit und zogen ihre Kleider aus, während sie den Weg auf ihr Bett fanden. Immer wieder flüsterte Alfred, während er ihre Brüste, ihre Hüften und ihre Schenkel streichelte: „Du bist so schön!“ Margot dankte es ihm, indem sie ihn an den Stellen berührte, von denen sie aus ihren früheren intimen Begegnungen wusste, dass er dabei wohlige Wärme empfand und seine zunehmende Erregung genoss. Sie küssten und liebkosten sich in wortloser Hingabe, aber ihre endliche Vereinigung konnte die Leidenschaftlichkeit nicht bis zu einer Ekstase steigern. Sie blieben trotzdem eng aneinander geschmiegt liegen und wärmten sich gegenseitig. Alfred sprach als erster:

„Bist du enttäuscht?“

„Du Blödmann!“ lachte sie, „warum sollte ich? Du weißt doch, dass ich einmal mit einem Sexprotz verheiratet war, der mich ohne jede Zärtlichkeit nahm, wann es ihm Spaß machte. Er war auch noch stolz darauf. Deine Zuneigung, deine Liebkosungen, deine liebevolle Zurückhaltung, auch deine Lust, verzeih, dass ich das sage, kann ich von ganzem Herzen genießen.“ Sie machte eine Pause, überwand sich schließlich und fügte an:

„Dein Schwanz ist für mich nicht so wichtig. Hoffentlich bist du jetzt nicht beleidigt. Ich weiß ja, dass Männer…“ Er fuhr schmunzelnd fort:

„…sich von ihrem Schwanz her definieren. Doch bin ich zu alt, um mich an diesem Klischee zu orientieren.“

Er zog sich an, nicht ohne sich dabei immer wieder zu unterbrechen, um ihr ein Küsschen zu geben. Dann überredete er sie, doch noch liegen zu bleiben bis er ihr den gebackenen Flammkuchen ans Bett bringen würde. Margot legte sich noch kurz genüsslich zurück, stand dann jedoch auf, zog sich an und folgte ihm in die Küche.

„Wie wär’s mit einem Bier?“

Sie tranken sich zu, bis der Flammkuchen fertig war, und teilten diesen dann unter sich auf. Alfred blickte auf die Uhr:

„Verdammte Schweinerei! Ab sofort bin ich wieder Emmas Ehemann und ein Bulle.“

Er zögerte und stotterte ein wenig:

„Sag mal ehrlich, Margot, könntest du dir vorstellen, dass wir beide zusammenleben, wenn ich mich von Emma scheiden ließe?“

„Nein, bestimmt nicht! Ich bin das Alleinleben gewöhnt. Ich könnte es kaum aushalten, Tag und Nacht mit jemandem zusammen zu sein, womöglich jede Nacht in einem Ehebett. Eine ganz schreckliche Einrichtung. Unsere Zuneigung wäre auf und davon.“ Sie umarmte ihn von hinten und flüsterte ihm ins Ohr:

„Es war doch so unglaublich schön heute Abend. Lass uns das aufrechterhalten, aber bitte nicht jeden Abend! Ich rufe dir jetzt ein Taxi.“

Als er nach Hause kam, stellte er fest, dass Emma bereits im ehelichen Bett schlief und schnarchte. Er nahm sich vor, mit ihr über getrennte Schlafzimmer zu reden.

9. Erste Rückblenden

Als Alfred am nächsten Morgen etwas später als sonst ins Büro kam – er musste mit dem Bus fahren –, fand er einen Zettel von Margot:

„Badenmaier hat angerufen. Er drängelt. Um 13.00 Uhr will er Ergebnisse haben! Ich melde mich. Bitte lass dein Handy ausnahmsweise eingeschaltet!“

Alfred meldete sich bei Oberstudienrat Junkers für ein Gespräch an. Warum müssen Lehrer so laut sprechen? Er hatte Alfreds Besuch jedoch freundlich zugestimmt. Alfred ging zu Fuß durch die Bahnhofsunterführung in die Nordstadt, war wie immer entsetzt über den Dreck und Gestank, warf aber trotzdem den beiden Pennern, die mit ihrem Hund zwischen zwei Gleiszugängen saßen, ein paar Münzen in eine alte Schuhschachtel. Nüchtern war offensichtlich nur der Hund. „Arme Kerle“, dachte Alfred, „in spätestens einer Stunde werdet ihr hier von den Uniformierten verjagt.“

Junkers Wohnung befand sich in einem vom Bombenangriff weitgehend verschonten, alten Haus, nach Alfreds Einschätzung aus der Zeit des Jugendstils, aber etwas heruntergekommen und nicht zu vergleichen mit den Villen im Rod-Viertel. Hier bestanden die einzelnen Stockwerke seit Baubeginn – er schätzte um 1900 – aus Mietwohnungen, deren Raumhöhen Alfred beim Treppensteigen spürte.

Die Abschlusstüre, mit vielen kleinen Fenstern verziert, war, als er oben angelangt war, bereits geöffnet und ein kleiner, dicklicher Mann stellte sich als Junkers vor und bat ihn einzutreten. Er führte ihn durch einen langen Gang in ein Zimmer, dessen Wände voller Bücherregale standen. Alfred, der kein Abitur hatte, war angesichts dieser Fülle von Bildung äußerst beeindruckt, denn er musste immer noch gegen seinen Minderwertigkeitskomplex ankämpfen. Mit Erleichterung stellte er fest, dass sich, soweit er sehen konnte, in den Lücken der Regale und auf den meisten Büchern eine dicke Staubschicht befand, ebenso auf dem chaotisch überfüllten Schreibtisch. „Bomberle", der sich kurz entschuldigt hatte, kam mit einer Thermoskanne und zwei Bechern zurück, schob die Zeitungen, die auf den beiden Sesseln lagen, auf den Boden und sagte vernehmlich:

„Nehmen Sie doch Platz. Ich hoffe, Sie trinken einen Kaffee mit mir. Es spricht sich dann leichter. Mit welchem Titel darf ich Sie anreden?"

Alfred meinte:

„Ich bin zwar seit neuestem Kriminalhauptkommissar, aber ‚Müller' reicht."

Er dankte ihm für den Kaffee, den Junkers in den nicht ganz sauberen Becher einschenkte. Nachdem ihn Junkers gefragt hatte, was er von ihm wolle, weil er sich höchstens an einige Knöllchen erinnere, kam Alfred zur Sache.

„Herr Junkers, Ihre Strafzettel interessieren uns nicht. Sie haben sicher von dem Mord an Tobias Bannberger gehört, der 1984 bei Ihnen Abitur gemacht hat. Einige Spuren, bisher rein theoretisch, zwingen uns, Ursachen dieses Verbrechens in der Vergangenheit des Opfers nachzugehen. Die „Reuchlin Rocker" sind Ihnen vielleicht noch ein Begriff und hoffentlich auch andere Kursteilnehmer in Ihrem damaligen Leistungskurs. Von der Mutter dieses Tobias haben wir Ihren Namen erfahren und…“

Junkers unterbrach grinsend:

„Ich wette, dass sie Ihnen nur meinen Spottnamen genannt hat. Einmal hat diese Frau Bannberger mich an einem Elternabend mit ‚Herr Bomberle’ angesprochen und schallendes Gelächter geerntet. So etwas vergisst man nicht.“

Alfred wagte es und fragte nach:

„Entschuldigung, können Sie sich diesen Uznamen erklären, über den Sie ja selbst lachen?“

„Ganz einfach! Ich stamme in direkter Linie von dem Flugzeugbauer Hugo Junkers ab. Er war mein Urgroßvater, der mit seiner Frau 12 Kinder in die Welt gesetzt hat. Einer davon war mein Großvater. Im Geschichtsunterricht, meinem zweiten Fach, habe ich die Schüler wahrscheinlich zu oft mit meinem Stammbaum gelangweilt. Mein Urgroßvater, der 1933 von den Nationalsozialisten enteignet wurde, musste als Beispiel für den radikalen Umgang der Nazis mit regimekritischen Erfindern herhalten. Weil die ‚Ju 88’, die mein Urgroßvater noch mitentwickelt hatte, zum ersten Mal im Spanischen Bürgerkrieg als Kampfbomber eingesetzt wurde, habe ich – auch über das Vorgängerflugzeug, die ‚Tante Ju’ - zuviel geredet. Es war die berühmte ‚Ju 52’.“

Er lachte wieder, dieses Mal etwas leiser:

„Außerdem, schauen Sie mich doch an! Richtige Bomberpiloten stellt man sich als groß, durchtrainiert und schlank vor. Bomberle passt schon zu mir. Ich fand es, auch wenn ich es nie zugegeben habe, ganz lustig. Schlimm sind andere Spottnamen, die von Schwitzkasten über Spanner bis Ärschle reichten. Meinem Urgroßvater wurde übrigens auch verweigert, seine

Heimatstadt Dessau und sein ehemaliges Werk zu betreten. Er wurde nach Bayrischzell verbannt, hatte sich aber trotzdem nicht unterkriegen lassen und weiterhin nicht nur Kinder gezeugt, sondern erfolgreich an neuen Erfindungen gearbeitet. Er war…"

Alfred, dem Bomberle zunehmend sympathischer wurde, musste ihn nach einem Blick auf seine Uhr leider schon wieder unterbrechen:

„Für mich ist das alles sehr interessant, doch entschuldigen Sie bitte, es weicht halt leider von meinen Nachforschungen ab. Bei uns ist es wie mit dem Klingelzeichen in der Schule. Wir müssen pünktlich an- und abtreten. Haben Sie bitte noch einige Auskünfte über Ihren Leistungskurs von 1984?"

„Kein Problem!" Bomberle erhob sich und kramte in einer Schublade seines Schreibtischs herum. Endlich, Alfred kam die Zeit sehr lang vor, zeigte ihm der ehemalige Lehrer ein altes Notenbuch:

„Ich weiß nicht genau, weshalb ich in zwei Schubladen alte Notenbücher aufgehoben habe. Vielleicht aus Nostalgie? Immer wenn ich irgendwann etwas von meinen früheren Schülern erfahre, schaue ich mir die alten Notenbücher an, weil ich mich dann besser an sie erinnern kann. Sie stehen quasi vor mir. Schauen wir mal nach dem Englisch-LK von 1984."

Er blätterte sein Buch durch, während Alfred wieder einmal froh war, kein Lehrer geworden zu sein. So viele Namen hätte er sich nie merken können. Endlich war Bomberle fündig geworden.

„Da ist er, der Tobias Bannberger, der erste im Alphabet. De mortuis nil nisi bene! Aber, ehrlich gesagt, war er ein dummer, fauler Angeber. Er wurde damals Banni genannt. Einmal hatte er…"

Wieder musste Alfred ihn unterbrechen:

„Einzelheiten können Sie mir später erzählen. Wissen Sie noch, wer bei den „Reuchlin Rockern“ mitgespielt hat?“

„Selbstverständlich! Diese Gruppe ist bei allen möglichen Veranstaltungen der Schule aufgetreten. Ihre Musik war schauerlich. Na ja, ist eben Geschmackssache! Also, der Saxophonspieler hieß Udo Blumer. Soviel ich weiß, ist er später in eine Sekte eingetreten und will als selbsternannter Prediger die Pforzheimer zu gottgefälligen Frömmlern umpolen, selbst den letzten Bruddler. Dann haben wir da noch Thomas Pleister, den Gitarristen. Er war unheimlich stolz auf seinen frühen Bartwuchs. Er war aber auch älter als die anderen Jungs, stinkfaul, aber ein sehr guter Gitarre-Spieler und Sänger. Ich habe keine Ahnung, was aus ihm geworden ist. Er hatte große Pläne für seine Zukunft, wollte mindestens so reich werden wie sein Spezi Bannberger.“

„Herr Junkers“, beinahe hätte ihn Alfred „Herr Bomberle“ genannt, „was können Sie mir über die Mädchen der Klasse sagen? Frau Bannberger hat sich angeblich nicht recht erinnert. Sie nannte uns eine Friedelinde, eine Anne oder auch Anni, könnte auch Hanni gewesen sein und eine Bärbel oder Babsi, die alle drei besondere Fans der „Reuchlin Rocker“ gewesen sein sollen.“

„Schön, dass Sie die Bärbel genannt haben. Die ist inzwischen Kollegin und besucht mich manchmal. Auch ihr Mann ist Lehrer. Anne, die auch Anni genannt wurde, hieß mit vollständigem Namen Annemarie Bantner. Von ihr habe ich nie mehr etwas gehört, sie ist wohl weggezogen, ebenso diese Friedelinde, die Linde genannt werden wollte – kann man ja verstehen, oder?“

Alfred, der alle Namen mitgeschrieben hatte, erkundigte sich nach dem jetzigen Namen von Bärbel und deren Adresse, die er sich ebenfalls aufschrieb. Bevor Junkers noch Gelegenheit hatte, ihm sämtliche Namen der übrigen Kursteilnehmer einschließlich einiger Kommentare mitzuteilen, stand Alfred auf, um sich zu verabschieden. Bomberle bat ihn – dieses Mal sehr zurückhaltend -, doch noch ein wenig zu bleiben:

„Wissen Sie, Herr Müller, seit meine Frau gestorben ist, bin ich einsam und – wie Sie sehen – mit Haushaltsdingen überfordert. Ich wollte nach meiner Pensionierung endlich meine Doktorarbeit fertig schreiben, habe dann aber meine kranke Frau gepflegt." Leise und traurig fuhr er fort:

„Seither besteht die Gefahr, dass ich alles schleifen lasse. Es war für mich deshalb angenehm, mit Ihnen zu sprechen. Ich würde mich sehr freuen, wenn Sie noch einige Fragen an mich hätten."

Alfred, dem Bomberle leid tat, beschloss deshalb, den alten Lehrer noch ein wenig über die familiären Verhältnisse der genannten Schüler zu befragen, was dieser gern tat. Mit unüberhörbarer Verachtung berichtete Junkers ihm vom Vater des Thomas Pleister, der Hauptschullehrer gewesen war, jetzt auch pensioniert, aber – soweit er gehört hatte – noch genau so ein autoritäres Ekel, wie er sich wörtlich ausdrückte.

„Der Junge, ein schwieriger Typ, konnte dem Vater, der ständig in der Schule erschien, um den Lehrern seines Sohnes pädagogische Unfähigkeit vorzuwerfen, nichts recht machen. Ich vermute, dass er seinen Sohn gelegentlich sogar verprügelt hat."

Alfred bat Junkers um die Adresse des Vaters, die ihm dieser bereitwillig mitteilte. Allerdings wusste er nicht genau, ob diese noch stimme. Über Bärbels Familie wusste er wenig, meinte aber: „gutbürgerlicher Hintergrund“. Annemaries Mutter, früh Witwe, sei selten oder nie in die Schule oder zum Elternsprechtag gekommen.

„Hatte sie auch nicht nötig, denn ihre Tochter war eine ausgezeichnete Schülerin, wenn auch sehr schüchtern und im Mündlichen immer schlechter als schriftlich. Die Eltern dieser Friedelinde waren im Richard-Wagner-Verein, aber ansonsten harmlos.“

Alfred fiel sofort die „Götterdämmerung“ ein, weshalb ihm Bomberle beinahe ans Herz wuchs. Er blickte auf die Uhr, bat Bomberle ihn zu entschuldigen, aber vermutlich würde er noch einmal kommen, um weitere Auskünfte zu erhalten. Die beiden Männer verabschiedeten sich herzlich. Als Alfred zurück zum Polizeipräsidium ging, nahm er sich vor, sein Klischee des Lehrerbildes zu revidieren. Bomberle hatte ihm gefallen.

Obwohl Alfred sehr schnell von der Nordstadt ins Büro geeilt war, kam er zu der von Badenmaier festgelegten Sitzung ein paar Minuten zu spät. Er erntete einen bösen Blick von Margot, die auf ihr Handy deutete. Er hatte wieder vergessen, das Ding einzuschalten. Noch böser, um nicht zu sagen wütend, blickte ihn der Staatsanwalt an, der zugleich mit seinen Fingern auf den Tisch trommelte. Übertrieben laut erklärte er dann:

„Ich erwarte endlich klare Ergebnisse. Die Ermittlungen ziehen sich inzwischen schon zu lange hin. Außerdem rief mich gestern Abend Frau Bannberger weinend an und hat sich bitter über die beiden Kripobeamten Meister und Müller beschwert. Sie seien schuld, dass ihre Tochter Katja, deren Hilfe sie dringend brauche, ausgezogen sei. Ich bitte Sie beide, mir zu erklären, was da vorgefallen ist. Frau Meister?“

Margot schwieg erst einmal völlig verblüfft. Man sah ihr an, dass sie um die richtige Antwort mit sich rang. Endlich sagte sie jedes Wort betonend:

„Herr Dr. Badenmaier! Der Mutter-Tochter-Konflikt hat mit unseren Ermittlungen nichts zu tun. Vorwiegend ich habe die Befragung von Frau Bannberger durchgeführt. Das Protokoll wird Ihnen morgen vorliegen. Wie sich herausgestellt hat, war Frau Bannberger nur aufgrund stichhaltiger Beweise bereit, von ihren anfänglichen Lügengeschichten abzusehen und einen Teil der Wahrheit zuzugeben. Mein Ton war wie immer sachlich und – ich würde sogar sagen – rücksichtsvoll. Ich habe mir nichts vorzuwerfen…"

Schnell mischte sich Alfred ein:

„Wenn uns hier schon Vorwürfe gemacht werden, Herr Dr. Badenmaier, dann darf ich Sie erstens darauf hinweisen, dass wir das Recht haben, unsere Ermittlungsarbeit ohne Ihre Einmischung durchzuführen. Sie drängen auf Ergebnisse, die uns auch angesichts der Verdunklungsstrategie von Frau Bannberger erschwert werden. Zweitens: Sind Sie sicher, dass Ihre freundschaftlichen Beziehungen zu Frau Bannberger nicht Ihre Unbefangenheit als Staatsanwalt gefährden?"

Badenmaier hatte sich wütend erhoben:

„Herr Müller! Ich betrachte Ihr Frage als unverschämte Unterstellung und werde mich über Sie an höherer Stelle beschweren."

„Das steht Ihnen frei, aber vergessen Sie nicht: Auch mir steht es frei, den Oberstaatsanwalt über Ihre freundschaftlichen Beziehungen zu unterrichten."

Hoch erregt verließ Badenmaier den Raum, wobei er an Alfred gewandt noch sagte:

„Das wird ein Nachspiel haben!"

Als er draußen war, erhielt Alfred Beifall. Sogar Braun meinte:

„Das war prima! Ich frage mich ständig, ob der Mann naiv ist oder nur dumm!“

Anschließend besprachen sie ihre heutigen Erkenntnisse. Alfred gab die von Bomberle genannten Adressen bekannt. Margot erzählte von ihrem Gespräch mit dem Ehepaar Wurmer. Es hätte allerdings vieler Überredung bedurft, diese zu überzeugen, ihr die Ansichtskarte ihrer Tochter aus Venedig zur Verfügung zu stellen. Margot wedelte nicht ohne ein Grinsen mit dieser Ansichtskarte herum:

„Der Poststempel bestätigt, dass sie vor dem Mord an ihrem Ehemann abgeschickt worden ist. Der handschriftliche Text lautet:

Liebe Eltern, mit Gianni bin ich so glücklich. Werde mich auf jeden Fall von Tobias scheiden lassen. Das Wetter ist herrlich und das Essen hervorragend. Bis bald. Eure Carmen.

Das Bild auf der Karte ist ein Foto – ihr ahnt es schon – des Markus-Platzes. Wer dieser Gianni ist, konnten oder wollten mir die Eltern nicht sagen. Ich schlage vor, Interpol sofort zu benachrichtigen, dass diese liebende Gattin ein Alibi hat. Wenn sie zurückkommt, können wir sie, falls es nötig erscheint, immer noch befragen. Einverstanden?“

„Wenigstens eine Verdächtige weniger“, meinte Forstmann. Braun dagegen gab zu bedenken, dass die Karte ja längst vorher geschrieben und schließlich im Auftrag dieser Carmen in Neapel in einen Briefkasten termingerecht eingeworfen wurde. Margot, von Alfreds Vorbehalten gegen den Klugscheißer Braun angesteckt, widersprach:

„Welches Motiv sollte sie haben, ihren Mann umzulegen, wenn sie sowieso nichts erbt?“

Diesem Argument konnte niemand widersprechen.

Bescheiden meldete sich Pfefferle:

„Ich weiß nicht, ob es wichtig ist. Im Büro war bis auf einen sonderbaren anonymen Anruf nichts los. Er wurde mir von der Zentrale durchgestellt. Es sprach eine verrauchte Frauenstimme, vielleicht stand sie auch unter Alkohol. Sie wolle Anzeige gegen einen Musiker erstatten, mit dem sie zusammenlebe. Der würde sie mit einer anderen betrügen und habe sie gestern Abend wieder verprügelt, obwohl er von ihrem Geld lebe, der Scheißkerl. Auch wenn es unwahrscheinlich sein mag – ich dachte an Sie, Herr Müller – habe ich nachgefragt, ob ihr Musiker einen Bart habe. Ja, bestätigte sie. Ob das wichtig sei? Als ich sie nach dem Namen des Musikers fragte, brach sie das Gespräch plötzlich ab.

Vermutlich hat ihr Lebenspartner ihren Anruf mitbekommen und ihr den Hörer aus der Hand genommen. Vielleicht verprügelt er sie gerade wieder? Für eine Fangschaltung war das Gespräch zu kurz, aber wenn sie die Anzeige ernst meint, wird sie, was ich hoffe, noch einmal anrufen. Ich habe die zuständigen Kollegen jedenfalls informiert, sofort einen erneuten Anruf an uns weiterzugeben."

Pfefferle wurde verlegen und anschließend ärgerlich. Er war nicht ganz sicher, meinte aber, das Wort „Streber" gehört zu haben. Nur Alfred nickte ihm aufmunternd zu, weshalb er weitersprach:

„Und wenn Sie sich noch so amüsieren: Ich habe im Drogendezernat so manche schrägen Anrufe erhalten. Meistens hat es sich gelohnt, ihnen nachzugehen. Sehr eigenartig ist es doch, wenn ein Musiker, der öffentlich auftritt, verhindern will, dass sein Name genannt wird. Nach meiner Erfahrung sind Künstler besonders eitel und selbst Anzeigen, gegen die sie sich ja anschließend verteidigen können, haben für diese Leute einen Reklameeffekt."

Alfred stimmte ihm zu, was ihm von Braun die Bemerkung eintrug:

„Womit wir wieder bei Herrn Müllers bärtigem Lieblingsverdächtigen gelandet sind."

Einige Minuten herrschte betretenes Schweigen. Dann einigten sie sich über ihr weiteres Vorgehen. Margot und Pfefferle sollten Frau Bärbel Janatz-Öchsle befragen. Nach einigem Zögern erklärte sich Alfred bereit, den Vater von Tommi Pleister zu übernehmen. Er stöhnte:

„Warum muss ich schon wieder zu einem Lehrer?"

„Tröste Dich", grinste Margot ihn an, „Pfefferle und ich besuchen zwei Lehrer, quasi im Doppelpack."

Bevor sie auseinandergingen, erinnerte Alfred an die Trauerfeier für Tobias Bannberger am nächsten Vormittag.

10. Trübe Erinnerungen

Frau Bärbel Janatz-Öchsle wohnte in einem der an den Hang gebauten Einfamilienhäuser auf dem Sonnenhof, das sich nur durch die Vorgartenpflanzen von danebenstehenden unterschied. Margot konnte sich nicht bremsen und erklärte Pfefferle von dem Streit in der Stadtverwaltung bei der Durchführung des vom Bund unterstützten Demonstrativbauvorhabens Ende der 60er Jahre. Anfänglich seien nur drei Typen von Häusern vorgesehen gewesen, die die Langweiligkeit des aus dem Boden gestampften Wohnviertels demonstrierten. Ihr Vater hätte sich darüber immer aufgeregt, besonders über die vorgeschriebenen Flachdächer, deren Haltbarkeit er bezweifelt habe. Pfefferle hörte nur mit halbem Ohr zu, denn als Pforzheimer fand er die Belehrung reichlich überflüssig.

Die Lehrerin, die die beiden unten an der Haustüre freundlich empfing, bat sie gleich nach oben in das Wohnzimmer. Den Tisch, der von mehreren gepolsterten Stühlen umgeben war, hatte sie bereits mit Kaffeetassen und Kuchentellern gedeckt, und ein Blumenstrauß mit einer zum Geschirr passenden Vase stand in der Mitte.

„Außer Ihrem Anruf hat mir auch Bomberle, ich meine Oberstudienrat a. D. Junkers, Ihren Besuch angekündigt.“ Zu Pfefferle gewandt, meinte sie:

„Ich habe Sie mir nach dem Bericht meines alten Englisch-Lehrers anders vorgestellt, nicht ganz so jung. Er hat sehr wohlwollend von Ihnen gesprochen und mir auch gleich gesagt, worum es Ihnen geht.“

Nachdem Pfefferle klargestellt hatte, dass sein Kollege Müller leider nicht selbst kommen könne, entschuldigte sie sich für die Verwechslung, bat die beiden Platz zu nehmen, der Kaffee – sie seien doch hoffentlich damit einverstanden – sei gleich fertig:

„Sie wissen ja, frisch gemacht schmeckt er am besten. Den Kuchen habe ich leider nicht selbst gebacken, aber der Hefezopf vom Bäcker ist besser als meine eigenen Produkte.“

Sie redete weiter, während sie aus der Tür ging. Margot grinste Pfefferle an und sagte sehr leise:

„Aufpassen, Pfefferle, die schwallt uns zu – auch eine Lehrerkrankheit, soweit ich mich erinnere!“

Frau Janatz kam beladen mit einer Thermoskanne, einer Kuchenplatte und – nach einem zweiten Abgang – sogar mit einem Schälchen Schlagsahne zurück:

„Ich finde immer, dass ein wenig Gastfreundlichkeit eine angenehme Atmosphäre schafft. Man spricht doch dann viel offener miteinander, oder? Greifen Sie doch zu!“

Pfefferle ließ sich das nicht zweimal sagen, doch Margot zögerte:

„Frau Janatz-Öchsle, wir sind nicht zu einer gemütlichen Kaffeestunde gekommen, sondern weil wir von Ihnen mehr über die Personen erfahren wollen, die mit Ihnen zusammen Abitur gemacht haben und gemeinsam im Englisch-Leistungskurs bei Herrn Junkers waren. Wichtig wären für uns besonders

Auskünfte über die damaligen „Reuchlin Rocker“ und die Gründe, weshalb die Gruppe sich bald nach dem Abitur aufgelöst hat.“

Während Frau Janatz-Öchsle Kaffee einschenkte, sagte sie:

„Eigenartig ist, dass mich vor kurzer Zeit eine Frau besuchte, die die gleichen Fragen wie Sie gestellt hat. Sie behauptete, die Nichte meiner Jugendfreundin, die in Berlin lebe, zu sein. Ich wusste jedoch, obwohl ich Jahrzehnte keinerlei Kontakt mit Annemarie Bantner hatte, dass sie ein Einzelkind war. Auf meine Nachfrage hin erklärte mir die Besucherin, dass ihr Vater, der sie bis zu ihrem 10. Lebensjahr allein aufgezogen habe, weil ihre Mutter früh gestorben sei, sich in Annemarie verliebt hat. Sie hätten dann bald geheiratet und die neue Tante sei immer sehr liebenswürdig zu ihr. Es genügt übrigens, wenn Sie mich nur Janatz nennen. Wissen Sie, mein Mann…“

Bevor Sie weiterreden konnte, erkundigte sich Margot, wie diese Frau ausgesehen habe.

„Sie hatte feuerrote Haare, war stark geschminkt, weshalb ich ihr Alter schlecht abschätzen konnte. Ich finde es zwar nicht schön, wenn Frauen sich so übertrieben zurechtmachen. Viele sehen damit nicht besser aus. Aber es ist ja leider heutzutage Mode, den Umsatz der Kosmetikindustrie zu steigern. Sie ahnen nicht, wie oft mir in der Apotheke das ultimative Mittel gegen Falten aufgeschwätzt wird.“

Pfefferle, der seinen Hefekranz hinunterschlang, dachte, dass dieser Frau Janatz ein wenig Schminke nicht schaden könne. Sie wirkte ungepflegt, obwohl sie nicht hässlich war, allerdings - die breiten Hüften konnte sie sich nicht wegschminken. Bevor Frau Janatz wieder in einen Monolog verfiel, der der Sache nicht diente, fragte er schnell:

„Waren die Haare echt oder trug sie vielleicht eine Perücke?“

„Schwer zu sagen. Vielleicht waren sie gefärbt. Sie hatte so einen Lockenkopf, wissen Sie, solche Krusselhaare, die schwer zu bändigen sind. Außerdem, wie stellen Sie sich das vor, ich kann ja einen Gast nicht fragen, ob seine Haare echt sind. Das wäre doch sehr peinlich und zudem unhöflich."

Sie blickte Pfefferle konsterniert an. Bevor sie sich über Perücken, Haarfarben und Höflichkeiten auslassen konnte, erkundigte sich Margot:

„Wie hieß denn diese Frau?"

„Sie hat sich als Hanna Schmitt vorgestellt, auch schon am Telefon. Sie klang sehr glaubhaft. Außerdem hat sie mir eine Glückwunschkarte von Anne – wenn auch ohne Datum – zu einem meiner Geburtstage gezeigt, die, obwohl frankiert, nie an mich abgeschickt wurde. Die Tante habe sie gebeten, mir die Karte mitzubringen. Weil sie auf der Fahrt nach Stuttgart sowieso einen geschäftlichen Zwischenaufenthalt in Pforzheim wahrnehme, sei sie jetzt vorbeigekommen. Eigenartig übrigens, aber die Nichte kam mir irgendwie bekannt vor, besonders ihre Stimme. Aber als Lehrerin hat man so viele Schüler und Kollegen, die nur kurz da waren, so dass man sie nicht unterbringen kann. Übrigens – entschuldigen Sie bitte, dass ich abschweife – sollte Frau Schmitt mir mitteilen, wie sehr es ihr leidtue, dass sie sich so lange nicht gemeldet habe Es sei inzwischen nicht nur viel Zeit vergangen, sondern sie habe auch schwere Jahre hinter sich. Na ja, ich kann ja verstehen, es ist halt immer schwer, alte Kontakte neu zu beleben. Man kennt sich doch gar nicht mehr, ist inzwischen vielleicht ein anderer Mensch geworden. Ich habe mir aber nichts vorzuwerfen, denn ich konnte trotz aller Nachfragen bei Annemaries Mutter ihre Berliner

Adresse nicht erfahren. Ich wusste noch nicht einmal, dass sie nach Berlin gezogen ist. Sie war, ob Sie es mir glauben oder nicht, plötzlich einfach verschwunden."

Margot war froh, dass Frau Janatz zu einem Stück Kuchen griff, das ihren Redefluss wenigstens kurzfristig abbremsen musste. Ein Blick zu Pfefferle gab ihr das Gefühl, dass er die Geschichte von der Nichte und Tante ebenso bezweifelte wie sie. Während Frau Janatz noch genüsslich kaute, sagte sie deshalb schnell:

„Lassen wir einmal die Nichte vorerst in Ruhe. Haben Sie zufällig ein Bild der Teilnehmer an Ihrem Englisch-Kurs bei Junkers? Oder vielleicht auch eines der sogenannten „Reuchlin Rocker?"

Frau Janatz stand auf und wühlte in einem der Schränke des Sideboards. Aus einer Schublade zog sie einen Stoß von Fotografien hervor, wurde bald fündig und reichte Margot eines der Bilder:

„Hier, das ist eines der Abi-Bilder. O Gott, was war das damals für eine Mode! Und erst die Frisuren! Ein Bild der Reuchlin Rocker habe ich leider nicht mehr. Ich habe das einzige, das ich noch hatte, der Nichte geschenkt und ihr, weil sie dies wissen wollte, auch die Namen der Musiker genannt. Ehrlich gesagt habe ich mich etwas gewundert über ihr Interesse, aber sie wollte die alte Fotografie wohl ihrer Tante mitbringen."

„Dürfen wir uns Ihr Klassenbild ausleihen? Sie bekommen es sicher zurück. Aber eine Frage noch. Frau Bannberger, Bannis Mutter, hat uns erzählt, dass ein Skandal zur plötzlichen Auflösung der Rocker-Gruppe geführt hat. Was wissen Sie darüber?"

Bärbel Janatz ging es nicht anders als vorher Pfefferle. Sie schluckte sehr hastig den Rest ihres Kuchenstücks hinunter und antwortete hustend - wie es Margot vorkam - etwas zu schnell:

„ Tut mir leid, aber darüber weiß ich leider überhaupt nichts. Ich vermute, dass Udo, der Saxophonist, nicht mehr mitspielen wollte. Banni und Tommi haben ihn ständig gehänselt, ihn Udi, manchmal Mops genannt. Und Udos Vater war seine Begeisterung für Rockmusik von Anfang an eine Dorn im Auge. Als Pfarrer stand er auf Klassik. Also, mein Mann und ich haben ebenso wie Udo im Oratorienchor mitgesungen. Wir tun das bis heute. Es ist ein so beglückendes Erlebnis dort teilzunehmen. Vor kurzem haben wir den „Messias" von Georg Friedrich Händel aufgeführt. Ich bilde mir ein, war mir aber nicht ganz sicher, dass ich Udo im Publikum gesehen habe. Mein Gott, war der in Annemarie verknallt! Heute ist er…

Wieder wurde sie von Pfefferle, der sich eifrig Notizen gemacht hatte, unterbrochen:

„Frau Janatz, wir wissen, was dieser Udo inzwischen macht. Was wissen Sie über Tommi, den Gitarristen und Sänger?"

„Soviel ich weiß, wollte er nach dem Abi Schauspieler werden. Sein Vater soll total dagegen gewesen sein. Schade! Er hat eine Zeitlang im Theater-Extrachor mitgesungen. Er soll auch gelegentlich kleinere Rollen erhalten haben. Von einer Freundin, die ebenfalls in diesem Chor mitgewirkt hat, weiß ich, dass er sich in der Hoffnung, einmal ein großer Star zu werden", sie lächelte ironisch, „bereits damals einen Künstlernamen zugelegt hatte. Er nannte sich Carlo Canussi und wollte von den anderen auch so angesprochen werden. In einer seiner kleinen Rollen soll er betrunken über die Bühne getorkelt sein.

Das Publikum hat sich zwar gefreut, aber er wurde rausgeworfen. Was er jetzt macht, weiß ich nicht. Sein Freund Banni…“

Margot unterbrach sie:

„Entschuldigen Sie! Sie können sich denken, dass wir über Tobias Bannberger, das Mordopfer, inzwischen viele Informationen haben, besonders von seiner Mutter. Frau Bannberger behauptet zudem, dass Sie, Annemarie und eine Friedelinde für die Rocker sehr geschwärmt und kein Konzert der Gruppe verpasst hätten. Der letzte Auftritt in der Grenzsägmühle im Spätsommer 1984 habe sehr unerfreulich geendet. Sie und Ihre beiden Freundinnen hätten mit den drei Jungs nach dem Konzert zuviel Alkohol getrunken und sich wohl auch mit Drogen Mut gemacht. Entspricht diese Aussage der Wahrheit?“

Frau Janatz stand spontan auf und warf dabei ihre noch volle Kaffeetasse um, deren Inhalt sich über die feine Decke und das Parkett ergoss. Unter Entschuldigungen verschwand sie in der Küche, um sofort mit mehreren Putztüchern wieder zu erscheinen. Sie wirkte verstört, wobei nicht ganz klar war, ob Margots Frage oder die verschmutzte Decke, die sie nach dem Abräumen des Geschirrs wegzog, die Ursache ihrer plötzlichen Aufregung war. Während sie das Parkett abwischte, meinte sie noch knieend:

„Entschuldigung, ich stehe Ihnen gleich wieder zur Verfügung. Eines ist sicher, Frau Bannberger ist eine verlogene alte Zicke. Moment bitte, ich komme gleich wieder“, und verschwand erneut. Als sie wiederkam, sagte sie:

„Darf ich Ihnen auch einen Cognac anbieten? Mir ist jetzt danach, obwohl ich sonst um diese Tageszeit nie Alkohol trinke.“ Nachdem Margot und Pfefferle abgelehnt hatten, goss sie sich nicht wenig Cognac in ein Glas und fand nach dem ersten großen Schluck wieder ihr Gleichgewicht:

„Ob Sie mir glauben oder nicht. Ja, Anne, Linde und ich waren bei diesem Konzert dabei. Wir waren jung und naiv. Als die drei Jungs uns aufforderten, das erfolgreiche Konzert noch auf einer Wiese zu feiern, waren wir, zugestanden auch ich, geschmeichelt und wollten mitgehen. Es war ein Klassenkamerad“, sie sprach zögernd weiter, „mein späterer Ehemann Christoph, der mich und Linde energisch davon abhielt. Wir diskutierten eine Weile, weil wir seine Argumente nicht einsahen. Inzwischen war Anne verschwunden. Unser lautes Rufen hörte sie vermutlich nicht mehr. Ob sie sich den Kerlen anschloss, weiß ich bis heute nicht. Vielleicht hat sie jemand mit nach Hause genommen. Von einem Skandal weiß ich nichts.“

Während sie noch sprach, klingelte Margots Handy. Sie entschuldigte sich und ging in den Flur. Es war Forstmann, der ihr die Auskunft der Commerzbank mitteilte. Empfängerin der Überweisungen sei eine Annemarie Bantner gewesen. Er bat sie und Pfefferle, nachher in das Büro zu kommen. Größer, der inzwischen wieder da sei, habe um eine Zusammenkunft gebeten. Alles andere später.

Als Margot wieder ins Wohnzimmer kam, blickte sie Pfefferle an und deutete unauffällig auf ihre Uhr, aber Frau Janatz ließ sich nicht unterbrechen. Sie berichtete, vermutlich auf seine Nachfrage hin, was für ein liebenswürdiges, braves und bescheidenes Mädchen ihre Freundin Anne gewesen sei, eine der besten Schülerinnen des Kurses:

„Das habe ich auch dieser Nichte erzählt. Anne, die ansonsten gottvoll ehrlich war, ließ ausgerechnet Banni in den Klausuren abschreiben. Es gab noch andere kleine Ereignisse, die uns gezeigt haben, wie sehr sie in ihn verknallt sein musste. Uns gegenüber gab sie das aber niemals zu. Wir hätten es auch nicht verstanden, denn die zwei passten überhaupt nicht zusammen. Banni war schon damals eine Weiberheld, baggerte alle Mädchen an, und Anne war extrem zurückhaltend, wenn auch – trotz ihrer altbackenen Klamotten - sehr hübsch. Bei den Auftritten der „Reuchlin Rocker" waren wir ja alle dabei. Wir fanden deren schräge Töne einfach faszinierend. Schade, dass man in diesem Alter so dämlich ist. Ich habe da einige Schüler, von denen ich Ihnen Ähnliches stundenlang erzählen könnte."

Bevor sie dazu Gelegenheit hatte, bat Margot sie um die Adresse von Annes Mutter, womit sie erneut einen Redeschwall hervorrief:

„Also, das war eine sehr strenge, bigotte Frau, die ihrer Tochter keinerlei Freiräume zugestand. Ihr Mann, ein Pfarrer, war früh gestorben, woraufhin sie die Dienstwohnung seinem Nachfolger überlassen musste. Sie zog dann mit ihrer Tochter in ein Häuschen, das sie von ihren Eltern geerbt hatte. Ursprünglich ein Gartenhaus, das dann in der Nachkriegszeit zu einem einfachen Wohnhaus umgebaut wurde. Es lag in einem der damals unbebauten Grundstücke an der Hercyniastraße. Sie sehen ja, dass die meisten Grundstücke heute dicht bebaut sind. Die neuen und zahlreicheren Nachbarn haben sich vor ein paar Jahren immer öfter darüber beschwert und die alte Frau angezeigt, weil sie nachts durch die Straße gegangen sei – Sie werden es nicht glauben – manchmal im Nachthemd. Ich selbst habe sie nie bei diesen Nachtspaziergängen gesehen, kenne nur Gerüchte, die aber weitgehend übereinstimmen. Sie soll bei ihren verrückten Spaziergängen stets laut Choräle gesungen haben! Man hat sie dann, wann genau weiß ich nicht, wegen zunehmender Demenz in eine geriatrisch-psychiatrische Anstalt eingeliefert. Arme Frau! Sie hat doch eigentlich nichts…“

Wieder wurde sie unterbrochen. Weil ihr das wohl öfter passierte, nahm sie die dauernden Unterbrechungen kaum zur Kenntnis. Margot bat sie um die Adresse des Heimes und erhielt die Auskunft, das stehe in Engelsbrand isoliert am Waldrand:

„Es ist die einzige Einrichtung dort, die niemand verfehlen kann, der vom Büchenbronner Aussichtsturm Richtung Engelsbrand wandert. Ich habe ein schlechtes Gewissen, dass ich sie noch nie dort besucht habe, aber wissen Sie…“

Weder Margot noch Pfefferle wollten mehr wissen. Sie standen gleichzeitig auf und bedankten sich sehr für den Kuchen und den Kaffee. Vielleicht würden sie noch einmal vorbeikommen müssen, falls sich weitere Fragen ergäben. Frau Janatz willigte gern ein und begleitete sie nach unten.

Im Sitzungsraum erstatteten die Kommissare Bericht. Dr. Badenmaier war nicht anwesend.

Alfred berichtete als erster von seiner Befragung des Vaters von Tommi Pleister, der behauptet hatte, absolut nichts über den heutigen Aufenthalt seines Sohnes zu wissen. Dieser sei ein Versager, ein Faulpelz und Drückeberger gewesen, der seine Eltern seit seiner Kindheit zur Verzweiflung gebracht hätte:

„Dieser Oberlehrer Pleister ist ein ausgemachter Spießer, Ordnungsfanatiker und Misanthrop. Als ich ankam, hatte er gerade Streit mit einem Nachbarn, weil dieser angeblich seiner Kehrwoche nicht nachgekommen sei. Während unseres Gesprächs hat er ständig über seine Nachbarn geschimpft, aber auch über die Unfähigkeit der Stadtverwaltung, der Politiker, der Pfarrer und besonders der Lehrer seines Sohnes. Sie alle seien dafür verantwortlich, dass sein Sohn ein Nichtsnutz geblieben sei, genauso wie seine vermeintlichen Freunde, Typen wie dieser verwöhnte, reiche Taugenichts Tobias Bannberger und Mädchen, die ihm nachgerannt seien. Er selbst hätte immer versucht, seinen Sohn zu einem anständigen Menschen zu erziehen. Selbst Ausgehverbote, Kürzung des Taschengeldes und schließlich Prügelstrafen hätten nichts genützt. Vergeblich! Er habe ihm dann Hausverbot erteilt und ihn enterbt. Ein Verbrechen würde er ihm jederzeit zutrauen. Seiner Frau, die inzwischen gestorben ist, hatte er jeglichen Kontakt mit dem Sohn verboten. Ich erspare euch weitere Einzelheiten, aber mich wundert es nicht, wenn ein Junge bei diesem Vater im Leben keine Chance hat."

„Kommen Sie mir bloß nicht mir dieser Psychoscheiße, Herr Müller", meinte Größer erregt, „wir wissen doch alle, dass die Kriminellen, die wir mit allen Anstrengungen überführen, zu guter Letzt mit äußerst geringen Strafen davonkommen, weil so ein bestbezahlter Psycho-Gutachter auf die Tränendrüsen drückt. Der bedauernswerte Verbrecher konnte ja nicht anders bei diesem Elternhaus usw. Ich kann es nicht mehr hören."

Alfred ließ sich nicht beirren und sprach weiter:

Entschuldigen Sie bitte. Ich weiß, dass Sie an den Fall Baierle denken, der seine Frau fast zu Tode geprügelt hat. Er konnte sich einen teuren Anwalt leisten und mit Hilfe eines Gutachters, der die gequälte Ehefrau als Psychopathin dargestellt hat, erhielt er lediglich eine Strafe auf Bewährung. Das Strafmaß hat uns alle empört. Das wissen Sie doch! Mir ging es bei diesem Tommi Pleister, der offensichtlich mit dem bärtigen Carlo Canussi identisch ist, hauptsächlich darum, klarzustellen, dass der Vater seinen eigenen Sohn für einen Verbrecher hält. Ich habe zwar keine Kinder, aber so etwas ist mir noch nicht untergekommen.“

Direktor Größer, sonst die Ruhe selbst, entschuldigte sich für seine heftige Reaktion und mögliche Unterstellung. Der Grund für seine plötzliche Schärfe gegenüber Alfred wurde allen klar, als er sagte:

„Herr Müller, da ist noch eine andere Sache: Staatsanwalt Dr. Badenmaier hat sich bei mir über Sie beschwert. Ich bitte Sie, nachher zu einem kurzen Gespräch in mein Büro zu kommen, damit wir die Angelegenheit gemeinsam aus der Welt schaffen können. Und jetzt zur Sache bitte!“

Sie trugen noch einmal alle Ergebnisse zusammen und diskutierten besonders über die Schlüsse, die sich aus den Berichten des pensionierten Studienrates Junkers, der Klassenkameradin Bärbel Janatz-Öchsle und denen von Frau Bannberger ergaben. Margot meinte, dass sie diese Carmen Bannberger als Verdächtige weitgehend ausschließen könnten, weil sie – Alfred nickte ihr aufmunternd zu – nach allem, was sie über diese Frau erfahren hätten, traue sie ihr die Cleverness einer Postkarten-Manipulation nicht zu:

„Außerdem ist ja inzwischen klar, dass sie von dem Tod ihres Noch-Ehemanns nicht profitiert hätte. Im Gegenteil! Auch Katja, die Schwester des Toten, hat ein Alibi und ebenfalls keinen Gewinn durch seinen Tod. Meiner Überzeugung nach liegt die Ursache des Verbrechens jahrzehntelang zurück. Wir sollten uns, besonders angesichts der Ratenzahlungen der Eltern, auf die inzwischen bekannte Frau Annemarie Bantner in Berlin konzentrieren, die zusammen mit Bärbel Janatz und den Rockern Abitur gemacht hat. Sie war nach aller Wahrscheinlichkeit diejenige, die mit der Anzeige einer Vergewaltigung gedroht hat. Die Bemerkung von Frau Janatz, dass ihr diese Besucherin irgendwie bekannt vorkam, bringt mich auf die Idee, dass die Besucherin keineswegs eine Nichte, sondern Annemarie Bantner selbst gewesen sein könnte. Sie muss inzwischen etwa 45 Jahre alt sein. Gut geschminkt, kann man sich nicht nur jünger herausputzen, sondern das Gesicht auch verändern. Möglicherweise ist sogar die falsche Blondine am Hermannsee mit Frau Bantner identisch. Sie hätte, wenn die Vergewaltigungsgeschichte stimmt – hier war die Aussage der Mutter glaubhaft –, auch ein Motiv, Tobias Bannberger umzubringen."

Größer wandte ein:

„Warum aber erst nach so vielen Jahren?"

Alfred meinte:

„Die Ratenzahlungen wurden erst vor vier Jahren eingestellt. Für diese Bantner ein Grund, sich bei nächster Gelegenheit endlich zu rächen. Ich finde, dass Frau Meister Recht hat."

Forstmann ging eiligst zur Tür und entschuldigte sich für seinen Aufbruch:

„Mir kam eben eine Idee, der ich schon längst hätte nachgehen sollen. Ich muss ein dringendes Gespräch führen und komme danach sofort wieder."

Braun, der sich immer mal wieder verpflichtet fühlte, ein Witzchen zu machen, sagte:

„Wir suchen also weiterhin nach einer Blondine, auch noch nach einer Rothaarigen, aber nicht nur in Pforzheim, sondern jetzt auch noch in Berlin – und außerdem nach dem bärtigen Musiker."

Niemand reagierte auf seine dämliche Bemerkung, über die nur er laut lachte.

Plötzlich klopfte es und Polizeiobermeister Schmitt erbat sich eine kurze Unterbrechung. Er wolle nur mitteilen, dass die Frau mit der Kratz-Stimme gerade wieder angerufen habe:

„Sie nennt sich Anni Ärmle und wohnt in der KF zur Untermiete. Die genaue Adresse habe ich notiert. Sie behauptet, ihr Carlo, den sie bei sich aufgenommen habe, habe sie schon wieder ‚verkloppt', und verlangt: ‚Schaffe Se mir den Seggel vom Hals! Für was hawwe mer denn e Bolizei?'. Den Zunamen ihres Seggels hat sie mir leider nicht verraten. ‚Der könnt sonscht rauskriege, wer 'en verpetzt hat'. “

Größer, der kein gebürtiger Pforzheimer war, sagte ein bisschen ärgerlich:

„Das gehört zwar nicht zu unseren Ermittlungen, aber ich wüsste einmal gern, weshalb man hier nur von der KF spricht statt von der Kaiser-Friedrich-Straße, von der Westlichen und Östlichen statt von der Karl-Friedrich-Straße und den Leopoldplatz als Leo bezeichnet?“

Alle Pforzheimer schmunzelten und Alfred versuchte eine Erklärung:

„Die Kernbürger, die angeblich über alles meckern – weshalb man ihnen unterstellt, sie seien Bruddler - hatten es nie besonders mit der Obrigkeit, egal ob ehemalige Landesfürsten oder gar Kaiser. Außerdem schauen Sie sich doch einmal die KF an! So eine hässliche Straße nach dem deutschen Kaiser zu nennen zeigt doch, wie sauer die Dachtraufenschwaben schon immer über die Vernachlässigung ihrer Grenzstadt durch die Obrigkeit waren.“

Größer grinste:

„Danke für den Heimatkundeunterricht. Mir tun manchmal die Ausländer leid, die am Bahnhof auf der Suche nach den Stadtbussen bei dem Hinweisschild zum „ZOB“ doch verzweifeln müssen. Zentraler Omnibus Bahnhof! Da muss man erst einmal draufkommen! Aber genug davon. Kommen wir zur Sache! Der Frau den Seggel vom Hals zu schaffen, gegebenenfalls zu verhaften, ist nicht gerade Aufgabe der Mordkommission, doch könnte er mit unserem Fall zusammenhängen. Ich empfehle eine Beobachtung der Wohnung durch die Schutzpolizei. Einverstanden?"

Sie waren alle dieser Meinung, auch Forstmann, der gerade zurückkam:

„Es tut mir leid, dass ich nicht früher daran gedacht habe, auf dem Einwohnermeldeamt anzurufen. Mir fiel vorhin ein, dass man sich beim Wegzug auch aus Pforzheim nicht mehr abmelden muss. Die neue Adresse wird dem bisherigen Wohnort automatisch mitgeteilt. Im Normalfall kostet eine Auskunft 8 Euro. Weil wir", er lächelte, „kein Normalfall sind, war die Auskunft kostenlos. Also, falls Frau Bantner nicht erneut umgezogen ist, wohnt sie in Berlin-Schöneberg in der Goltzstraße. Ich werde versuchen, die Berliner Kollegen direkt um Amtshilfe zu bitten. Eine Anfrage des LKA wird ja, wie wir alle wissen, erst einmal abgelegt. Vielleicht habe ich Glück und wir wissen morgen mehr."

Größer hob die Sitzung mit den Worten auf:

„Jetzt scheinen wir endlich ein wenig weiterzukommen."

Beim Hinausgehen erkundigte sich Braun erneut bei Alfred, wann denn sein versprochener Umtrunk stattfände, worauf ihn Alfred anfuhr:

„Wenn, dann vermutlich ohne Sie!"

Zu der anschließenden Besprechung der drei Kommissare kam Alfred etwas später. Weil ihn Margot und Pfefferle neugierig anblickten, sagte er:

„Das Gespräch mit Badenmaier verlief kurz. Unser Chef hat es verstanden, eine Art Versöhnung herzustellen. Er ist wirklich ein feiner Kerl. Ich habe meinen Vorwurf der Befangenheit zurückgenommen und – ihr werdet es nicht glauben – auch der Herr Doktor hat sich entschuldigt. Er hat zwar beklagt, dass wir immer noch keinen Täter haben, lässt uns jedoch ohne seine weitere Einmischung unsere Arbeit machen. Wie gehen wir morgen vor?“

Wichtig erschien ihnen ein Besuch im Altersheim bei der Mutter Annemarie Bantners. Um die wahrscheinlich gestörte Frau nicht noch mehr zu verwirren, empfahl es sich, nicht zu dritt anzurücken. Eventuell sollte Margot allein die Befragung übernehmen. Andererseits wäre die Mutter eher für ein Gespräch bereit, wenn Pefferle Margot begleiten würde, meinte Alfred:

„Ihrem Charme, Pfefferle, kann doch kaum eine Frau widerstehen!“

Pfefferle war es leid, immer nur mit Sie und dem Zunamen angesprochen zu werden, weshalb er kurz und laut sagte:

„Jawoll, Müller!“

Margot bekam einen Lachanfall, streckte Pfefferle spontan ihre rechte Hand hin und meinte sehr freundlich:

„Also, ich heiße für dich ab sofort Margot, denn ‚Meister’ allein würde dich zu einem Azubi degradieren. Weil ich aber Pfefferle origineller finde, als den Allerweltsvornamen Hans, kann es passieren, dass mir der Pfefferle gelegentlich raus-rutscht. Einverstanden?“

Der Angesprochene strahlte sie an und reichte ihr ebenfalls die Hand. Beide blickten erwartungsvoll zu Alfred, von dem bekannt war, dass er das Duzen innerhalb der Kollegenschaft zu kumpelhaft fand. Er zögerte, entschloss sich schließlich und brummte:

„Also bevor ihr zwei euch hier noch umarmt: Dass ich Alfred heiße, dürfte sich herumgesprochen haben, ab sofort biete auch ich dir das Du an. Allerdings werde ich dich meistens auch weiterhin Pfefferle nennen. Nicht deshalb, weil ich deinen Zunamen so originell finde, sondern weil mein Schwiegervater, den ich nicht ausstehen konnte, auch Hans hieß.“

Auch er streckte Pfefferle die Hand hin, die dieser heftig schüttelte und sagte:

„Ich weiß das sehr zu schätzen und danke dir. Keine Angst, Alfred,“ er grinste Margot an, „umarmen werde ich dich nicht. Ich steh’ nämlich auf Frauen, egal welchen Alters!“

Alfred drohte ihm mit dem Zeigefinger, während er sagte:

„Ich werde dann eben morgen doch zur Beerdigung gehen. Vielleicht finde ich diesen frommen Bruder Udo oder, woran ich kaum glaube, einen Zaungucker, der uns vielleicht weiterbringt.“

„Herr Müller, äh, Alfred, den findest du eher in einem der Straßencafés in der Westlichen, wo er die Leute, vorwiegend Frauen, anquatscht. Mich wollte er auch schon ein paar Mal in das Reich Gottes heimholen. Als ich ihm sagte, dass mir das irdische Reich vollkommen genüge, war er beleidigt und zog ab. Ein aufdringlicher Kerl, aber harmlos!“

Hans Pfefferle war ein wenig errötet, denn er hatte, ohne gefragt zu werden, das Wort ergriffen. Da muss ich durch, sagte er sich.

11. Enttäuschungen

Jo hatte sich nach einer schlaflosen Nacht wegen der anhaltenden Schmerzen in den Beinen krank gemeldet. Obwohl Dr. Rübele tolerant war, konnte es nicht so weitergehen, denn einen langfristigen Arbeitsvertrag würde er ihr unter diesen Umständen nicht anbieten. Er hatte ja keine Ahnung! Außer zum Neurologen hatte er sie auch zu einer CT-Aufnahme überredet. Aber das Ergebnis war ebenfalls negativ. Der Radiologe faselte von Erschöpfungszuständen und psychischen Ursachen und empfahl ihr einen Psychiater, den auch Dr. Rübele hervorragend fand. „Du spinnst", hatte Ines gesagt und ihre Mutter hatte sie nicht nur einmal als hysterisch bezeichnet. Doch hatte der Psychiater damals nicht ihr, sondern ihrer Mutter geholfen. Nein und nochmals nein! Nie mehr würde sie sich ausliefern und wie eine Behinderte behandeln lassen.

Sie lag auf ihrem Bett. Das hätte sie längst einmal frisch beziehen müssen, auch das schmutzige Geschirr spülen, das Bad putzen, ihre Unterwäsche waschen, Staubsaugen, verschiedene Kleidungsstücke in die Reinigung bringen und endlich einmal zum Friseur gehen. Es war ihr alles zu anstrengend. Sie blickte sich im Zimmer um. Bald würde es noch mehr verwahrlosen, doch war ihr das egal. Sie konnte sich zu keiner Tätigkeit aufraffen. Stattdessen träumte sie von Berlin. Aber wo sollte sie dort hin? Ganz sicher nicht zu Mutter, auch nicht zu Ines, mit der sie jeden Kontakt abgebrochen hatte. An wen könnte sie sich wenden? Da gab es einmal Peter, in den sie sehr verliebt war. Mutter hatte sich ihm gegenüber geradezu widerwärtig benommen und sie selbst vor ihm als dumme Gans und unberechenbare Lügnerin bezeichnet. Sie hatten einmal Geschlechtsverkehr, bei dem Jo nur Ekel empfand. Peter hatte danach behauptet, sie sei frigide. Er war ihrer bald überdrüssig geworden, meldete sich selten und dann gar nicht mehr. Vermutlich war er inzwischen mit einer unkomplizierten Frau verheiratet, hatte Kinder und ein Reihenhaus mit Gärtchen.

Sie fühlte sich so verloren. Diesem frömmelnden, naiven Fettwanst Udo hatte sie erklärt, dass sie ihn nie mehr sehen wolle. Die Aufführung des „Messias“ war furchtbar langweilig und laut gewesen. Die Texte hatte sie selten verstanden, obwohl sie so oft wiederholt wurden. Zwei Stunden lang mit viel Aufwand nur Gottes Lob! Sie beobachtete die anderen Zuschauer. Viele blickten ernst und – wie ihr schien – mit selbstgefälligem Ausdruck auf die Empore, auf der der Dirigent heftig mit seinen Armen wedelte. Diese Zuhörer waren vermutlich lauter Gutmenschen. Andere saßen mit geschlossenen Augen da. Unter Musikkennern und Gläubigen galt das entweder als Zeichen tiefer Ergriffenheit oder sie waren einfach eingeschlafen. Als der Chor lauthals immer wieder „Halleluja“ schrie, schloss auch Bruder Udo seine Augen, wobei er – während ihm eine Träne über seine dicken Wangen lief – ihre Hand mit seiner fest umschloss. Sie fand das widerlich und flüsterte:

„Nimm sofort Deine Pfote weg!“

Er öffnete erschrocken die Augen und blickte sie fassungslos an wie ein Patient, der gerade aus einem Koma erwacht. Nach der Aufführung fing er erneut an, sie mit seinen frommen Sprüchen zu belästigen. Als er sie mit salbungsvoller Miene belehrte und sagte, Gott würde auch ihr den Weg weisen, hatte sie ihn angebrüllt, er solle sich zum Teufel scheren –, und war, so schnell sie konnte, abgehauen. Sie hatte ihn seither nicht mehr gesehen, hatte aber das Gefühl, dass er ihr heimlich folgte, dieser Blödmann.

Jetzt fühlte sie sich schrecklich einsam. Ihre Reise nach Pforzheim war so sinnlos! Vatersuche? Sie lachte bitter vor sich hin. Ihre Sehnsucht war zu einem grässlichen Alptraum geworden.

Um nicht weiter grübeln zu müssen, schleppte sie sich mühsam an die Küchenzeile, wo noch eine halb gefüllte Flasche Rotwein stand. Nachdem sie hastig – ohne eines der schmutzigen Gläser zu benützen – daraus getrunken hatte, wurde sie ruhiger und konnte klarer denken. Auch die Schmerzen im Rücken hatten etwas nachgelassen. Eines war sicher: Sie musste diese Provinzstadt so schnell wie möglich verlassen. Sie würde sich eine Fahrkarte nach Berlin besorgen. Noch hatte sie genügend Geld, auch für ein billiges Hotelzimmer. Sie würde sich von dort aus eine neue Arbeitsstelle suchen, auf Partys gehen und –sie nahm noch einen Schluck – auch in eine Disko. Fast hätte sie gekichert, aber ihr fiel plötzlich ein, dass sie vor ihrer Abreise unbedingt noch etwas zu Ende bringen musste, um endlich volle Gewissheit zu haben. Sie schluckte ein Valium, das sie aus Dr. Rübeles vielen Probepackungen gestohlen hatte, trank die Flasche leer und legte sich wieder hin. Endlich konnte sie schlafen.

Alfred trug einen dunklen Anzug und stellte sich in die Nähe der Pulte, auf denen in der Vorhalle der Kapelle die Kondolenzlisten auslagen. Gelegentlich überflog er die Namen und stellte fest, dass hochrangige Persönlichkeiten dem ermordeten Tobias

Bannberger die letzte Ehre erwiesen. Um nicht aufzufallen mischte er sich gelegentlich unter die Trauergäste. Er erkannte einige Honoratioren aus der Industrie, der Ärzteschaft, der Stadtverwaltung, der Hochschule und anderen Organisationen. Auch Repräsentanten der Sportvereine machte er ausfindig. Sie waren so sehr damit beschäftigt, sich gegenseitig zu begrüßen, dass sie ihn erfreulicherweise nicht beachteten. Als er Dr. Badenmaier bemerkte, ging er mit würdevollen Schritten wieder langsam zurück an die Pulte. Beinahe hätte er seine dem Anlass angepasste Haltung vergessen, als er unterhalb von „Adelheid Ginsele" den Namen „E. Müller" las. Die Handschrift war ihm bestens vertraut. Was in Teufels Namen hatte Emma auf dieser Trauerfeier zu suchen? Er war wütend. Sie hatte kein Wort darüber verloren. Als die Türen zur Friedhofskapelle geöffnet wurden, war er sicher, dass Emma sich, um einen Sitz in den vorderen Reihen zu erhalten, vordrängte. Er musste heute Abend dringend mit ihr reden.

Schon immer hatte er diese Jugendstil-Kapelle bewundert, auch wenn sie ausschließlich für christliche Gedenkfeiern errichtet worden war. Doch bot sie angesichts der Menge der Anwesenden erfahrungsgemäß nicht genug Platz. Deshalb wurde bei vielbesuchten Trauerfeiern für die Außenstehenden der Ablauf mit Lautsprechern übertragen. Er mischte sich in den Pulk vor dem Seiteneingang, blickte sich immer wieder unauffällig um und schalt sich zugleich einen Depp. Er würde hier niemanden treffen, der sich womöglich als Mörder des Toten erwies.

Bei den aus dem Lautsprecher übertragenen Reden schaltete Alfred innerlich ab. Er wusste, dass nirgends so viel gelogen wurde wie bei Beerdigungen. Die Phrasen über die ungeheure Wertschätzung des Verstorbenen, seine integre Persönlichkeit, sein soziales Engagement, seine Verdienste um das Wohl seiner Familie, der Firma und der Stadt konnte er nicht überhören, zumal der Lautsprecher seinem Namen Ehre machte. Bei allem, was er über diesen ach so edlen Toten inzwischen erfahren hatte, war es Alfred zuviel an lobenden Nachrufen. Er hatte sich gerade entschlossen, sich davonzumachen, als der gemeinsam gesungene Choral: „Großer Gott, wir loben Dich…“, ertönte. Seine Aufmerksamkeit und damit sein Verbleiben wurden geweckt durch einen links von ihm stehenden dicken Mann in einem viel zu engen schwarzen Anzug. Dieser sang lauthals mit und beherrschte sogar ohne Gesangbuch die folgenden Strophen. Der Sänger, der als einziger seine Stimme erhoben hatte, musste jünger sein als er selbst. Auch wenn er von der Seite nicht sein ganzes Gesicht sehen konnte, zeigte sein Profil kaum markante Züge: glatt und dicklich wie der ganze Kerl. Alfred kam ein Verdacht, der ihm durch die geflüsterte Unterhaltung der rechts neben ihm stehenden Frauen, von der er einiges mitbekam, bestätigt wurde. Die Frauen schienen kaum von Trauer ergriffen. Er schnappte auf: “Guck emol, de Bruder Udo isch au do.“ - „Koi Wunner, der isch mit unser’m Juniorchef in der Schul g’wä.“ - „Der war awwer net so fromm, gell. Woisch noch…“ Alfred bedauerte, dass er nicht verstand, welche Erinnerungen hier ausgetauscht wurden, aber er beschloss, diesem Sänger zu folgen.

Als am hinteren Eingang der Kapelle der Sarg herausgeschoben wurde – sicher ein besonders teures Modell –, schloss sich Bruder Udo dem Weg der Trauergemeinde zum Grab an. Alfred blieb nichts übrig, als ihm zu folgen. Er war dann recht froh, dass der Fromme nicht abwartete, bis auch der Letzte die Schaufel in die Hand bekam, sondern sich zwischen den Grabsteinen auf den Weg zum Nordausgang machte. Von dort wandte er sich in die Bernhard-Straße, die er langsam nach unten ging. Alfred hatte keine Bedenken, ihn in der engen, steilen Straße, die nur eine Gasse war, zu verlieren. Er schlenderte gemächlich hinterher.

Als er an dem ehemaligen Felsenkeller vorbeikam, erinnerte er sich an den alten Hoffmann, der in diesen Kellergewölben seinen eigenen Wein hergestellt hatte. Alfred war früher oft mit seinem Vater trotz aller Parkplatzprobleme zum Hoffmann gefahren. Dieser hatte selbst wie der gesamte Keller penetrant nach Wein gerochen, hatte sie jedes Mal in dem Chaos von Fässern, Leitungen, Kabeln durch die mit nackten Glühbirnen schwach beleuchteten Höhlen geführt und oft zu einer Weinprobe eingeladen. Wenn keine weitere Kundschaft da war, bot er ihnen am Ende des vorderen Gewölbes einen Sitzplatz an einem alten Tisch an. Er unterhielt sich gern und freute sich über Gäste. Auf einem Brettle belegte er Brotscheiben mit Leber- oder Blutwurst, die er in kleine Stückchen schnitt und seinen Gästen als „Kanapees“ anbot. Weil er aus Überzeugung bei seinem Wein auf Zuckerzusatz verzichtete, war dieser äußerst trocken: „So isch’s g’sünder und e bissle mehr schad’ nix.“ Er fuhr die bestellten Flaschen persönlich mit seinem uralten dreirädrigen Tempo-Kleintransporter zu den Kunden und schleppte sie ins Haus. Weil es für dieses alte Auto keine Ersatzteile mehr gab, bastelte sich Hoffmann diese selbst. Alfred erinnerte sich, dass er zuletzt ein nach oben stehendes Rohr als Auspuff montiert hatte, das die Fahrerkabine weit überragte. Wenn er an den Straßenrändern keinen Parkplatz mehr fand, parkte er einfach daneben. Auch wenn er damit den Durchgangsverkehr aufhielt, wurde er mit wenigen Ausnahmen von Strafzetteln verschont. „De alt Hoffmann“ galt ebenso wie sein Auto als seltenes Original. Schade, er war inzwischen längst gestorben und sein Felsenkeller von der Stadtverwaltung geschlossen worden. Nachdem Alfred verheiratet war, hatte er den Kontakt zu diesem liebenswürdigen Mann verloren, der so viele Pforzemer Anekdoten kannte und so farbenreich erzählen konnte. Emma lehnte weitere Einkäufe im Felsenkeller ab. Obwohl der Wein ihr schmeckte, war sie der Meinung, dass man Flaschen ohne Etiketten niemandem anbieten konnte.

Alfred war zwar trotz seiner Rückschau langsam weitergegangen, doch hatte sich der Abstand zu Bruder Udo vergrößert. Er sah diesen gerade noch durch den Torbogen, der im Volksmund „Brandenburger Tor“ genannt wurde, nach links abbiegen. Wahrscheinlich würde er im „Café am Tor“ die Gäste mit seinem missionarischen Gelaber nerven. Doch leider! Es gab dieses Café nicht mehr. Es schien seit einiger Zeit geschlossen. In den Fenstern hingen schmutzige Vorhänge und die Eingangstüre war zerkratzt. Auf der Zugangstreppe lagen zahllose Kippen und andere Müllreste.

Als sich Alfred suchend umblickte, bemerkte er Herrn Junkers, den Bomberle, der gerade durch das Tor schritt. Er war in dunklem Anzug und kam offenbar auch von der Trauerfeier. Sie begrüßten sich freundlich. Bomberle glaubte, sich entschuldigen zu müssen:

„Ich war nicht bei dieser Beerdigung, weil mich etwa große Traurigkeit gepackt hätte, sondern weil es mich interessiert hatte, wer da so alles erscheint. Beeindruckend, nicht wahr! Und Sie? Ich denke, dass Sie dort den Mörder vermutet haben. Das liest man oft in Krimis, die ich mir, ich muss es gestehen, in letzter Zeit auch immer öfter im Fernsehen angucke. Meistens stehen die Kripobeamten hinter Grabsteinen und beobachten heimlich die Leute. Hab’ ich recht?“

Alfred grinste ihn an und meinte:

„Ja, Sie haben recht, aber ich stand nicht hinter einem Grabstein. Jetzt bin ich dabei, diesen frommen Udo aufzutreiben, dem ich zwar einen Mord kaum zutraue, aber seine Aussage als Zeuge würde uns vielleicht weiterbringen.“

„Ja, der Udo. Er sieht zwar aus, als könne er keiner Fliege etwas zu Leide tun. Aber, Herr Müller, Sie müssten doch wissen, dass es gerade unter den fanatischen Frommen viele Heuchler gibt. Denken Sie nur an diese obskuren Sekten in den USA und in Südamerika. Da gab es doch dieses Kinderheim, wo …“

Alfred unterbrach ihn ungern:

„Entschuldigen Sie bitte! Ich muss meine Kollegen anrufen. Aber vielleicht können wir danach noch etwas trinken gehen?“

Er wählte Margots Handy – vergeblich, sie hatte ihres abgeschaltet – ein kleiner Triumph, dass sie endlich auch einmal das blöde Ding vergaß. Auch POM Schmitt, der das Kommando für die Überwachung der Wohnung von Anni Ärmle in der KF übernommen hatte, war nicht erreichbar. Alfred schaltete sein Handy jetzt auch ab. Seine Blamage, Udo aus den Augen verloren zu haben, konnte er noch früh genug gestehen. Zu Junkers sagte er:

„Haben Sie noch etwas Zeit? Diesen Udo werde ich bestimmt irgendwo anders auftreiben. Wir könnten doch zusammen im Zähringer Löwen eine Kleinigkeit essen, oder?“

Bomberle strahlte ihn dankbar an:

„Aber bitte, lassen Sie mich bezahlen. Meine Pension ist hoch genug. Leider hat der Zähringer Löwe inzwischen einen anderen Pächter, der das früher so altmodische, bürgerliche Lokal in dem so prächtigen Haus aus dem Anfang des letzten Jahrhunderts umbenannt hat. Es ist ein besseres Speiserestaurant, aber die Skatspieler, zu denen auch ich alle vier Wochen gehörte, sah er nicht gern, denn sie bestellen nur alle halbe Stunden ein Bier und essen nichts.

Ich schlage Ihnen den Italiener in der Zähringer-Allee vor. Der italienische Nachfolger von Longo, den Sie sicher auch kannten, kocht nicht schlecht.“

Alfred war mit dem Lokal einverstanden, lehnte jedoch die Einladung ab. Sie gingen durch das kleine Rasenstück, das als Hundeklo galt, was den Tatsachen entsprach, überquerten die Wieland-Allee und die Hohenzollernstraße und fanden beim Italiener einen Einzeltisch in der Nähe des Eingangs. Bomberle bestellte Spaghetti mit Pesto Bolognese und Alfred, der fast immer mit Tomatensoße sein Hemd bekleckerte, wählte eine Pizza. Während des Essens bat Alfred den ehemaligen Oberstudienrat:

„Erzählen Sie mir bitte etwas mehr über diesen Bruder Udo. Wie war er als Schüler?“

Bomberle, der sich bemühte die Spaghetti wie ein Italiener auf dem Teller um die Gabel zu wickeln, hob die linke Hand und erbat sich damit Aufschub für seine Antwort. Endlich war er so weit:

„Ich habe diesen Knaben sowohl in der Unterstufe, als auch in der Klasse 9 und zuletzt im Leistungskurs unterrichtet. Ich kann Ihnen nur aus der Sicht eines Lehrers berichten. In den Klassen 5 und 6 war er ein angepasstes, unauffälliges Kind, nie ohne Hausaufgaben, fleißig und brav – wie die meisten Kinder damals. In der Mittelstufe fiel mir auf, dass er viel gehänselt wurde, keinen Anschluss an andere Jungs hatte, aber vermutlich nach Anerkennung gierte. Um nicht weiterhin als Schleimer oder Streber bezeichnet zu werden, versagte er nicht nur die mündliche Mitarbeit, er wurde auf seine Weise renitent, was sich in sogenannten kindischen Streichen zeigte. Er wollte damit den Klassenkameraden imponieren. Er warf zum Beispiel Kreide, Papierkugeln, Apfelbutzen und andere Gegenstände von seinem Platz aus in den Papierkorb – meistens traf er daneben. Oder er bespritzte Mädchen mit einer Wasserpistole, die dann aufkreischten. Die anderen lachten zwar, freuten sich aber noch mehr, wenn ich ihn wegen seines ungehörigen Verhaltens ins Klassenbuch eintrug oder ihm eine Strafarbeit verpasste. Ich hatte oft den Eindruck, dass er von anderen, besonders von Tobias Bannberger, der stets in Deckung blieb, zu seinen Frechheiten aufgehetzt wurde. Es scheint ihm trotzdem nicht gelungen zu sein, Anerkennung zu finden, denn er war immer noch ein guter Schüler.

Ich will Sie nicht mit all dem Schulkram belästigen, der Ihnen aus Ihrer eigenen Schulzeit bekannt sein dürfte. Im Englisch-Leistungskurs wurde er dann anscheinend von dem großen Angeber Bannberger akzeptiert, aber wohl nur deshalb, weil dieser Schlagzeuger und sein Spezi Tommi zur Gründung ihrer Band ein Melodieinstrument brauchten. Er scheint jedoch auch dabei nicht so richtig anerkannt worden zu sein. Genaueres weiß ich leider nicht."

Alfred schaltete sein Handy wieder ein. Er war ganz froh, dass keine SMS-Nachricht darauf war, weshalb er noch ein kleines Pils bestellte, Bomberle tat es ihm nach. Sie schwiegen beide eine Weile, bis Alfred dann weiterfragte:

„Was ich nicht verstehe, ist, dass ein Pfarrerssohn – wie wir inzwischen wissen – sich einer Sekte zuwenden kann?"

„Er hat erst Theologie studiert. Er hat mich damals einmal um ein Gespräch gebeten und mir gestanden, dass er sich bei diesem Studium nicht glücklich fühle. Es war ihm alles zu wissenschaftlich. Auch empfand er die modernen theologischen

Schriften, wie er sich ausdrückte, als Abkehr vom wahren Glauben. Er habe sich einmal entsprechend geäußert, doch sei er damit zum Außenseiter geworden, der von seinen Kommilitonen verachtet werde. Ich habe dann nie mehr mit ihm gesprochen."

„Ist er schwul?", fragte Alfred.

„Das glaube ich nicht. In diesem Kurs hat er versucht, sich bei den Mädchen beliebt zu machen."

Bomberle lachte ein wenig:

„Wissen Sie, er gehörte zu den jungen Männern, die bei Studienfahrten den Mädchen halfen, die Koffer zu schleppen, zu Hause deren Fahrrad reparierten. Er war das, was meine Mutter immer einen Kümmerer nannte, aber – vielleicht deshalb – bei den Mädchen völlig erfolglos. Die standen mehr auf Macho-Typen."

„Hat er sich um eine besonders gekümmert?"

„Das habe ich leider nicht so mitbekommen. Übrigens habe ich ihn neulich bei einem Konzert in der Stadtkirche, wo der „Messias" von Händel aufgeführt wurde, mit einer Frau gesehen. Weil ich hinter ihnen saß, konnte ich die Frau erst beim Hinausgehen sehen. Sie war jung und attraktiv, hat mich an irgendjemanden erinnert. Aber mit geht das oft so, in meinem Alter schmeißt man die Gesichter alle durcheinander."

„Wissen Sie, wovon er heute lebt?"

„Soweit ich gehört habe, hat er nach dem Tod seines Vaters – das war noch in seiner Studienzeit – dessen Haus verkauft. Vielleicht hat er den Erlös der Sekte spendiert oder spendieren müssen, die ihm jetzt Unterkunft und Essen gewährt."

„Ist er tatsächlich so dumm?"

„Ich denke nicht. Er war immer ein unrealistischer Außenseiter. Er hat wohl bei diesen Brüdern endlich Anerkennung gefunden und," Bomberle machte eine kurze Pause, „vor allem bei Gottvater selbst."

Nachdem jeder für sich bezahlt hatte, verabschiedeten sie sich herzlich.

Alfred ging bedrückt ins Büro, um sein Protokoll zu schreiben. Er nahm sich vor, heute früher nach Hause zu gehen und Emma zur Rede zu stellen.

Er war noch nicht fertig, als Pfefferle erschien, der ihm mitteilte, dass Margot auf dem Weg zu dem ehrenamtlichen Betreuer der alten Frau Bantner sei. Er erzählte dann Alfred von dem Besuch im Altersheim, in dem abgesehen von den Demenzkranken viele seiner ehemaligen „Kundschaft" eingesperrt seien:

„Viele junge, drogenabhängige Leute, auch Alkoholabhängige und Selbstmörder. Das Heim, das am Arsch der Welt liegt, hat einen hübschen Park, der allerdings von einem hohen Zaun umgeben ist. Im oberen Stock sind die meist alten Demenzkranken untergebracht. Viele gehen ständig im Flur hin und her, andere sitzen teilnahmslos herum. Frau Bantner ist völlig daneben. Sie sang lauthals mit verkrachter Stimme: „Ein feste Burg ist unser Gott." Die Pflegerin flüsterte uns zu, mitzusingen, weil sie dann auf uns aufmerksam würde. Den Rest der Zeile haben Margot und ich gerade noch hingebracht und sie ist tatsächlich auf uns zugestürmt. Sie hat mich plötzlich heftig umarmt, mich vermutlich mit ihrem längst gestorbenen Mann verwechselt."

Alfred konnte ein Grinsen nicht unterdrücken und spottete:

„Da siehst du's mal wieder, selbst geistig umnachtete Frauen springen auf dich."

„Es war überhaupt nicht lustig, sondern schrecklich deprimierend. Ich kam aus dieser Umklammerung erst los, als sie Margot sah. Keine Ahnung, mit wem sie sie verwechselt hat. Jedenfalls fing sie plötzlich an zu schreien. ‚Keine Abtreibung, nein, keine Abtreibung, es ist Sünde!', sie hörte überhaupt nicht mehr auf, bis die Pflegerin sie streichelnd, ich muss sagen liebevoll weggeführt hat. Wir konnten dann noch kurz mit der Heimleiterin sprechen, die uns die Adresse des Betreuers gegeben hat. Sie erzählte uns noch von einer jungen Frau, die vor kurzem – den genauen Tag wusste sie nicht mehr – Frau Bantner besucht habe. Doch sei diese bald darauf heulend aus dem Haus gerannt. Auf unsere Nachfrage, wie diese ausgesehen habe, meinte sie: schwarzhaarig, sehr attraktiv, aber irgendwie verhetzt. Allerdings habe sie diese nur in Erinnerung, weil die Patientin Bantner sonst nie Besuch bekomme. Nein, sie wäre nicht noch einmal wiedergekommen.

Übrigens habe ich die Adresse des frommen Udo herausgefunden. Es war, nachdem uns Frau Janatz-Öchsle seinen vollen Namen mitgeteilt hat, kein Problem. Er wohnt in einer WG der „Freien Diener Gottes“ in der Kronprinzenstraße.

Alfred dankte ihm und entschuldigte sich für seinen Spott. Gerade als er ihm Näheres über seine eigene Erfolglosigkeit berichten wollte - „schade, der Mörder hat sich mir nicht vorgestellt“ -, klopfte POM Schmitt und trat dann mit schuldbewusster Miene ein.

Er berichtete niedergeschlagen und weitschweifig von der fehlgeschlagenen Observation des Carlo Canussi. Alfred, der mit seinem Protokoll fertig war, schrieb das Wichtigste mit. Er wollte Schmitt die anschließende Schreibarbeit erleichtern, denn dieser schrieb bekanntlich sehr ungern. Auch das Reden fiel ihm schwer, denn er entschuldigte sich erst einmal für sein Versagen, war sehr verlegen, bis Alfred zu ihm sagte:

„Herr Schmitt, reden Sie einfach los. Zu Ihrem Trost, wir waren auch nicht gerade erfolgreich heute."

Schmitt holte tief und hörbar Luft und kam zur Sache:

„Nachdem wir, zwei Kollegen und ich, fast zwei Stunden den Eingang des Mietshauses in der KF beobachtet hatten, entschloss ich mich, persönlich die Wohnung der Anni Ärmle aufzusuchen. Im ersten Stock klingelte ich an der einzigen Eingangstür, die kein Schild mit einem türkischen Namen hatte. Eine alte Frau öffnete mir misstrauisch und sagte:

„Euch heb i scho lang g'sehe. Falls ihr hinter Islamischte her seid, in dem Haus sin koine. Hier wohnet nur a'schtändige Leut, egal ob se in die Kirch gehe oder in die Moschee."

Als er ihr erklärte, worum es ging - alles durch den Türspalt, denn sie hatte im Innern die Sicherheitskette vorgelegt – wurde sie freundlicher. Ja, die Anni wohne bei ihr mit ihrem Kerl. Seit ihr Mann gestorben sei, würde sie das frühere Wohnzimmer vermieten, um ihre kleine Rente aufzubessern. Den Fernseher habe sie in die Küche gestellt, weil ‚ma do au glotze kann'.

„Endlich ließ sie mich rein und klopfte an Annis Zimmer. Diese kam heraus, eine nicht mehr ganz junge Frau, die ich als Kellnerin im „Bierstüble" schon ein paar Mal gesehen habe. Sie redet schrecklich pfälzisch. Ich fragte sie, ob sie wegen ihrem Lebensgefährten Carlo Canussi bei der Polizei angerufen habe. Sie gab das zu, sagte aber gleich":

„De Carlo is fort. Wie der die Bulle vorhin am Fenschter g'seh hot, 'is er abg'haue. Do iwwer de Balkon is er zu unserne Bekannte nüwwergetürmt. Die hawwe ihn reigelasse un, wie isch des seh', aa widder naus uff die Bohrainstroß!"

„Ich bat sie um ein Bild ihres Freundes, worauf sie mir einen Flyer in die Hand drückte. Es ist ein Reklamezettel mit dem Bild des Carlo Canussi und seiner Gitarre“

Schmitt zog dieses Reklameblatt aus seiner Westentasche und reichte es herum. Unter dem Bild stand sein Name und darunter: „Alleinunterhalter, singt und spielt bei allen Gelegenheiten, Anruf genügt“. Schmitt fuhr fort:

„Die Telefonnummer wird die von der Anni sein. Ich stand jetzt vor der Frage, erst die Wohnung zu durchsuchen oder so schnell wie möglich mit den Kollegen um die Ecke die Bohrainstraße rechts raufzurennen. Das zweite schien mir wichtiger. In der Bohrainstraße war kein Mensch zu sehen, es hätte auch zu viel Zeit gekostet, die Anwohner zu befragen. Wir rannten, so schnell wir konnten, hoch bis zur Klarastaffel, denn wo sollte er sich in der oberen Bohrainstraße verstecken? Also nichts wie über die Klarastaffel wieder hinunter auf die KF! Wie Sie ja wissen, ist gerade Pforzemer Mess’, eine ideale Möglichkeit sich zu verstecken. Wir also im Eiltempo über den Pizza-Steg rüber zum Messplatz. Ehrlich, es war wie in einem Fernsehkrimi, nur können die dort besser rennen und kommen nie außer Atem. Einer meiner Kollegen konnte nicht mehr. Er steht kurz vor seiner Pensionierung und bruddelt sowieso über jeden Einsatz. Wir ließen ihn stehen für den Fall, dass dieser Carlo zurückstürmt, und suchten nun zu zweit den Festplatz ab. So leid mir’s tut, wir haben ihn nicht gefunden.“

Während Schmitt sprach, waren nacheinander Forstmann und Margot in das nun überfüllte Büro gekommen. Als er ihrer ansichtig wurde, begann er zu stottern, fing sich aber wieder:

„ Vielleicht saß er im Riesenrad? Ich hab’ mir gedacht, um Verstärkung zu bitten, ist sinnlos. Wir hatten ja nur das eine Bild. Außerdem hätte es zuviel Zeit gekostet. Zu viele Uniformierte auf der Messe hätte außerdem den Pforzheimern, den Schaustellern und den Budenbesitzern den Spaß – und das Geschäft - verdorben. Es tut mir wirklich arg leid, aber so war's halt."

Er wollte gleich wieder gehen, aber Alfred hielt ihn auf:

„Herr Schmitt, trösten Sie sich. Wie gesagt, auch Herr Pfefferle und ich hatten heute kaum Erfolg. Sie haben das schon richtig gemacht. Jetzt, wo wir wenigstens ein Bild des Gesuchten haben, dürfte es nicht schwer sein", er lächelte Größer zu, „den Seggel aufzuspüren. Vielleicht können Sie sich gleich um eine Vervielfältigung des Bildes kümmern?"

Schmitt verschwand und Margot erzählte von dem Betreuer der Frau Bantner, der aber nichts über deren Vorleben gewusst habe. Er habe ihr aber den Namen des Richters gegeben, der für die Einweisung der Frau Bantner zuständig war.

„Soviel ich weiß, kann eine Akteneinsicht oder eine mündliche Auskunft über eventuelle Familienmitglieder und Erben nur durch einen Antrag des Staatsanwalts erreicht werden. Würden Sie, Herr Größer, sich bitte dafür bei Dr. Badenmaier einsetzen?"

Größer versprach das zu tun und erkundigte sich, kurz bevor er das Büro verließ, bei Forstmann nach dessen Ergebnissen. Dieser antwortete:

„Bis jetzt noch keine. Ich habe mich direkt an das zuständige Dezernat in der Keithstraße in Schöneberg gewandt, rief dort an und hatte Glück: Es meldete sich ein Kollege namens Kruger. Es stellte sich heraus, dass wir einst zusammen beim Bund waren, doch blieb für das Aufwärmen alter Erinnerungen keine Zeit. Er wollte gerade Feierabend machen, versprach jedoch, der Adresse nachzugehen. Morgen, spätestens am Montag will er zurückrufen."

„Und wie soll’s nun weitergehen?“, erkundigte sich Margot:

„Lauter Routinearbeit in der Hoffnung auf einen Fund. Dr. Badenmaier wird uns am Montag vermutlich die Hölle heiß machen. Also! Vor uns stehen: eine genauere Befragung der Anni Ärmle, ebenso dieses Udo Blumer. Dann müssen wir oder einer von uns verstärkt durch die Schutzpolizisten auf dem Messplatz mit dem Bild des Canussi herumstiefeln, um vielleicht sein Versteck herauszubekommen. Ehrlich gesagt, es ödet mich an.“

Nachdem sie sich noch über die Verteilung der anstehenden Aufgaben geeinigt hatten, meinte Alfred:

„Wisst ihr was? Gegen soviel Frust und Erfolglosigkeit hilft nur noch ein gutes Essen. Ich lade euch ein. Es trifft sich gut“, er schmunzelte, „Braun ist schon nach Hause. Geht ihr mit? Ich schlage den Griechen in der Nordstadt vor. Herr Forstmann, ich hoffe, dass Sie sich anschließen.“

Forstmann, obwohl von höherem Dienstgrad, freute sich und sagte gern zu. Vorerst brachen sie zu dritt auf, denn Pfefferle entschuldigte sich. Er müsse vorher noch etwas erledigen und komme nach.

12. Misserfolge

Sie saßen beim Griechen, als Pfefferle erschien. Um Alfreds Kasse zu schonen, bestellten sie alle vier Gyros mit Pommes und Zaziki. Obwohl das Essen sehr reichlich war und der Krautsalat ohne allzu viel Essig, wollte keine gelöste Stimmung aufkommen. Besonders Alfred blickte die ganze Zeit missmutig und lächelte gelegentlich sehr künstlich. Auch der Trollinger, den der Grieche außer griechischen Rotweinen - aus Rücksicht auf die einheimischen Gäste – servierte, verbesserte Alfreds Laune nicht. Forstmann fühlte sich bemüßigt zu bemerken:

„Es ist doch nicht so schlimm, dass wir jetzt schon über eine Woche den Mörder des Tobias Bannberger suchen. Wir haben schon oft noch viel länger gebraucht. Dass Dr. Badenmaier der Presse einen schnellen Erfolg verkünden will, ist nachvollziehbar. Er ist schließlich ein Neuling und außerdem ehrgeizig."

Alfred blickte kaum lockerer und warf ein:

„Was mir keine Ruhe lässt, ist die Tatsache, dass wir immer noch im Dunkeln tappen. Ich bin inzwischen nicht mehr so sicher, dass dieser bärtige Gitarre-Spieler der Täter ist. Vielleicht ist er doch nur ein Schwachkopf und Trinker. Mag er auch ein Motiv haben, so kommt es mir doch unwahrscheinlich vor, dass sich so einer, womöglich noch angetrunken, die Mühe macht, vom Hermann-See auf den Aussichtsturm zu gehen – ein ganz schön anstrengender Weg – und in dem Gestrüpp seinen Gegner auch noch zu treffen."

„Na ja“, warf Forstmann ein, „kein Kunststück, wenn man ein ganzes Magazin leer schießt! Auf der anderen Seite ist mir schleierhaft, warum die Frau, wenn sie vergewaltigt wurde, sich erst nach 23 Jahren entschließt, Rache zu üben.“

Margot meinte:

„Vielleicht weil die Ratenzahlungen ausblieben? Obwohl das auch schon wieder ein paar Jahre her ist. Da muss etwas anderes dahinterstecken. Leider habe ich keine Idee, was es sein könnte.“

Während Margot noch sprach, begann die Knallerei des Feuerwerks auf der Pforzheimer Mess’, mit der die ganze Stadt und die nähere Umgebung beschallt wurde. Pfefferle, der zur Aufheiterung beitragen wollte, meinte:

„Also wenn ich je einen erschieße, dann am Freitag Abend auf der Mess’. So ein Schuss fällt da überhaupt nicht auf, oder?“

Alfred musste endlich echt lachen:

„Da bleibt immer noch die Frage: Wohin mit der Leiche?“

„Vielleicht in die Geisterbahn“, sagte Pfefferle, „und diesen dicken Udo gleich dazu – falls es dort genügend Platz für ihn gibt.“

Sie blickten ihn erstaunt an und Margot erkundigte sich:

„Woher kennst Du denn den?“

„Entschuldigt bitte meinen Alleingang. Um uns Zeit zu sparen, bin ich vorhin noch in die Kronprinzenstaße, habe ihn sogar dort angetroffen und ihn für morgen 10.00 Uhr zu einer Zeugenaussage ins Kommissariat bestellt. Er war dazu erst bereit, als ich ihm mit einer Vorladung gedroht habe, für die er von mindestens vier Uniformierten abgeholt würde.“

Sie waren verblüfft und Margot sagte:

„Manchmal sind die ungern gesehenen Alleingänge vielleicht doch nicht schlecht. Warum hast du dem armen Kerl aber gleich mit vier Polizisten gedroht?“

„Er schien mir so ein Typ, der keine Ahnung hat. Deshalb habe ich unseren Personalbestand etwas erweitert. Mal sehen, ob der tatsächlich kommt. Die FDG hat nämlich montags um 10.00 Uhr Betstunde.“

Forstmann fragte nach:

„Was heiß denn FDG? Klingt nach einer Gewerkschaft“

„Oder nach einem Ableger der FDP“, unterbrach ihn Alfred.

Alle lachten. Pfefferle erklärte in betont langsam ausgesprochenen Worten:

„Die Sekte nennt sich ‚Freie Diener Gottes’. Passt doch!“

Er machte eine kleine Pause, trank genüsslich einen Schluck und fuhr dann fort:

„Wisst ihr übrigens, dass die Badener den Trollinger als Schwabenbrühe bezeichnen? Ein schwäbischer Kabarettist hat sich einmal mit dem Spruch gerächt: „Badischer Wein von der Sonne verhöhnt.“

Wieder hatte Pfefferle es geschafft, die Stimmung zu heben. Sie erzählten sich gegenseitig Schwabenwitze – ein unerschöpfliches Stammtisch-Thema.

Es war spät geworden, bis sie aufbrachen und sich freundlich voneinander verabschiedeten - auch wenn Alfred, wie Margot wahrnahm, schon wieder mürrisch guckte. Sie erkundigte sich, ob ihm die Einladung zu teuer gewesen sei. Bestimmt nicht, meinte er, aber er müsse heute noch eine Auseinandersetzung mit Emma überstehen. Margot verzichtete auf weitere Nachfragen.

Als Alfred nach Hause kam, saß Emma vor der Glotze. Sie drehte sich kurz zu ihm um und ließ den Film laufen. Alfred, der sich unterwegs in Wut gesteigert hatte, machte kurzerhand den Fernseher aus. Empört sagte Emma:

„Bist du betrunken? Warum soll ich den Film nicht bis zum Ende ansehen? Jetzt gerade wird er sehr spannend - ein toller Krimi."

Sie wollte die Fernbedienung wieder einschalten, als Alfred, dem im Grunde ein ruhiger Abschluss des ergebnislosen Tages lieber gewesen wäre, sie barsch anfuhr:

„Weshalb warst du auf der Trauerfeier von Tobias Bannberger? Was hast du mit diesen Leuten am Hut? Außerdem, warum hast du mir nichts davon gesagt?"

„Spionierst du mir neuerdings nach? Hast wohl nichts Besseres zu tun!"

Sie erhob sich und wollte das Wohnzimmer verlassen. Alfred stellte sich ihr in den Weg und wurde laut:

„Ich will endlich wissen, warum du zu dieser Beerdigung gegangen bist."

„Ich kann doch wohl hingehen, wo ich will. Es ist dir doch sonst auch egal, was ich den ganzen Tag mache. Wieso muss ich plötzlich Rechenschaft ablegen? Du sagst mir ja auch nicht, weshalb du ständig spät und manchmal eine ganze Nacht lang nicht heimkommst."

Auch sie war jetzt lauter geworden:

„Und wenn der Herr sich bequemt, nach Hause zu kommen, verbietet er mir auch noch das Fernsehen."

Alfred bemühte sich ruhiger zu werden. Er holte sich ein Weinglas und setzte sich. Obwohl er lieber Rotwein trank, schenkte er sich aus der von Emma bereits geöffneten Weißwein-Flasche ein. Nachdem er einen Schluck getrunken hatte, bat er Emma, die immer noch im Türrahmen stand, sich hinzusetzen. Missmutig folgte sie seiner Bitte. In versöhnlichem Ton sagte Alfred:

„Ich habe dir nicht nachspioniert, sondern war dienstlich auf dieser Beerdigung. Dort war auch unser Staatsanwalt Dr. Badenmaier, der uns ständig den Kopf vollmacht, weil wir immer noch nicht wissen, wer diesen Tobias Bannberger umgebracht hat. Wenn er dich erkannt hat oder es ihm zugetragen wird, wirft er mir auch noch Voreingenommenheit vor. Also, bitte, warum bist du da hin?"

Emma bekam einen Lachanfall. Als sie sich beruhigt hatte, stotterte sie:

„Das hast du davon, dass du meinem Damenkaffee grundsätzlich aus dem Weg gehst. Da hättest du längst Frau Ginsele kennengelernt. Sie ist Chefsekretärin bei Bannbergers und bat mich, sie zu begleiten. Wir spielen seit langem zusammen mit anderen alle vier Wochen Rommé. Bildest du dir ein, dass dein Staatsanwalt bei so vielen Trauergästen ausgerechnet mich erkannt haben soll? Ich bin ihm noch nie begegnet und er mir auch nicht. Und wenn, bildest du dir etwa ein, dass alle Welt auf dich achtet? So bedeutend bist du nicht."

Alfred wusste schon vorher, was jetzt wieder kommen musste:

„Du hast ja nicht einmal das Abitur!"

Erregt trank sie gleich mehrmals hintereinander aus ihrem Glas. Alfred wusste aus bitteren Erfahrungen, dass sie angetrunken meistens in eine wortreiche Schimpfkanonade ausbrach, bei der er nicht mithalten konnte. Er stand deshalb auf, um möglichst schnell im Schlafzimmer zu verschwinden, während er vor sich hinmurmelte:

„Ich tu mir das nicht an!"

Wütend rief sie ihm nach:

„Vergiss bitte ausnahmsweise nicht, dass wir am Sonntag Karten für die „Götterdämmerung“ haben, die um 19.00 Uhr beginnt. Ich habe Fahrkarten nach Stuttgart gekauft. Der Zug fährt um 16.15 Uhr hier ab.“

„Ich werde es nicht vergessen, obwohl du mir leidtust, dass du mit einem unbedeutenden Mann ohne Abitur in die Oper gehen musst. Vergiss übrigens nicht, dass du einmal sitzen geblieben bist.“

Er ging schnell hinaus. Im Schlafzimmer packte er sein Bettzeug zusammen und verzog sich ins Gästezimmer. Manchmal konnte er sie auch deshalb nicht ertragen, weil sie, wenn sie zuviel getrunken hatte, noch lauter schnarchte.

Am Samstag beim Frühstück blickte ihn Emma immer wieder beleidigt an – blieb aber stumm.

Im Büro einigten sie sich, dass Margot zusammen mit mehreren Polizisten auf dem Messplatz nach Carlo Canussi suchen würde. Alfred wollte nach der Befragung Udos nachkommen, ebenso Pfefferle. Dieser hatte gebeten, ihn mit diesem Betbruder zu verschonen:

„Ich befürchte, bei diesem Typ meine Distanz zu verlieren. Lasst mich lieber mit dieser Anni verhandeln. Vormittags ist die Kneipe, in der sie arbeitet, bis 11.00 Uhr zu. Sie müsste also in der KF erreichbar sein.“

Alfred blieb nicht lange allein. Tatsächlich erschien Bruder Udo pünktlich um 10.00 Uhr. Er wirkte bedrückt und unsicher. Alfred bat ihn freundlich, doch bitte Platz zu nehmen, und bot ihm einen Kaffee an. Udo Blumer lehnte ab, bat jedoch um ein Glas Wasser. Er blickte Alfred nicht an, sondern sah sich in dem Raum um. Sein Blick blieb ängstlich an den Stapeln von Akten hängen, mit denen sowohl die Schreibtische als auch ein Rolltisch überlagert waren. Alfred beobachtete ihn eine Zeitlang und war sich darüber klar, dass diese Nuss schwer zu knacken sei. Endlich, nach einigen Minuten des Schweigens sagte er:

„Wir brauchen Ihre Aussage, wohlgemerkt als Zeuge. Wie war Ihr Verhältnis zu Tobias Bannberger und Thomas Pleister?"

„Ich habe beide seit über 20 Jahren nicht mehr gesehen, stand also in keinerlei Beziehung mehr zu ihnen."

„Warum waren Sie dann auf der Trauerfeier für Tobias?"

„Ich wollte für ihn beten. Der Herr sei seiner Seele gnädig."

„Das ist keine Antwort auf meine Frage. Soviel ich weiß, darf ein Christ überall und zu jeder Zeit beten. Also, bitte konkret! Sie nehmen vermutlich nicht an allen Beerdigungen in Pforzheim teil. Warum ausgerechnet bei Tobias?"

Udo blickte zur Zimmerdecke hoch, die ihm trotz ihrer ungewöhnlichen Höhe eine Botschaft verweigerte. Er blickte dann lange auf den Boden und schwieg. Endlich sprach er mit zitternder Stimme:

„Ich hatte mit Tobias und Thomas in einer kleinen Schülerband musiziert, die sich die ‚Reuchlin Rocker' nannte. Viel zu spät habe ich erkannt, dass Tobias ein Teufel war, der nicht nur uns in einen Abgrund gerissen hat. Der Herr möge mir meine Sünden verzeihen. Ich war auf der Beerdigung, um Buße zu tun."

Alfred blätterte in einigen Akten, um seine Ruhe zu bewahren. Ihm war klar, dass es kaum gelingen könne, diesen Fanatiker weichzukochen. Er versuchte es mit einer härteren Gangart, wurde plötzlich zum bösen Bullen und fuhr ihn an:

„Legen Sie endlich Ihre Maske ab! Sie haben Abitur gemacht, vermutlich auch eine Universität besucht. Daraus schließe ich, dass Sie kein Dummkopf sind. Wir suchen nach dem Mörder von Tobias Bannberger. Wo waren Sie am Sonntag, den 10. Juni?“

Udo wurde sehr blass, blickte zum ersten Mal den Kommissar an. Er wirkte völlig verstört:

„Ist das der Tag, an dem Tobias ermordet wurde?“ Er fiel in sich zusammen und flüsterte:

„Es darf nicht wahr sein, dass Sie mich für einen Mörder halten. Gott möge Ihnen verzeihen.“

„Lassen Sie endlich Ihren Gott aus dem Spiel. Sie selbst sprachen davon, dass Tobias Sie in einen Abgrund gerissen hat, dass Sie gesündigt haben, dass Sie zur Beerdigung gingen, um Buße zu tun. Welchen Grund hatten Sie? War es nicht eher so, dass Sie am 10. Juni Rache genommen haben? Ich bin kein Beichtvater, ich brauche Fakten. Nach unseren Erkenntnissen liegt das Motiv Ihres möglichen Verbrechens viele Jahre zurück. Was ist passiert nach dem letzten Konzert in der Grenzsägmühle im Sommer 1984?“

Udo schien geschockt und den Tränen nah, als er endlich gequält antwortete:

„Darüber kann und will ich nicht sprechen. Rache liegt mir fern, denn ich hatte selbst Schuld auf mich geladen.“

Alfred war überzeugt, dass er zumindest heute nicht mehr aus Udo herausholen könne. Der würde selbst bei massiven Drohungen weiterhin über das letzte Konzert und dessen Folgen schweigen.

„Sie haben mir immer noch nicht gesagt, wo Sie am 10. Juni waren. Falls Sie auch darüber die Aussage verweigern, haben Sie kein Alibi und bleiben schon deshalb unter Verdacht.“

„Ich war in unserem Gebetsraum, wo wir wie jeden Sonntag ab 17.00 Uhr Chorprobe für die abendliche Andacht haben. Diese beginnt um 19.00 Uhr, wobei der Abschluss offen ist, denn wir haben danach meistens Aussprachen untereinander."

„Kann jemand bezeugen, dass Sie auch an diesem Tag gesungen und an der Andacht teilgenommen haben?"

„Ja, Sie können sich bei meinen Brüdern erkundigen. Die meisten wohnen wie ich in der Kronprinzenstraße."

Alfred entließ den komischen Heiligen, der prompt zum Abschied sagte:

„Gott schütze Sie!"

Alfred war enttäuscht, aber eigentlich hatte er nicht mehr erwartet. Er schrieb sein Protokoll und wartete auf Margots Anruf. Sie hatten ausgemacht, sich beim „Hau den Lukas" zu treffen, bei dem die Messebesucher ihre Kräfte erproben konnten.

Die Frau mit den blond gefärbten Haaren, unter denen schmutziges Grau durchschimmerte, musste die Kellnerin Anni Ärmle sein. So um die vierzig, schätzte er. Schön war sie nicht. Sie hatte ein etwas verbrauchtes Gesicht, schmale Schultern und breit ausufernde Hüften, die in den engen Jeans voll zur Geltung kamen. Darüber trug sie ein verflecktes T-Shirt. Sie empfing Pfefferle nicht gerade begeistert:

„Mensch, was wolle denn Sie?"

Nachdem er sich vorgestellt hatte, ließ sie ihn jedoch in ihr Untermieterzimmer eintreten.

Pfefferle war auf ein schlampiges Chaos gefasst, Er war erstaunt über die auffallende Ordnung. Über dem Doppelbett lag eine bunte Tagesdecke. Vor einem Wandschrank standen neben einem Tischchen zwei Sessel in Richtung Fernseher. Er hatte Anni offenbar beim Staubsaugen gestört und wäre ums Haar über das Gerät gestolpert. Nachdem er sich umgeblickt hatte, klärte sie ihn auf:

„Küche- und Badbenutzung is inbegriffe. Also, was wolle Se wisse?“

„Alles, was Sie uns über Ihren Freund sagen können. Hat er bei Ihnen persönliche Papiere gelagert oder sonstige Dinge, die uns helfen können, ihn zu finden. Er ist uns nämlich entwischt.“

„Des wunnert misch net. Wenn er mol net b’soffe is, dann is er arg schnell. Isch bin mer sischer, dass er bald widder hämkummt. Awwer do hat er sisch g’schnitte. Der Kerl kummt ma nimmer ins Haus. Im Schrank hat er sei Klamotte un in dem Koffer do owwe sei persönliche Sache. Des könne Se alles mitnemme. Vielleicht is er bei dere Schwarzhaarige, mit der er als rumschleicht. Isch häb se bloß von hinne g’seh. Isch muss awwer zugewwe, sie hot e prima Figur. Er hot g’saat, mit dere tät er nur dienschtlich verkehre. Wer’s glaabt, werd seelisch! Die wird a bald die Nas voll von’em hawe.“

„Wissen sie, wer das ist?“

Nee, s’is mer a egal. Soll er doch die verkloppe.“

„Hat er etwas mitgenommen?“

„Sei Gitarr hat er dabei. Des häb isch vergesse, dem Bulle zu verzähle. Awwer s’ging jo alles arg schnell.“

„Seit wann wohnt denn der Carlo Canussi bei Ihnen?“

„Kenne tu isch den scho länger. Er hat mer halt leid gedu. Weil er sei Miete net bezahle konnt und rausg’schmisse worn is, hawwisch en uffgenomme – s’werd inzwische e Jahr her sei.“

Pfefferle erkundigte sich, was sie über ihn wisse, bevor er bei ihr Unterschlupf gefunden hatte, ob er jemals den Namen Tobias Bannberger erwähnt hatte oder andere Bekannte, und wo er hauptsächlich gespielt und gesungen habe. Anni meinte, ‚des wäre zuviel Frage uff ämol, awwer kä Problem', denn sie wisse nichts:

„Vielleicht finne Se was in seine Sache."

Sie half ihm, Canussis Kleider in einen blauen Plastiksack zu packen, der für größere Abfälle gedacht war. Dann holte sie eine Haushaltsleiter und half ihm, den Koffer vom Schrank herunterzuholen. Pfefferle gab ihr eine Bescheinigung und versprach, die Sachen ordnungsgemäß zurückzugeben, worauf sie sagte:

„Von mir aus könne Se alles in de Müll schmeiße. Do, gucke Se, wie isch ausseh'."

Sie streifte ihre Ärmel hoch und zeigte ihm einige blaue Flecken:

„Mein Rücke sieht noch schlimmer aus. Do hot er misch mit dem Besestiel verkloppt. Sie glawe net, wie schee der singe kann, awwer wenn er zuviel getrunke hat, werd er rabiat."

Als Pfefferle sich verabschiedete, versprach sie, sich sofort zu melden, wenn er bei ihr auftauche.

Im Kommissariat brachte er den Kleidersack zum Erkennungsdienst und nahm den Koffer, der nicht schwer war, mit ins Büro. Dann rief er Margot an und berichtete ihr kurz. Sie fand es wichtiger, dass er möglichst gleich den Koffer durchsuche, statt auch noch auf den Messplatz nachzukommen. Schade, dachte Pfefferle, der dort gern nebenbei eine Bratwurst verzehrt hätte.

Dies taten gerade Margot und Alfred, der sich bis zum „Hau den Lukas" durchgedrängelt hatte. Nachdem er die Verkaufsstände überwunden hatte mit den „einmaligen" Sonderangeboten von Möbelpolitur, Fensterwischern, Taschen, Krawatten, Norweger-Pullovern – wer kaufte die schon bei der Hitze – und anderem

Krimskrams sowie auch die Gewürz- und Käsestände und mehrere Backwaren- und Wurstverkäufer, die auch Schwarzwälder Schinken und Schnaps anboten, wurde er mehrmals von Losverkäufern belästigt.

Als er endlich Margot erreicht hatte und gerade in seine Wurst beißen wollte, sagte sie spöttisch:

„Pass auf, dass du dich nicht auch noch mit Wurstfett bekleckerst. An deinem Ärmel hängt etwas Zuckerwatte und deine Hose ist mit Schokoladen-Eis in Berührung gekommen.

Bisher haben wir nichts erreicht. Die Uniformierten beschränken sich auf Verkaufs-, Fress- und Schießstände und ich habe fünf Schausteller befragt, unter andrem den Betreiber des Kinderkarussells und den Geisterbahn-Besitzer. Es stehen für uns noch aus: das Riesenrad, diese unmenschliche Schleudermaschine da vorne, der Auto-Skooter, die Achterbahn – auch so ein Folterinstrument – und dann noch kleineren Schreckensunternehmungen in der Nähe des Festzeltes. Je voller es hier wird, umso schwieriger werden die Befragungen, denn das Personal ist überlastet. Kaum einer hat Zeit, sich das Bild näher anzusehen. Selbst wenn jemand tatsächlich unseren Carlo gesehen haben sollte, würde er oder sie uns kaum Auskunft geben. Ich bin schon ein paar Mal angepflaumt worden. Wir stören den Umsatz.“

„Wieso denn, wir haben doch beide eine Bratwurst gekauft “, Alfred biss kräftig in seinen Wurstweck und tropfte prompt einige Spritzer auf seine Hose:

„Früher hatte ich dieses Gewusel furchtbar gern, aber inzwischen hasse ich solche Massenveranstaltungen.“

Sie blieben kurz bei den Skootern stehen und beobachteten den Andrang. Der unübersichtliche Wechsel der Elektroautos, der genervte Kartenverkäufer und einer, der Aufsicht führte, wimmelten sie wütend ab:

„Wir haben anderes zu tun, als ein Bild anzuglotzen. Leckt mich!“

„Ich glaube, der Mann hat Recht“, meinte Margot: „Ich schlage vor, dass wir noch ins Festzelt gehen und dann aufgeben, okay?“

Es schien, dass auch ein paar Uniformierte bereits aufgegeben hatten – oder sie gönnten sich eine Pause. Es war schließlich weit über die Mittagszeit. Als sie Margot und Alfred erkannten, blickten sie die beiden sehr verlegen an, denn Essen während des Dienstes galt als Vergehen. Alfred winkte ihnen zu und legte seinen Zeigefinger an die Lippen:

„Was die können, können wir noch lang. Willst du lieber Maultaschen, Schnitzel oder Rostbraten mit Spätzle und Soß’?“

Als eine Kellnerin kam, hielten sie ihr Carlos Bild vor die Nase, bevor sie etwas bestellten. Diese nahm sich etwas Zeit und sagte dann:

„Irgendwie kommt mir der Typ bekannt vor. Fragen sie doch mal den Chef. Ich glaube, der Mann da ist schon mal bei uns aufgetreten.“

Nachdem sie bestellt hatten, versprach die Kellnerin, den Wirt zu suchen. Kaum hatten sie ihre Maultaschen aufgegessen, da kam auch schon der Wirt an ihren Tisch und setzte sich gegenüber:

„Also, der Bärtige da ist der Carlo Canussi. Wenn nicht so viel los ist, verpflichten wir kleinere Bands oder auch Alleinunterhalter wie den Carlo. Dieses Jahr haben wir auf den Carlo verzichtet, weil er letztes Jahr am Senioren-Nachmittag – wir bieten auch Kaffee und Kuchen – nach seinem Auftritt einige Alte angebettelt hat. Wir haben erst hinterher davon erfahren und deshalb auf ihn verzichtet. Des kann mer sich doch net biete lasse, gell.“

Auf die Frage, ob er ihn gestern oder heute irgendwo gesehen habe, vermeinte der Wirt:

„Wie stellen Sie sich des vor? In dem Gedränge würd ich noch nicht einmal meine eigene Frau erkennen.“

Er versprach anzurufen, falls er den „Künschtler“ sehen würde, und verabschiedete sich eilig.

Bevor sie zurück ins Kommissariat gingen, baten Margot und Alfred noch einen Uniformierten, seinem Chef auszurichten, er möge am Nachmittag Meldung über Erfolg oder Misserfolg der Suche machen.

„Es ist zum Kotzen!“

Nicht nur Alfred war sauer, dass der Tag so erfolglos verlaufen war, auch Margot machte mit lautem Schimpfen ihrem Ärger Luft. Sie besprachen noch einmal alle bisherigen Ergebnisse und kamen trotzdem nicht weiter. Mitten in ihren Überlegungen meldete sich Forstmann.

Er berichtete von dem Anruf des Berliner Kollegen, der sich in der Goltzstraße alter Freundschaft zuliebe persönlich auf die Suche nach Frau Annemarie Bantner gemacht habe. Auf sein wiederholtes Klingeln an ihrer Wohnungstür habe niemand geöffnet. Während er bereits aufgeben wollte, habe eine Nachbarin ihre Abschlusstür geöffnet und ihm mitgeteilt, dass Frau Bantner einen Unfall hatte und in das Elisabeth-Krankenhaus eingeliefert worden sei. Er habe sich dann bei ihr nach Angehörigen erkundigt und erfahren, es gebe eine Tochter, aber die habe vor ein paar Wochen die Fliege gemacht. Auf die

Frage, wohin diese gegangen sei, habe er lediglich vernommen, „det weeß ik nich“. Allerdings habe sie versichert, dass Frau Bantner in letzter Zeit bestimmt nicht verreist sei.

Kruger sei daraufhin noch in das Unfallkrankenhaus gefahren. Dort habe man ihm mitgeteilt, dass eine Befragung der Frau Bantner frühestens am Montag möglich sei. Sie sei mit ihrem Fahrrad von einem Auto gestreift worden, habe eine schwere Gehirnerschütterung und das Schlüsselbein gebrochen.

„Tut mir leid“, meinte Forstmann beim Anblick der frustrierten Kommissare mitfühlend, „aber am Montag wissen wir mehr.“

Sie gingen dann noch zu dritt in das Besprechungszimmer, wo Pfefferle auf dem großen Tisch den Inhalt von Canussis Koffer ausgebreitet hatte. Er blickte sie müde an:

„Bisher nichts Neues, nur die üblichen Dokumente. Geburtsurkunde, Personalausweis etc. Nicht vorhanden sind persönliche Aufzeichnungen, Briefe und anderes, jedoch einige Bankauszüge der Volksbank – alle mit minimalen Summen - viele Gitarren-Saiten, Kabel und ein Mikrophon, daneben weitere Flyer.

Margot und Alfred halfen ihm, den Rest zu durchsuchen, aber auch sie wurden nicht fündig. Nachdem sie den Koffer wieder gefüllt hatten, grinste Alfred etwas verbittert:

„War ja zu erwarten, dass er nichts aufgehoben hat, was auf seine Erpressungen von Tobias hinweist. So schlau scheint er immerhin zu sein, dass er erbetteltes oder erpresstes Geld nicht auf sein Konto eingezahlt hat. Ich schlage vor, dass wir Schluss machen und zusammen noch ein Bier trinken.“

Als Alfred heimkam, schlief Emma schon. Auf dem Nachttisch des Gästezimmers lag ein Opernführer. Mit einem Post-it-Zettel war die Beschreibung der Götterdämmerung markiert.

Alfred versuchte, wenigstens die Personen und den 1. Akt zu lesen. Er kam bis zu dem Vergessenheitstrank, der dem bedauernswerten Siegfried heimlich gereicht wurde. Dann löschte sich auch bei Alfred jede Erinnerung an den erfolglosen Tag aus. Er ließ sich in das unbequeme Gästebett fallen und schlief sofort ein.

13. Überraschungen

Emma erschien später als Alfred zum Frühstück, der selbst das seltene Ausschlafen sehr genossen hatte. Sie hatte, was nicht zu überhören war, ausführlich geduscht und anschließend noch einige Zeit der Schönheitspflege gewidmet. Als sie endlich kam, trug sie Lockenwickel und hatte eine dicke Cremeschicht auf der Haut. Alfred war ein wenig gerührt über ihre frühen Vorbereitungen für den Opernbesuch und nahm sich vor, sie heute nicht zu provozieren. Es sah so aus, als hätte Emma ähnliche Vorsätze, denn sie bot ihm an – auch wenn sie selbst das nicht mochte -, für ihn ein Spiegelei mit Schinken zu machen. Sie frühstückten friedlich und ausgiebig. Sie fragte ihn, während sie zusätzlich zur üblichen Marmelade noch einen Teller mit Käse und Wurst auf den Tisch stellte:

„Hast du gestern noch den Inhalt der Oper gelesen?"

„Ich war schrecklich müde und habe nur den ersten Akt geschafft, aber bis zur Abfahrt bleibt ja genügend Zeit. Soviel ich heute weiß, war da von einer Tarnkappe die Rede. Die ideale Kopfbedeckung für Kriminalkommissare! Also bei so einem üppigen Frühstück, das ich - danke! – sehr genieße, meine ich, dass wir das Mittagessen weglassen können, zumal wir in Stuttgart ja vor der Aufführung essen gehen. Wäre dir das recht?"

Emma war das sehr recht. Sie wollte sich noch eine Weile ausruhen, dann eine Antifaltenmaske auflegen und sich anschließend ausführlich schminken. Alfred versprach ihr, seinen dunklen Anzug und sogar die Krawatte anzuziehen, die sie ihm zu Weihnachten geschenkt hatte, und holte sich dann den Opernführer. Er kam bis zu der Stelle, wo Brünhilde auf einem Felsensitz der Nacht mit Siegfried gedenkt, als das Telefon läutete. Er ahnte Schlimmes. Seine Ahnung bestätigte sich. Es war Forstmann, der ihm mitteilte, er möge auf den Messplatz kommen, möglichst nah an die Stelle, die an das Feuerwehrgelände grenzte:

„Ein neuer Mord. Alles andere nachher!“

Übles ahnend kam Emma in das Esszimmer:

„Sag’ bloß, dass du weg musst?“

„Tut mir leid! Es ist ein Mordfall. Ich muss sofort los.“

„Aber du bist doch hoffentlich eine Stunde vor Zugabfahrt wieder hier?“

„Ich weiß es nicht, ich weiß überhaupt keine Einzelheiten. Ich kann dir nichts versprechen. Scheißjob! Ich ruf’ dich an, sobald ich mehr weiß.“

Als er weg war, bekam Emma einen Wutanfall. Warum nur hatte sie einen Kripobeamten geheiratet, der niemals ein Versprechen halten konnte. Noch am Frühstückstisch wischte sie die Gesichtscreme mit einer Papierserviette ab.

Als Alfred auf dem Messplatz eintraf, waren Margot und Pfefferle sowie die Männer des Erkennungsdienstes und der Kriminaltechnischen Untersuchung bereits da. Die Messe war seit einer Stunde geschlossen und die Schausteller und Budenbesitzer waren beim Abräumen der Fahrgeschäfte. Kleinere Unternehmen hatten ihre Fahrzeuge entlang der Habermehlstraße geparkt. Für die großen Zugmaschinen und Transporter stand der Platz zwischen der Feuerwehr und dem bereits halb abgebauten Festzelt zur Verfügung. Margot, die eine verschmutzte Hose trug, ging Alfred entgegen:

„Der Tote ist vermutlich unser bärtiger Carlo Canussi, aber er ist schwer zu identifizieren. Sieh dir das selbst an."

Zu Alfreds Erstaunen lagen Braun, Pfefferle und andere auf dem Boden neben einem gewaltigen Transportlaster. Ein Glück, dass das Wetter immer noch schön war. Margot wies ihn an, sich ebenfalls hinabzubeugen. Zwischen den linken und rechten Rädern, umgeben von weggeworfenen Flaschen und anderem Müll, lag ein Mann auf der Seite. Die ihn umgebende Blutlache hätte Alfred ohne die Lampen des Erkennungsdienstes kaum gesehen. Nachdem er sich wieder erhoben hatte, erkundigte er sich, wer den Toten entdeckt habe. Ein kräftiger Mann in Arbeitskleidung, der neben der Führerkabine stand, meldete sich:

„Ich schaue immer, bevor wir abfahren, unter den Laster, weil viele Leute dort ihren Müll hinwerfen, leider auch Flaschen, die wir dann erst wegkehren müssen. Den Mann da unten rief ich ein paar Mal an, er solle gefälligst verschwinden, bevor wir ihn überfahren. Erst dachte ich, der Kerl ist besoffen. Mit einer Stange habe ich ihn angeschubst, aber er blieb so liegen. Ich rief dann die Polizei an. Jetzt haben wir den Schlamassel. Scheiße! Wir müssen noch heute zum Aufbau in Heidelberg sein."

Braun, Margot, Pfefferle und Alfred besprachen, was zu tun sei, denn so war eine Untersuchung der Leiche unmöglich, die auch von der gegenüberliegenden Seite schwer zu erkennen war. Es gab nur eine Möglichkeit: Der Transporter musste vorsichtig vorwärts oder rückwärts weggefahren werden – ein dickes Problem, denn vor ihm stand ein anderes großes

Fahrzeug, in das gerade eingeladen wurde, und an den Transporter war ein gleich großer Anhänger gekoppelt. Unter großem Gemeckere waren die übrigen Fahrer schließlich bereit, Platz zu schaffen. Mit lautem Gedröhn und mindestens so lautem Fluchen begann ein Hin und Her Rangieren. Gelegentlich fiel mit lautem Scheppern eine Metallstange zu Boden, deren Entsorgung das Räumen erneut erschwerte.

Alfred blickte immer wieder nervös auf seine Uhr. Die Zeit verging. Die Rangiererei dauerte und dauerte, denn zum Wenden musste für einige Laster die Habermehlstraße von Polizisten vorübergehend gesperrt werden. Die Zahl der Autos, die am Weiterfahren gehindert waren, wurde in beiden Richtungen immer größer. Einige Fahrer am Kopf der Schlange stiegen aus, um sich empört nach der Ursache des Zwangsaufenthaltes zu erkundigen. Andere, weiter hinten, drückten auf die Hupe. Blödmänner, dachte Alfred, als ob die Huperei jemals einen Stau aufgelöst hätte. Fehlt nur noch, dass jetzt irgendwo ein Brand gemeldet wird und die Feuerwehr ausrücken muss. Nach einem erneuten Blick auf seine Uhr – es war inzwischen 15.20 Uhr geworden – überlegte Alfred, ob er einfach abhauen sollte. Eine unmögliche Idee. Andererseits, was konnten sie heute noch ermitteln? Margot, die ihn beobachtet hatte, wollte etwas sagen, doch der Lärm machte eine Verständigung schwierig. Sie trat sehr nah zu ihm hin und brüllte ihm ins Ohr:

„Du kannst nicht weg! Auch wenn die Musik der Götterdämmerung gegen diesen Krach hier direkt eine Erholung sein muss. Am besten, du rufst deine Emma gleich an."

Alfred blickte wieder auf die Uhr und ging resigniert an eine Stelle auf dem Messplatz, wo der Krawall etwas abgeschwächt schien. Als er wieder zurückkam, zuckte er die Schultern und schrie Margot ins Ohr:

„Sie hat nicht abgehoben. Ein schlechtes Zeichen, aber wenigstens verteilt sich damit der heutige Ärger. Scheiße! Entschuldigung!“

Als der Transporter endlich nach vorn bewegt werden konnte – der Anhänger war abgekoppelt worden –, lagen mehrere Einsatzkräfte auf dem Boden, um dem Fahrer Anweisungen zu geben. Es hätte noch gefehlt, dass der Tote auch noch unter die Räder kam. Endlich lag er frei. Neugierig und schimpfend umstanden die Fahrgeschäftsunternehmer den Toten. Fast gleichzeitig fragten Margot und Alfred:

„Kennt jemand von Ihnen diesen Mann?“

„Des isch de Carlo“, meinte einer und andere stimmten zu, „der treibt sich immer uff de Mess’ rum, spielt e bissel Gitarr und hofft auf Freibier.“

„Seltsam, dass ihn bei unserer Befragung niemand erkannt hat. Vielleicht könnte er noch leben“, kommentierte Alfred grimmig.

„Bitte gehen Sie jetzt sofort weg hier, damit wir unsere Arbeit machen können.“

Nachdem sie sich unwillig verzogen hatten, konnte die übliche Routine abgewickelt werden. Der Tote lag schräg auf seiner rechten Seite, eng an eine Gitarre gelehnt und umklammerte mit der linken Hand eine leergelaufene Schnapsflasche. Braun stellte fest, dass er offenbar mit mehreren Schüssen in den Rücken getroffen worden war – und zwar aus kurzer Entfernung. Nah bei seinem Rücken lag ein Handy mit der Tastatur nach unten im Dreck.

Er drehte den Toten um und untersuchte seinen Tascheninhalt. Er fand ein Bündel Flyer mit Canussis Reklame-Aufschrift und in der Gesäßtasche einen Geldbeutel mit wenig Bargeld, aber wenigstens eine Geldkarte der Volksbank auf den Namen Thomas Pleister.

Als die Männer des Erkennungsdienstes den herumliegenden Müll untersuchten, entdeckten sie drei Patronenhülsen und ein Projektil. Beides nahm Braun an sich und sagte:

„Das Handy müssen wir erst noch untersuchen, aber eines kann ich euch jetzt schon sagen: Es ist ein Luxusmodell. Bei den Patronenhülsen und dem Projektil scheint mir alles auf Kaliber 9 x 18 zu deuten. Dass wir heute, am Sonntag, noch Genaueres herausfinden können, scheint mir unwahrscheinlich. Ja, ja, blicken Sie mich nicht so ungeduldig an, Herr Müller! Also der Tod ist schätzungsweise vor etwa 48 Stunden eingetreten, eher früher.“

Nachdem der Notarzt den Totenschein ausgefüllt und unterschrieben hatte, wurde die Leiche abtransportiert.

Als Alfred, Margot und Pfefferle die herumstehenden Fahrer und Arbeiter befragten, ob sie an einem der letzten Tage Schüsse gehört hätten, bekamen sie nur negative Auskünfte. Niemand hatte etwas gesehen oder gehört. Einer meinte:

„S'isch vielleicht beim Feuerwerk g'wä. E günschtige G'lägeheit, gell!“

Pfefferle grinste ihn an:

„Des han i au scho denkt.“

Die drei Kommissare kamen überein, dass es sinnlos sei, am Tatort neue Informationen zu erhalten. Möglicherweise wurde Braun, wie er versprochen hatte, heute noch fündig. Er wollte trotz des Sonntags eventuell noch herausfinden, auf welchen Namen das teure Handy zugelassen war.

Margots Handy, keine Luxusausführung, klingelte, als sie sich alle drei entschlossen hatten, nach Hause zu gehen. Sie schien nicht gerade begeistert. Der Anrufer war Forstmann, der sie bat, zur Berichterstattung doch bitte noch ins Büro zu kommen. Zudem habe Dr. Badenmaier angerufen. Er hätte inzwischen mit dem für die Heimeinweisung der alten Frau Bantner zuständigen Amtsrichter des Betreuungsgerichtes gesprochen.

Resigniert meinte Alfred:

„Wenn unser liebenswürdiger Staatsanwalt von dem Mord an Canussi erfährt, wird er triumphieren. Unser potentieller Mörder wurde selbst ermordet. Was haben wir falsch gemacht?"

Im Büro gebrauchten sie erst einmal Margots Kleiderbürste, die sie für alle Fälle in der untersten Schublade deponiert hatte. Noch bevor sie damit fertig waren, kam Forstmann herein und kommentierte:

„Ich habe es ja schon immer gewusst: Polizeiarbeit ist Drecksarbeit!"

Er ließ sich die Ereignisse des Tages schildern und schien genauso frustriert wie die drei inzwischen abgestaubten Kommissare. Er schlug vor, das gemeinsame Protokoll noch heute an Dr. Badenmaier per Mail zu schicken:

„Er kann sich damit auf die morgige Besprechung schon mal vorbereiten."

Wie meistens traf es Pfefferle, der sich murrend an den PC setzte und bald zum Abschluss kam. Die anderen, die sich am Automat inzwischen mit Kaffee versorgt hatten, ihm jedoch ebenfalls einen Becher mitbrachten, waren mit seinem Text zufrieden.

Sie schwiegen sich verlegen an, bis Alfred plötzlich sagte:

„Zwei der Reuchlin Rocker sind ermordet worden. Was ist mit dem Dritten? Ich fürchte, dass unser bigotter Udo in Gefahr ist."

Pfefferle schüttelte den Kopf:

„Oder er hat selbst diesen Tommi-Canussi ermordet? Sein Alibi sollten wir auf jeden Fall überprüfen.“

Die andren stimmten zu. Margot meinte:

„Für mich ist es unwahrscheinlich, dass dieser Mensch einen anderen erschießt, aber wir haben heute erfahren, dass alle unsere Theorien zusammengebrochen sind. Wir sollten ihn auf jeden Fall in die Zange nehmen, denn er weiß mehr, als er bisher ausgesagt hat. Er war doch damals dabei, als die Reuchlin Rocker ein Mädchen vergewaltigt haben. Alfred“, sie grinste ihn spöttisch an, „du guter Bulle, solltest ihn endlich hart in die Zange nehmen.“

Alfred erhob sich:

„Erst einmal wird uns morgen Dr. Badenmaier zur Schnecke machen. Es steht uns eine harte Woche bevor. Es ist jetzt schon beinahe 22.00 Uhr. Heute können wir nichts mehr in Angriff nehmen, weshalb ich dafür bin, dass wir jetzt heimgehen.“

Niemand hatte Einwände, weshalb sie sich voneinander verabschiedeten.

Als Alfred nach Hause fuhr, machte er sich auf eine harte Auseinandersetzung gefasst. Doch diese entfiel. Auf dem Küchentisch lag ein Zettel:

„Ein Mitglied des Wagner-Verbandes hat mich nach Stuttgart begleitet. Emma“

Er atmete hörbar auf, holte sich ein Bier aus dem Kühlschrank und trank es hastig aus. Seinen Hunger unterdrückte er. Er war viel zu energielos, um sich noch etwas zum Essen zu richten. Im Gästebett überfiel ihn die Erschöpfung. Er schlief sofort ein.

Eine tiefe Männerstimme weckte ihn auf. Der Mann verabschiedete sich bei offener Haustür von Emma. Alfred verstand nicht jedes Wort, aber er hörte, wie Emma froh und unbeschwert lachte. Dieses Lachen hatte er früher so gern gehabt, aber seit Jahren nicht mehr von ihr gehört. Muss ja ein toller Typ sein, womöglich in dieser Tarnkappe, dachte er, wobei ihn ein leises Gefühl der Eifersucht überkam. Verdammte Götterdämmerung!

Pünktlich am Montag um 8.00 Uhr warteten alle Beteiligten im Sitzungszimmer auf Staatsanwalt Badenmaier. Als er entgegen seiner Gewohnheit etwas später kam, ließ er einer attraktiven Begleiterin den Vortritt. Er geleitete sie an einen freien Stuhl, den er höflich zurückschob, bis sie Platz genommen hatte. Margot sah Alfred vielsagend an, doch dieser war wie alle männlichen Anwesenden damit beschäftigt, diese Frau bemüht unauffällig zu fixieren. Margot musste sich eingestehen, dass sie sehr gut aussah. So etwa zwischen dreißig und vierzig, diskret geschminkt, volle dunkle Haare und, soweit sie es registriert hatte, mit einer perfekten Figur und einem kleidsamen beigefarbenen Hosenanzug. Bevor Badenmaier sich hinsetzte, sagte er:

„Darf ich Ihnen Frau Dr. Burger vorstellen. Sie ist Psychologin beim BKA und ist bereit, uns im Fall Bannberger und jetzt – bedauerlicherweise bei dem neuen Opfer Canussi - beratend zur Seite zu stehen. Ich bitte Sie alle um Zusammenarbeit. Frau Dr. Burger, die bereits einen Teil der Ermittlungsprotokolle gelesen hat, wird in den nächsten Tagen versuchen, ein Täterprofil zu erstellen."

Er lächelte bemüht freundlich die Anwesenden an. Was Frauen doch für einen positiven Einfluss haben können, dachte

Alfred. Hoffentlich ist die Psychologin in Zukunft immer an seiner Seite. Badenmaier stellte ihr die Anwesenden vor und verneigte sich dann vor ihr. Sie stand auf und sagte:

„Nach allem, was ich bisher gelesen habe, muss ich Ihnen ein Kompliment machen. Auch ich hatte nach den Protokollen den Verdacht, dass dieser bärtige Gitarrist der Täter sein könne. Ich habe erst heute früh von dem zweiten Mord erfahren und bin jetzt genauso überrascht wie Sie. Für Ihr Vertrauen danke ich Ihnen schon jetzt. Ich verspreche Ihnen, dass ich mich in die eigentliche Ermittlungsarbeit nicht einmischen werde."

Als sie sich wieder hingesetzt hatte, sprach Dr. Badenmaier – er stand nicht auf – noch einmal:

„Zu Ihrer Information noch folgende Ergänzung: Nach Rücksprache mit dem Amtsrichter des Betreuungsgerichts erfuhr ich, dass die bedauernswerte alte Frau Bantner eine Tochter in Berlin hat – was wir ja bereits wussten. Diese Annemarie Bantner wurde damals schriftlich über die Heimeinweisung ihrer Mutter informiert und befragt, ob sie als Alleinerbin Einspruch gegen die Einweisung erheben würde und gegebenenfalls die Pflege ihrer Mutter selbst übernehmen würde. Frau Annemarie Bantner lehnte sowohl telefonisch als auch schriftlich ab, nach Pforzheim zu kommen. Sie schickte eine schriftliche Erklärung, von einem Berliner Notar bestätigt, dass sie auf jeglichen Erbanspruch verzichte. Daraufhin entschied das Gericht, das Haus zu verkaufen, um die Heimkosten zu finanzieren."

Forstmann hatte mitgeschrieben. Eventuell konnte er diesen richterlichen Beschluss bei dem Anruf seines Berliner Kollegen gebrauchen. Er hoffte intensiv, dass dieser Anruf noch heute erfolgen würde. Während er schrieb, bat Kriminaldirektor

Größer den bereits nervös wackelnden Chef des EKD Braun um seine ersten Erkenntnisse. Wie gewohnt stand Braun auf, um die Wichtigkeit seiner Mitteilung zu demonstrieren:

„Wir und die Kriminaltechnische Untersuchung haben bereits ab 7.00 gearbeitet, doch vorläufig noch mit mageren Ergebnissen. Eines ist sicher: Das Opfer wurde auf die gleiche Weise umgebracht wie Tobias Bannberger, mit vier Schüssen in den Rücken aus unmittelbarer Nähe. Ging auch nicht anders, denn der Täter musste sich tief hinunterbeugen und hat sich dabei vermutlich auch beschmutzt. Leider ist niemandem eine Person mit besonders schmutziger Kleidung aufgefallen. Vermutlich auch deshalb nicht, weil der Mord mit hoher Wahrscheinlichkeit während des Feuerwerks am letzten Freitag geschah. Da war es bekanntlich bereits dunkel. Die Waffe ist eine Makarow-Pistole, die sowohl in der ehemaligen Sowjetunion als auch von der Nationalen Volksarmee der DDR verwendet wurde. Nach dem Mauerfall wurde diese Pistole überall auf Schwarzmärkten verscherbelt, insbesondere in Ostberlin. Die Techniker arbeiten noch daran, den Besitzer des Handys herauszufinden. Morgen werden wir mehr wissen."

„Viel ist das noch nicht, " meinte Größer. Er machte seit der Vorstellung der Psychologin, für deren äußere Reize er immun schien, ein grimmiges Gesicht. Dass Größer von Psychologen wenig hielt, war bekannt. Ihm waren auch Ermittlungen des Täters mit Hilfe eines Psychologen suspekt, besonders aber sogenannte Täterprofile. Für ihn war das Hellseherei. Margot, die ihn beobachtete, vermutete außerdem ein vorangegangenes Kompetenzgerangel zwischen ihm und dem Staatsanwalt. Brummig fragte Größer jetzt:

„Und wie soll das Ganze nun weitergehen? Hat jemand einen Vorschlag?"

Typisch für ihn war, dass er fast immer auf eigene Vorschläge verzichtete und den mit dem jeweiligen Fall direkt beauftragten Kommissaren den Vorrang ließ. Delegieren müsste man können, dachte Alfred. Er meldete sich zu Wort:

„Möglicherweise ist in beiden Fällen der Täter identisch – was wir bald genauer wissen werden. Aber es gibt auch noch einen anderen Zusammenhang. Beide Ermordeten waren vor über 20 Jahren Mitglieder der sogenannten ‚Reuchlin Rocker'. Meiner Ansicht nach ist der dritte Musiker, Udo Blumer, in akuter Gefahr."

An die Psychologin gewandt sprach er weiter:

„Er nennt sich heute Bruder Udo und ist Mitglied einer freichristlichen Sekte."

Frau Dr. Burger bat ihn, mehr über diesen Udo zu erzählen, was er zum Überdruss der übrigen Anwesenden ausführlich tat. Sie schauten immer mal wieder auf die Uhr, ebenso Margot, die fand, dass diese Frau alles über Udo in den Protokollen nachlesen konnte. Indigniert beschimpfte sie ihn innerlich als alten Gockel. Endlich war es Dr. Badenmaier zuviel geworden. Er unterbrach Alfred und sagte:

„Was haben Sie also mit diesem Frommen vor?"

„Auf jeden Fall, ihn in die Zange zu nehmen, denn er weiß mehr, als er bisher ausgesagt hat."

Die Psychologin schien etwas schockiert über die drastische Formulierung des Vorhabens. Sie ordnete diese der Bullensprache zu, deren Schnodderigkeit sie immer störte. Bevor sie etwas sagen konnte, meldete sich Pfefferle:

„Er könnte jedoch auch der Täter sein, oder?"

Ein allgemeines Gemurmel setzte ein, dem Größer bald ein Ende bereitete:

„Frau Meister, was ist Ihr Vorschlag?"

„Auf jeden Fall brauchen wir Udos Alibi, nach der bisher ungefähren Angabe des Todeszeitpunkts von Freitagabend bis spätestens Samstagabend. Wir sollten ihn also schnellstens vorladen. Ob wir ihn dann in die Mangel nehmen, wird von der Glaubwürdigkeit seines Alibis abhängen."

Bei dem Ausdruck „in die Mangel nehmen" genoss Margot das leichte Zucken der Psychologin. Der Dame müsste der Jargon doch längst vertraut sein. Ob man sich beim LKA in ihrer Anwesenheit besonders gehoben ausdrückt? Die Dame reagierte ironisch lächelnd:

„Hauptsache, Sie drohen ihm nicht mit Folter. Denken Sie an den stellvertretenden Polizeipräsidenten in Frankfurt, der dafür verurteilt wurde."

Forstmann meldete sich:

„Ich hoffe sehr, dass mein Berliner Kollege heute noch anruft. Herrn Pfefferles Vermutung - Entschuldigen Sie bitte, Kollege – würde nur zutreffen, wenn Tommi Pleister von jemandem anderen erschossen wurde als Tobias Bannberger. Für letztere Tat hat der fromme Udo ein einwandfreies Alibi. Sollte die KTU sicher sein, dass es sich um ein und denselben Täter handelt, kommt Udo Blumer nicht in Frage."

Braun bat darum, sich zu verabschieden. Vielleicht seien die Techniker inzwischen mit dem Handy weitergekommen. Wovon ja einiges abhänge.

Margot machte einen allgemein akzeptierten Vorschlag:

„Die Witwe Carmen Bannberger hat sich inzwischen gemeldet. Sie sollte eine Aussage machen. Viel können wir uns davon nicht versprechen, aber vielleicht hilft uns Kommissar Zufall. Eventuell kann Herr Müller dem Zufall auf die Sprünge helfen?"

Margot übersah geflissentlich Alfreds abwehrendes Gesicht und fuhr fort:

„Mir scheint zudem, dass wir bei Frau Janatz irgendetwas übersehen haben. Das wäre dann Kollege Pfefferles und meine Aufgabe."

Bevor alle aufbrachen, bat Dr. Badenmaier um ein weiteres Treffen um 16.00 Uhr.

Der Inspektionsleiter Jörg Forstmann saß in seinem Büro und suchte im Internet Informationen über Täterprofile. Er kämpfte sich durch die diversen Links. Offenbar gaben auch kleinste und unvollständige DNA-Spuren dem Profiler die Möglichkeit, sogar das Aussehen des Täters weitgehend zu rekonstruieren. Nach Brauns Auskunft und den Protokollen der KTU wurden beim Mord an Tobias Bannberger keinerlei DNA-Spuren des Täters gefunden. Es blieb die Hoffnung, dass der Mord an Canussi weniger spurlos blieb. Andererseits hatte sich der Täter wahrscheinlich mit ebenfalls tränenden Augen vorher über das Internet kundig gemacht. In diesem Fall wäre er besonders vorsichtig vorgegangen.

Forstmann wischte sich seine Augen und verfluchte die vielen Texte auf dem Bildschirm. Die neueste Dienstanweisung, mit Papier zu sparen, hatte ihn von einem Ausdruck abgehalten. Er versuchte, sich ein eigenes Täter-Profil herzustellen, das bei Frau Dr. Burger vermutlich einen Lachanfall auslösen würde. Der Gedanke an sie lenkte ihn jedoch bald von seinem Vorhaben ab. Eine tolle Frau!

Während er noch über sie nachgrübelte – ob sie wohl verheiratet war? – läutete das Telefon. Es war tatsächlich Sven Kruger, der als erstes sagte:

„Hallo, alter Kamerad! Ich habe mir ein Lob verdient."

„Erst das Verdienst und dann, wenn du willst sogar einen Orden. War das nicht so beim Bund? Also, schieß los! Aber warte bitte noch einen Augenblick, bis ich das Bandgerät angeschlossen habe. Es ist einfacher als das lästige Mitschreiben deiner goldenen Worte.“

Forstmann brauchte einige Minuten. Das Gerät war wie alle Gerätschaften der Polizei etwas veraltet. Endlich war er soweit:

„Hast du mit dieser Annemarie Bantner sprechen können?“

„Ja! Sie war inzwischen vernehmbar, wobei mir die Ärzte nur eine halbe Stunde gewährt haben. Nachdem ich gesagt hatte, dass ich ihr im Auftrag der Pforzheimer Polizei ein paar Fragen stellen müsse, machte sie ein abwehrendes Gesicht und meinte, dass sie mit Pforzheim absolut nichts mehr am Hut habe. Sie sieht übrigens noch gut aus, ein bisschen südländisch, aber sie wirkt verbittert. Nach Angehörigen befragt, erklärte sie, nicht verheiratet zu sein, aber eine undankbare Tochter von 22 Jahren habe, die einfach abgehauen sei. Das Miststück! Um es kurz zu machen: Sie hatte deshalb – es war vor rund vier Wochen - eine Vermisstenanzeige aufgegeben und regte sich über die Polizei auf, die nichts unternommen habe, um ihre Tochter, die ihr auch Geld gestohlen hätte, aufzutreiben. Sie sei immer ein schwieriges, verdrücktes Kind gewesen, für das sie doch alles getan habe. Als ich sie in deinem Auftrag gefragt habe, ob sie einen Tobias Bannberger in Pforzheim gekannt habe, schüttelte sie erschöpft den Kopf. Sie wollte dann wissen, weshalb ich sie danach frage. Als ich ihr sagte, dass dieser Mann, der doch ihr Klassenkamerad gewesen sei, ermordet wurde, verriet sie sich: Du wirst es nicht glauben, so etwas wie ein triumphierendes Lächeln überzog ihr Gesicht. Kann aber auch sein, dass ich das so gedeutet habe. Danach bekam sie einen Schwächeanfall und klingelte nach der Schwester. Bevor diese ankam, gelang es mir noch, sie nach dem Beruf und dem ehemaligen Arbeitgeber der Tochter zu fragen. Krieg ich jetzt endlich ein Lob?“

„Wenn du willst sogar ein doppeltes. Sag mir aber noch den Beruf und die Adresse des Arbeitgebers der Tochter?“

„Wie ich dich kenne, soll ich also weiter für dich ermitteln?“

„Du kannst diese Ermittlung vielleicht auch delegieren. Von uns kann derzeit keiner nach Berlin fahren, weil wir einen neuen Mord haben.“

„Das gibt’s doch nicht, und das in der süddeutschen Provinz!“

„Ja, gell! Es besteht vermutlich ein Zusammenhang zwischen beiden Taten. Diese Annemarie Bantner ist vermutlich als 18-Jährige von beiden Opfern vergewaltigt worden. Wenn wir es genau wissen, schicke ich dir eine E-Mail.“

„Wenn’s stimmt! Nebenbei gesagt, interessiert mich der Fall. Die Tochter, sie heißt Johanna Bantner, ist Sprechstundenhilfe. Ich habe mich auf den Weg gemacht und gleich noch ihren Arbeitgeber aufgesucht, einen Allgemeinmediziner in Schöneberg. Die Praxis war überfüllt – es ist schließlich Montag -, weshalb der Doktor nur zu einer kurzen Auskunft bereit war. Er bestätigte, dass die junge Frau Bantner bei ihm angestellt war. Ja, sie sei sehr zuverlässig gewesen. Er bedauerte, dass sie gekündigt habe. Nein, er ahne nicht, wohin sie gegangen sei. Über ihr Privatleben wisse er nichts. Er verwies mich an Johannas ehemalige Kollegin Ines. Diese sei die einzige gewesen, die mit ihr ein wenig vertraut war.

Diese Ines hatte heute leider keine Zeit, versprach mir aber, sich morgen in ihrer Mittagspause mit mir zu treffen.“

Jörg Forstmann und Sven Krüger tauschten dann noch alte Erinnerungen aus ihrer gemeinsamen Zeit beim Bund aus. Bei dieser Gelegenheit erfuhr Forstmann, dass sein alter Kumpel es bis zum Kriminalrat gebracht habe. Forstmann gratulierte ihm und erkundigte sich dann:

„Sag mal, habt ihr in Berlin Erfahrungen mit Polizeipsychologen und einem Täterprofil?“

„Aber sicher! Im Gegensatz zu eurem Nest haben wir allen Quatsch aus Amerika übernommen. Allerdings haben wir mehr Täter als Profile. Wie ist denn euer Psychologe?“

„Ein Bild von einer Frau!“

„Also dann, bring mal dein markantes Profil ins rechte Licht. Oder bist du verheiratet?“

„Nein! Wenn ich so meine Kollegen betrachte, kann ich feststellen, die Ehen mit Bullen gehen meistens schief. Und du?“

„Ich bin geschieden.“

Sie blödelten noch eine Zeitlang herum, als Forstmann plötzlich etwas einfiel:

„Du, für alle Fälle, kannst du mir eine Kontaktnummer geben zu einem Typ bei eurem Vermisstendezernat? Die haben doch höchstwahrscheinlich ein Bild der angeblich abgehauenen Tochter.“

Kruger lachte und meinte:

„Ihr tappt also völlig im Dunkeln, oder? Ich kann mir zwar nicht vorstellen, dass jemand ins Land der süddeutschen Mehlspeisen abhaut. Aber warte mal einen Moment.“

Es dauerte nicht lange, bis Kruger ihm die Nummer eines Kollegen gab. Er solle diesen von ihm grüßen, sie würden manchmal ein Bier zusammen trinken:

„Auf jeden Fall müsstet ihr damit schneller an ein Bild kommen als über das LKA. Aber – stell dir vor, die junge Frau isst vielleicht lieber Fisch und ist nach Hamburg geflüchtet?

Keine Sorge, eure schöne Psychologin wird das sicher herausfinden. Du musst ihr eben etwas schmeicheln. Melde dich mal wieder oder komm' endlich einmal nach Berlin. Über das Gespräch mit dieser Ines, die übrigens sehr gut aussieht, werde ich dir berichten. Tschüs!"

Forstmann blickte auf die Uhr. Für das Protokoll über das Gespräch blieb ihm noch eine gute halbe Stunde. Vielleicht erwischte er den Kollegen vom Vermisstendezernat. Er hatte Glück.

14. Vergangenheitsbewältigung

Forstmann berichtete gerade von seinem Telefongespräch mit dem Berliner Kollegen, als Alfred endlich eintraf. Er stellte zu seiner Erleichterung fest, dass auch Braun noch nicht da war. Entgegen seiner Erwartung nickte ihm Dr. Badenmaier ohne den üblichen Blick auf die Uhr zu. Liegt wohl am Einfluss der schönen Frau an seiner Seite? Ob sie ihn therapierte? Alfred setzte sich und bekam noch den Schluss von Forstmanns Bericht aus Berlin mit. Dann bat Badenmaier Margot und Pfefferle um Auskunft, die gleich erledigt war, denn Frau Janatz war nicht anzutreffen. Daraufhin wurde Alfred gebeten, über Carmen Bannberger zu berichten. Er blieb sitzen:

„Sie wohnt derzeit bei ihren Eltern in Grunbach. Sie schwärmte ausführlich von ihrem italienischen Lover, bis sie endlich bereit war, auf meine Fragen zu antworten. Das tat sie dann recht ausführlich. Sie behauptete, ihre Ehe sei von Anfang an eine ‚Kataschtroph' gewesen und die Schwiegermutter der Horror. Bereits nach einem Jahr ging der schöne Tobias fremd, was ihr da aber bereits egal gewesen sei. Nicht egal waren ihr die Anrufe von Frauen, die ihn sprechen wollten. Sie habe diesen dann immer ziemlich wütend seine Handy-Nummer gegeben und sich weitere Privatanrufe verbeten. ‚I weiß net, was die Weiber an dem finde', meinte sie wörtlich, 'na ja, i bin au auf'en reing'falle. Im Bett war der Seggel miserabel. Ohne Vorspiel, ohne e bissle Streichle. S'war fascht wie e Vergewaltigung.'"

Alfred lachte:

„Das Hochdeutsch der Frau ist ein Genuss. Aber ich werde Ihnen weitere Details ersparen. Nur noch eine Ergänzung: Sie gab mir nicht nur die Adresse ihres Lovers, sondern auch die des Hotels in Venedig. Bei meiner Nachfrage, ob immer die gleiche Frau angerufen habe, gab sie an, es seien verschiedene Frauen gewesen, mal mit schwäbischem Dialekt, mal hochdeutsch, auch die Stimmlage sei unterschiedlich gewesen. Es tut mir leid, dass ich nichts Besseres zu berichten habe. Meiner Meinung nach können wir diese Witwe als potentielle Täterin vergessen."

Endlich erschien Braun mit strahlender Miene. Er platzte fast vor lauter Mitteilungsbedürfnis:

„Von diesem Canussi alias Pleister haben wir jede Menge Spuren aus dem Kleidersack und seinem Toilettenbeutel, auch noch andere, aber die dürften von seiner Freundin stammen."

Er grinste Alfred an und fuhr fort:

„Wenn ich den Kollegen einen Rat geben darf: Man sollte eine Speichelprobe dieser Anni erbitten."

„Danke!", brummte Alfred, „da wären wir nie draufgekommen!"

„Jetzt kommt aber das Wichtigste", Braun lächelte, „interessant ist - Sie werden es nicht glauben: Das Handy, das neben der Leiche lag, gehört Tobias Bannberger. Zwar sind alle Anrufe und Nummern auf dem Handy gelöscht, aber der Besitzer konnte eindeutig ermittelt werden. Leider war es sorgfältig abgewischt, also keinerlei Fingerabdrücke, so wenig wie an der Pistole."

Er machte eine wirkungsvolle Pause und genoss die Überraschung der Kollegen und des Staatsanwalts. Bevor noch jemand anderer etwas sagen konnte, meldete sich die Psychologin:

„Erlauben Sie mir bitte ein paar Bemerkungen: Die Tathandlungen gleichen sich. Das beim ersten Mord verschwundene Handy wurde bei dem zweiten Verbrechen sichtbar abgelegt, höchstwahrscheinlich wurde außerdem in beiden Fällen die gleiche Waffe benutzt. Meines Erachtens kann man daraus schließen, dass der Täter oder auch die Täterin entdeckt werden will. Er hat eine Art Schlussstrich gezogen. Ein dritter Mord erscheint mir deshalb, auch wenn er sich prinzipiell nicht ausschließen lässt, unwahrscheinlich. Jeder Täter hat gewissermaßen eine Handschrift, die er selten wechselt. Allerdings bleibt die Ursache seines Handelns nach wie vor im Dunkeln, aber diese herauszufinden ist Ihre Sache."

Sie machte eine Pause, in der Forstmann spontan Beifall klatschte, in den die anderen zögernd einfielen. Lächelnd sprach sie weiter:

„Ich bitte um die Erlaubnis, bei der Vernehmung dieses dritten Musikers dabei sein zu dürfen. Wer immer diesen Thomas weichkocht oder in die Zange nimmt", sie lächelte wieder ironisch, „ich möchte mir als stumme Zuhörerin ein Urteil bilden. Ist das möglich?"

Direktor Größer stimmte zu und sagte anschließend:

„Herr Müller, Sie haben ihn bereits befragt und kennen seine Reaktionen. Es bietet sich an, dass Sie ihn erneut vernehmen. Im Übrigen schlage ich vor, dass wir nicht jeden Tag eine gemeinsame Besprechung abhalten, auch deshalb, weil ich selbst mich noch um andere Abteilungen kümmern muss. Sind Sie damit einverstanden, Herr Dr. Badenmaier?"

Wieder hatte er den Doktor betont, was diesem nicht aufzufallen schien. Er antwortete:

„Vollkommen einverstanden! Ich erwarte jedoch, über die weiteren Schritte der Kommissare und die Ergebnisse der kriminaltechnischen Untersuchung laufend informiert zu werden. Bei dieser Gelegenheit möchte ich Herrn Forstmann für seine Initiative danken, auch wenn diese“, er lächelte verklemmt, „etwas außerhalb des Dienstweges abgelaufen ist.“

Zu Frau Dr. Burger gewandt, sagte er im Aufstehen:

„Gestatten Sie, gnädige Frau, dass ich Sie in Ihr Hotel begleite?“

Sie dankte ihm, erhob sich ebenfalls und wurde von ihm zur Tür geleitet.

„So macht man das“, kommentierte Forstmann, der den Abgang der beiden neidisch beobachtet hatte.

Ein Aufatmen ging durch die Versammelten. Es fiel kaum auf, dass Braun das Zimmer mit wütender Miene verließ. Aber auch Alfred blickte mürrisch, bemühte sich trotzdem um ein freundliches Gesicht beim allgemeinen Aufbruch.

Bei ihren Autos angelangt, erkundigte sich Margot bei Alfred:

„Weshalb bist du schon den ganzen Tag so sauer? Krach mit Emma oder stinkt dir die Anwesenheit der schönen Frau bei der Vernehmung des frommen Udo?“

„Mir stinkt alles! Warum bin ich nur Kripobeamter geworden? Die Psycho-Zicke mag ja schön sein, aber wetten, dass sie sich einmischt.“

Er tat Margot leid, weshalb sie ihm vorschlug, noch irgendwo ein Bier zu trinken. Als er später heimkam, war Emma nicht zu Hause.

Die Schöne stand im Flur, als Alfred das gemeinsame Büro verließ, um ebenfalls auf Bruder Udo zu warten. Um Margot und Pfefferle nicht zu stören, schlug er vor, in eines der Vernehmungszimmer zu gehen. Sie standen rund fünf Minuten beieinander, ohne sich zu unterhalten, als der Erwartete zögernd den Gang entlang kam. Er trug den zu engen Anzug, den er auch bei der Beerdigung von Tobias Bannberger anhatte. Als er Alfred und die ihm unbekannte Frau erreicht hatte, fragte er sofort:

„Warum habe ich eine Vorladung erhalten?"

Alfred antwortete ihm:

„Wir wussten nicht, wie wir Sie telefonisch erreichen konnten. Aber kommen Sie erst einmal herein. Möchten Sie etwas trinken?"

„Höchstens ein Wasser."

„Okay, im Zimmer sind genügend Flaschen. Die Dame hier ist Frau Dr. Burger, eine Psychologin, die bei unserem Gespräch teilnehmen wird."

Im Zimmer wies ihm Alfred einen Platz an dem großen Tisch zu und setzte sich ihm gegenüber neben Frau Burger. Udo fühlte sich offenbar gedemütigt und erkundigte sich:

„Bin ich hier auf der Anklagebank? Ich weiß nicht, was ich verbrochen haben soll. Aber ich bin sicher, Gott wird mir beistehen, diese Prüfung zu ertragen."

„Das hoffen wir", Alfred blickte ihn an und fuhr fort, „es ist nicht nur eine Prüfung. Ich muss Ihnen sagen, dass Sie in Gefahr sind. Sie haben vielleicht in der Zeitung gelesen, dass Thomas Pleister alias Carlo Canussi ermordet wurde?"

Udo erschrak sichtlich:

„Das ist ja schrecklich! Er wandte sich an Frau Burger:

„Wissen Sie, ich gehöre einer freikirchlichen Gemeinde an. Wir lesen grundsätzlich keine Zeitungen. Unser Ziel ist es, die

Menschen für höhere Ziele zu gewinnen, sie dem Herrn zuzuführen und sie vom Alltag zu befreien. Auch wenn ich keinen Kontakt mehr zu Tommi hatte, tut es mir sehr leid, dass er so grausam enden musste. Ich werde für seine Seele beten.“

Die Psychologin lächelte ihm freundlich zu und sagte, dass er ihr bei andrer Gelegenheit mehr von seiner Gemeinschaft berichten könne. Jetzt möge er doch bitte die Fragen des Herrn Kriminalhauptkommissars beantworten. Alfred, der sich in ihrer Gegenwart etwas gehemmt fühlte, erkundigte sich routinemäßig nach Udos Alibi für die Zeit vom Freitag bis Sonntag am letzten Wochenende.

„Wir, meine Brüder und Schwestern, waren auf einer Tagung unserer Glaubensanhänger und Gäste in Bad Herrenalb, die jedes Jahr, während in Pforzheim die Messe veranstaltet wird, stattfindet. Mit Vorträgen, besinnlichen Stunden, gemeinsamen Gebeten und Wanderungen durch die schöne Natur bieten wir besonders unseren Gästen eine Alternative zu den banalen, sinnlosen, so genannten Unterhaltungen. Warum sollte ich in Gefahr sein?“

„Wir werden Ihr Alibi überprüfen. Vergessen Sie aber nicht, dass Sie selbst während und nach Ihrem Abitur das Ihre zu banalen Unterhaltungen beigetragen haben. Sie waren der dritte Mann der „Reuchlin Rocker“. Ihre beiden Mitspieler wurden brutal ermordet. Sollte der Täter oder eine Täterin sich für ein Verbrechen rächen, an dem auch Sie beteiligt waren, dann ist mit einem weiteren Mord zu rechnen. Deshalb sind Sie in Gefahr.“

Udo war in sich zusammengesunken und stotterte:

„Gott wird mich beschützen.“

Alfred hatte inzwischen vergessen, dass er eine Zuhörerin hatte, und sagte lauter als bisher:

„Es kann auch sein, dass der Teufel sich einmischt. Auf jeden Fall können wir Sie vorerst besser beschützen. Aber dazu müssen Sie mir endlich berichten, was sich nach dem letzten Konzert im Sommer 1984 ereignet hat. Sie haben bei unserem letzten Gespräch von einer Schuld gesprochen, die Ihnen der Herr verziehen habe. Worin besteht Ihre Schuld und die der anderen Musiker? Ich bitte Sie dringend, endlich konkret das damalige Geschehen – vermutlich die Vergewaltigung einer Klassenkameradin - genauestens zu schildern."

Udo wurde abwechselnd rot und blass und brach dann in Tränen aus. Ein widerlicher Anblick, dachte Alfred und holte eine Flasche Mineralwasser und ein Glas, das er vor den Fassungslosen hinstellte. Nachdem Alfred das Glas gefüllt hatte, trank Udo es in einem Zug leer. Er schnäuzte in ein schon vielfach gebrauchtes Taschentuch und wischte sich anschließend die Tränen aus dem Gesicht. Dann sagte er stöhnend:

„Ich habe sie doch geliebt. Ich liebe sie immer noch. Manchmal bilde ich mir ein, sie irgendwo zu sehen, weshalb ich gelegentlich Frauen anspreche, die ihr ähnlich sehen. Wenn ich nur wüsste, was aus ihr geworden ist. Sie war einfach nicht mehr aufzufinden. Ihre Mutter hatte mich aus dem Haus gejagt und mit der Polizei gedroht, wenn ich mich noch einmal blicken ließe. Sie…"

Alfred unterbrach ihn barsch:

„Es geht hier nicht um Ihre Gefühle. Tatsache ist, dass Sie dabei waren. Also bitte, endlich die Fakten!"

„Ja, ich war dabei und – Gott verzeih mir – ich bin mit auf die Wiese gegangen. Banni oder Tommi hatte eine Decke mitgebracht. Ich denke, dass ich damals sogar stolz darauf war, dass sie mich mitgenommen haben. Zu den Partys in Bannis Eltern- oder Gartenhaus war ich nie eingeladen. Wir saßen auf der Decke. Banni drehte Zigaretten, an denen wir reihum zogen, auch Anne, die ihn anstrahlte. Ich habe zum ersten Mal geraucht und mich gewundert, wie scheußlich der Tabak schmeckt. Banni reichte auch eine Flasche herum. Noch heute spüre ich den widerlich brennenden Geschmack. Währenddessen umarmte er Anne, die zuerst ein glückliches Gesicht machte. Als er ihr dann aber die Bluse und den Rock abstreifte, wehrte sie sich heftig. Ich wollte ihr zu Hilfe kommen, aber mir war plötzlich so schwindelig. Ich kam nicht hoch, auch deshalb, weil Tommi mich festhielt. Er sagte: ‚Mensch, Udi, du dämlicher Spielverderber. Hör endlich auf zu heulen, du Schlappschwanz.' Ich musste zusehen, wie Banni sie völlig auszog. Entschuldigen Sie bitte, aber ich kann Ihnen die Einzelheiten nicht beschreiben. Es war schrecklich! Als er von ihr abließ, sagte er: 'Auf, Tommi, jetzt bist du dran!' Anne schrie und strampelte und ich kam nicht hoch, war wie gelähmt. Banni stand da und bog sich vor Lachen. Ich habe immer versucht, sein grauenhaftes Lachen zu vergessen. Ich höre es immer wieder. Ich fühlte mich…"

Es klopfte. Alfred war sauer über die Unterbrechung, ging aber trotzdem zur Tür. Es war Forstmann, der ihn bat, einen Moment herauszukommen. Er gab Alfred ein Bild, das mit einem Schwarz-Weiß-Drucker hergestellt war, und sagte:

„Das Bild der Tochter von Annemarie Bantner kam eben per E-Mail aus Berlin. Wir werden bessere Abzüge machen lassen, aber Sie sollten es gleich bekommen. Vielleicht möchten Sie es diesem Udo gleich zeigen. Ich habe einen bestimmten Verdacht, über den ich nachher mit Ihnen sprechen möchte. Würden Sie, wenn Sie hier fertig sind, in mein Büro kommen?"

Alfred bedankte sich, sagte zu und nahm das Bild mit hinein. Udo redete immer noch. Frau Burger flüsterte Alfred zu:

„Er war nicht mehr zu bremsen, sprach vor allem über seine Empfindlichkeiten."

Jetzt sprach er davon, dass die beiden anderen, ihm die Hosen heruntergezogen hätten und ihn zwangen, sich auf Anne zu legen:

„ Diese schrie nicht mehr. Sie lag vollkommen bewegungslos mit ausgebreiteten Schenkeln da. Weil ich keine Erektion hatte, verspotteten sie mich noch mehr."

Er wurde erneut von heftigem Schluchzen geschüttelt. Alfred war versucht, diesen Weichling anzubrüllen, doch die Anwesenheit der Psychologin riet ihm zur Vorsicht. Er füllte stattdessen erneut Udos Wasserglas und redete ihm zu:

„Herr Blumer, bitte beruhigen Sie sich. Sie müssen nicht befürchten, dass Ihr Geständnis öffentlich wird. Wie kamen Sie und die anderen nach Hause?"

„Ich weiß es nicht, aber ich vermute, dass Banni uns alle mitgenommen hat und uns jeweils vor der Haustüre abgesetzt hat. Zum Glück war mein Vater nicht zu Hause, dem ich erst am nächsten Tag alles gestand. Er hat mich zum ersten Mal in meinem Leben geschlagen und mir verboten, mich noch einmal mit den beiden anderen zu treffen. Er würde sich selbst um die Angelegenheit kümmern. Wir sprachen fast ein Jahr lang nicht mehr miteinander und nie mehr über diesen schrecklichen Abend."

„Was wissen Sie über die Anzeige wegen Vergewaltigung, die dann aber zurückgezogen wurde?"

Udo blickte ihn völlig überrascht an:

„Glauben Sie mir bitte, davon weiß ich nichts. Wer hat denn wen damals angezeigt?"

„Das kann ich Ihnen nicht sagen, weil uns noch einige Informationen fehlen. Erzählen Sie mir bitte noch, wie dieser Tommi war, als Sie noch Kontakt hatten?“

„Verstehen Sie bitte, dass ich nach allem, was sich ereignet hatte, ihn in einem anderen Licht sehe als vorher. Als Klassenkamerad war er nicht unangenehm. Er kam ja auch erst in der 12. Klasse zu uns, weil er, vermute ich, erneut die Versetzung nicht geschafft hatte. Auffallend, fast extrem unterwürfig war seine Anhänglichkeit an Banni. Der hatte alles, was Tommi nicht hatte: Geld, ein Auto, tolerante Eltern. Bei den Mädchen war er besonders beliebt. Nach außen wirkten die zwei unzertrennlich – was übrigens manchmal Anlass zu bösartigem Spott war. Banni schmückte sich – so sehe ich das rückblickend – mit Tommis Anhänglichkeit und Tommi genoss es, dazuzugehören. Er hatte keine eigenen Ziele, keinen schulischen Ehrgeiz, er ließ sich einfach hängen und mitschleppen. Ich habe ihn später noch einige Male in der Stadt getroffen. Er wollte nicht zum rechten Glauben finden und hat mich nur wieder ausgelacht.“

Forstmann zuliebe zeigte ihm Alfred das Bild, auch wenn er sich keine weiterführenden Informationen versprach. Nun war er völlig überrascht, denn Udo sagte sofort:

„Ja, ich glaube, dass ich dieser jungen Frau begegnet bin. Ganz sicher bin ich nicht. Sie sieht Anne so sehr ähnlich, dass ich sie im Café Dipfele angesprochen habe. Sie saß da sehr allein und völlig deprimiert. Ich versuchte, ihr gut zuzureden. Ein paar Tage später begleitete sie mich in die Aufführung des „Messias“ in der Stadtkirche, aber“, er lächelte traurig, „sie fand diese Musik und die Texte einfach schrecklich und mich wohl auch, denn sie wollte nichts mehr von mir wissen. Sie weigert sich, an die höhere Macht des Herrn zu glauben. Ich bete darum, dass sie dafür nicht von Gott bestraft wird.“

Er machte eine nachdenkliche Pause und sagte dann:

„Sie sieht Annemarie so verdammt ähnlich. Wer ist sie?"

„Das können wir Ihnen nicht sagen. Wissen Sie, wie sie heißt und wo sie wohnt?"

„Sie nannte sich Jo. Wo sie wohnt, hat sie mir nicht verraten, auch nicht, wovon sie lebt. Wir haben uns ja leider nur zweimal gesehen. Ich habe sie einige Male heimlich beobachtet, wollte aber nicht, dass sie das merkt, und habe es dann aufgegeben."

Alfred dankte ihm für seine Offenheit und versprach ihm:

„Wir werden unauffällig auf Sie aufpassen."

Als Udo hinauswankte, wünschte er Alfred und Frau Burger noch Gottes Segen.

Alfred bedankte sich bei Frau Dr. Burger für ihre Zurückhaltung und lud sie ein, ebenfalls in Forstmanns Büro zu gehen. Vorher müsse er allerdings noch dafür sorgen, dass Udos Alibi nachgeprüft und dieser ständig beobachtet werde. Frau Burger, bereits an der Tür, hörte noch, wie Alfred beim Telefonieren anfügte: „…besser in Zivil, Uniformen sind zu auffällig."

Als Alfred in Forstmanns Büro kam, schien dieser hocherfreut, dass er die Psychologin mitgebracht hatte, die er permanent anstrahlte. Er meinte, die neuesten Nachrichten aus Berlin sollte er lieber aufsparen, bis Margot Meister und Hans Pfefferle eingetroffen seien, denen er das leider unscharfe Bild ebenfalls gebracht habe:

„Inzwischen haben wir perfekte Fotografien. Darf ich Ihnen einen Kaffee machen, der besser ist als der aus dem Automaten?"

Während dieser durch Forstmanns Privatmaschine sickerte, berichtete Alfred von Udos Geständnis.

„Was haben Sie für einen Eindruck von diesem frommen Bruder?“, erkundigte sich Forstmann bei der Psychologin, „meinen Sie, dass er die Wahrheit gesagt hat?“

„Ich denke ja. Auch wenn er sich letztlich freigesprochen hat, was seine Beteiligung an der Vergewaltigung anbelangt. Dies ist nicht nachweisbar. Aber erlauben Sie, dass ich Sie darauf hinweise: Als Mörder würde ich ihn nicht ausschließen. Viele Täter haben aus ideologischen Gründen getötet. Denken Sie an die ehemaligen Nazis und auch an die Neonazis. Solche Leute haben kein Schuldbewusstsein, denn sie morden für eine höhere Idee, für die Gemeinschaft, für das Vaterland usw. Es scheint mir nicht ganz ausgeschlossen, dass dieser fromme Sektierer sich von seinem Herrn berufen fühlt, die Gottlosen zu vernichten.“

Alfred wandte ein:

„Für islamistische Terroristen mag Ihre Theorie stimmen, doch haben diese, soweit ich informiert bin, keinerlei persönliche Beziehung zu ihren Opfern. Bei diesem Udo ist das anders. Falls er tatsächlich aus ideologischen Gründen gehandelt hat – wir werden seine Alibis sorgfältig prüfen –, müsste er die meisten Einwohner Pforzheims umbringen, uns eingeschlossen. Zum Glück ist das Mittelalter längst vorbei. Ihre Vermutung erscheint mir doch zu theoretisch. Entschuldigen Sie bitte.“

Forstmann lockerte die entstandene Spannung. Er wies darauf hin, dass auch die Kripo meistens zuerst einmal aufgrund von Theorien ermittelt. Er lächelte die Psychologin charmant an und sagte abschließend:

„Wenn wir vollständig sind, werde ich Ihnen die Möglichkeit zu weiteren Theorien geben, wobei ich zugeben muss, dass ich bereits eine Vermutung habe, der Sie sich vielleicht anschließen.“

Kaum hatte er ausgesprochen, als Margot und Pfefferle sich entschuldigend eintraten. Margot berichtete, dass sie beide endlich Frau Bärbel Janatz zu Hause angetroffen hätten. Diese habe sich aber leider nicht festlegen wollen. Eine Ähnlichkeit mit dem Bild sei wohl vorhanden, aber die übertriebene Schminke und die roten Haare…Sie sei sich einfach nicht sicher, wollte aber unbedingt wissen, wer die junge Frau auf dem Bild sei. Mit Hinweis auf die laufende Ermittlung hätten Sie ihr jedoch keinerlei Information gegeben.

Forstmann berichtete nun, wie er durch die Vermittlung des Berliner Kollegen überraschend schnell nicht nur das Bild, sondern auch eine Kopie der Anzeige der Annemarie Bantner vom Vermisstendezernat erhalten habe:

„Daraus geht unter anderem hervor, dass die Tochter Johanna am 31. März 1985 geboren wurde. Erlauben Sie mir, dass ich anstelle meines weiteren Berichts den Tonbandmitschnitt des folgenden Gesprächs mit Kollege Kruger vorspiele?“

Er wartete die Antwort auf seine rhetorische Frage nicht ab und stellte gleich das Band an. Sie hörten eine angenehme Bassstimme:

„Hallo, alter Kampfgenosse. Jetzt bist du mir mindestens eine Flasche Schwarzwälder Kirschwasser schuldig, denn ich musste diese Ines, die Sprechstundenhilfe, nicht nur zum Kaffee einladen, sondern ihr auch noch eine Schwarzwälder Kirschtorte spendieren. Mir ist jetzt übrigens klar, weshalb so viele süddeutsche Frauen zu dick sind. Aber zur Sache: Nachdem diese Ines ihre anfängliche Zurückhaltung abgelegt hatte – du weißt hoffentlich noch, wie charmant ich bin –, erzählte sie mir, dass ihre frühere Kollegin, was ihr Privatleben anbelangt, sehr verschlossen gewesen sei. Sie, die Ines, kam jedoch einmal hinzu, als Jo in der Mittagspause wie ein Häufchen Elend im

Labor saß und fürchterlich heulte. Erst habe sie Ines abgewehrt, doch als diese sie tröstend umarmte, habe sie ihrem Herzen Luft gemacht. Sie habe von ihrer schrecklichen Mutter berichtet, mit der sie am Morgen schon wieder eine fürchterliche Auseinandersetzung hatte, nur weil sie abends ins Kino wollte. ‚Sie erstickt mich', habe sie dann gesagt. Ines, eine couragierte, auch äußerlich sehr kräftige Frau, habe ihr dann versprochen, sie einfach zum Kino abzuholen. Bei dieser Gelegenheit habe sie kurz die Alte kennengelernt, auch wenn sie die Wohnung nicht betreten durfte. ‚Eine echte Schreckschraube' meinte Ines. Kurz gesagt, es begann dann ein beinahe vertrauliches Verhältnis der beiden Frauen. Trotz ihrer Warnung habe Johanna, die Jo genannt werden wollte, vor etwa drei Wochen – das genaue Datum wusste sie nicht – gekündigt. Sie habe erklärt, dass sie unbedingt ihren Vater finden müsse, der, wie sie herausgebracht habe, in Pforzheim lebe. Ines versuchte, sie von diesem, wie sie fand, vollkommen blödsinnigen Unternehmen abzuhalten, denn Jo hatte diesen Vater noch nie gesehen. Ihre Versuche seien abgeprallt. Jo hätte sich da ein illusionäres Bild offenbar seit Jahren zurechtgemalt. Groß, blond, reich und, was für sie das Wichtigste war, ausgesprochen liebevoll – im Gegensatz zu ihrer Mutter. Sie habe behauptet, dass sie übers Internet eine Stelle und eine Bleibe in Pforzheim gefunden habe.

Sie, die Ines, habe sie dann zum Bahnhof gebracht, sie weiterhin gewarnt, doch es half nichts. Seither habe sie nichts mehr von Jo gehört. Ja, etwas verrückt sei Jo schon gewesen, aber sie hoffe, dass es ihr gut gehe. Dann erkundigte sie sich noch bei mir, wo eigentlich dieses Pforzheim liege. Sei nicht sauer, alter Kumpel, ich sagte ihr dann, etwa 10 Kilometer hinterm Mond."

Forstmann stellte das Band ab und sagte:

„Der Rest ist uninteressant. Wir haben dann nur noch alte Erfahrungen beim Bund ausgetauscht."

Er beobachtete grinsend, wie seine Kollegen und auch die Psychologin an den Fingern die Monate rückwärts rechneten. Eine neue, allgemein akzeptierte Theorie griff um sich, die ihre weiteren Ermittlungen bestimmte. An Dr. Badenmaier schickte Forstmann ein Protokoll des Gesprächs, damit er ihre weiteren Ermittlungen bis zur nächsten gemeinsamen Sitzung absegnen konnte.

15. Familiendramen

Pfefferle, der über diesen Auftrag nicht erfreut war, traf sich mit Tommis Vater, dem ehemaligen Lehrer Karl Pleister, vor der Leichenhalle des Hauptfriedhofs. Herr Pleister trug einen dunklen Anzug und eine schwarze Krawatte. Für sein Alter sieht er noch gut aus, dachte Pfefferle, vermutlich treibt er regelmäßig Sport. Parole: frisch, fromm, fröhlich, frei. Pfefferle mochte solche Typen nicht, die vermutlich wie einst sein Turnlehrer ständig mit der Stoppuhr herumliefen. Pleisters Gesicht war bei der Begrüßung völlig ausdruckslos und blieb es auch beim Anblick des Toten. Er identifizierte ihn in Anwesenheit eines Polizisten und eines Arztes, der gebeten wurde, bei der Identifizierung teilzunehmen. Ohne sichtbare Erschütterung – auch die Kälte der Leichenhalle schien ihm nichts auszumachen – sagte Pleister plötzlich sehr leise:

„Dass Thomas einmal ein schlimmes Ende nehmen würde, war fast zu erwarten. Aber erschossen, meuchlings hingerichtet? Es ist unfassbar! Ich bin dankbar, dass seine Mutter das nicht mehr erleben muss. Wer tut so etwas? Haben Sie einen Verdächtigen?“

„Leider nein, noch nicht!“, antwortete Pfefferle, „der Mord steht wahrscheinlich im Zusammenhang mit einer Vergewaltigung im Sommer 1984. Ihr Sohn war zusammen mit Tobias Bannberger einer der Beteiligten.“

Pfefferle fand es schwierig, keine Einzelheiten preiszugeben, er entschloss sich jedoch zu ergänzen:

„Die Vergewaltigung blieb nicht ohne Folgen."

„Sie meinen eine Schwangerschaft?"

Als Pfefferle nickte, sagte Pleister mit einem bitteren Lächeln:

„Ich weiß, auf welche uralte Geschichte Sie anspielen. Damals rief mich der reiche Vater von Tobias an. Verlegen schilderte er mir den, wie er sich ausdrückte, unglücklichen Vorfall. Aus seiner Sicht hatte das Mädchen die Jungs verführt. Auch erwähnte er eine Strafanzeige des Opfers. Ich wusste die Wahrheit bereits. Ich hatte meinen Sohn geschlagen, bis er alles zugegeben hat. Auch das Mädchen, eine Pfarrerstochter, glaube ich, wurde von Thomas völlig anders beschrieben. Dem Fabrikanten habe ich erklärt, dass mir und meinem Sohn die Anzeige schnurz und piepe sei. Vor Gericht stünde Aussage gegen Aussage."

Bevor er weiterreden konnte, unterbrach ihn der Arzt:

„Entschuldigen Sie bitte! Es könnte aber im Fall einer möglichen Gerichtsverhandlung wichtig sein: Wussten Sie, dass Ihr Sohn eine, sagen wir mal körperliche Anomalie hatte? Wir haben diese bei der Untersuchung festgestellt. Also, genauer gesagt: Ihr Sohn hatte fast keine Hoden."

Pfefferle bat den Arzt um Auskunft, ob diese Anomalie eventuell in späteren Jahren entstanden sein könne, eventuell durch einen Unfall oder eine misslungene Operation?

Pleister, dem das Gespräch sichtlich peinlich war, kam dem Arzt zuvor:

„Thomas wurde mit eingewachsenen Hoden geboren. Jahrelang haben wir Spezialisten konsultiert, die mich einen Haufen Geld gekostet haben. Es war nichts zu machen. Übereinstimmend erhielten wir die Auskunft, dass unser Sohn niemals Spermien produzieren könne. Er würde zeugungsunfähig sein was aber die Libido anbelange, würde er sich wie normaler Mann entwickeln. Zu Beginn seiner Pubertät, haben wir ihn darüber aufgeklärt. Es schien ihn nicht weiter bedrückt zu haben. Seine Lust hat er sich mit seinen zahlreichen Weibergeschichten wohl beweisen müssen. Eine Schwangerschaft durch meinen Sohn lässt sich vollkommen ausschließen."

Pfefferle hakte nach:

„Haben Sie das damals Herrn Bannberger mitgeteilt?"

„Es war mir äußerst peinlich! Auch wenn ich mich schon damals mit meinem Sohn überhaupt nicht mehr verstand – er hatte mit großer Mühe endlich sein Abitur bestanden –, so fühlte ich mich doch verpflichtet, Herrn Bannberger die Wahrheit über Thomas mitzuteilen."

„Wie hat er darauf reagiert?"

„Er wurde unverschämt, meinte, es hätte schon glaubhaftere Ausflüchte gegeben. Ich habe ihn dann noch auf die mir vorliegenden Beurteilungen hingewiesen. Leider hatte Thomas einen Teil des Gesprächs gehört. Völlig unbeherrscht stellte er das Telefon ab. Wütend schrie er mich dann an, ich solle doch gleich seine Behinderung in den Pforzheimer Zeitungen veröffentlichen. Wir stritten dann noch eine Weile – ich vermute, es war das letzte Mal, denn kurz darauf verließ er unser Haus. Ich bin kein Psychologe, manchmal hatte ich jedoch den Verdacht, dass mein Sohn so etwas wie einen Minderwertigkeitskomplex entwickelte, vielleicht auch deshalb versuchte, sich eine andere Identität mit diesem lächerlichen Namen Carlo Canussi zuzulegen. Eine enge Beziehung zu einer Frau ist er niemals eingegangen. Seine Mutter hat darunter oft gelitten."

Pfefferle, der die Erfahrung gemacht hatte, dass Lehrer, wenn sie erst einmal ins Reden kamen, nicht mehr aufhörten, nahm sich jedoch vor, dem älteren Herrn ohne Rücksicht auf ermittlungsrelevante Fakten zuzuhören. Als dieser weiterredete, war in seinem Gesicht die ausdruckslose Miene verschwunden. Traurig sprach er weiter:

„Wo war ich stehen geblieben. Ach ja, meine Frau! Sie hat sich immer so sehr gewünscht, dass er trotzdem heiraten würde. Sie könnten doch Kinder adoptieren. Ich habe ihr, ehrlich gesagt, diese Wunschvorstellung immer ausgeredet. Adoptierte Kinder? Man weiß doch nicht, wo diese herkommen. Wer seine Kinder zur Adoption freigibt, wird doch meistens selbst nicht mit dem Leben fertig. Ich denke da an drogensüchtige, alkohol-abhängige Mütter. Deren Kind kann doch einfach nicht normal werden. Mit solchen Frauen hatte sich Thomas – wie ich hörte - leider viel herumgetrieben."

Erschöpft brach Pleister plötzlich seine Rede ab. Er machte eine Pause und sagte dann:

„Ich möchte jetzt gerne noch ein paar Minuten mit meinem Sohn allein sein, bitte!"

Pfefferle gewährte ihm diese Bitte gern. Beim Hinausgehen warf er noch einen Blick zurück und sah, dass Herr Pleister sich erschlafft auf einen der Hocker niedergelassen hatte und sich mit einem Taschentuch das Gesicht abwischte.

Pfefferle, der sich seit seinem Entschluss zur Polizei zugehen vorgenommen hatte, immer cool zu bleiben empfand Mitleid. Dann rief er Forstmann an, der inzwischen die Koordination der Einsatzkräfte übernommen hatte. Dieser informierte wiederum Margot und Alfred, die bereits im Aufbruch waren, über Pleisters Aussage.

Als Alfred und Margot in der Friedenstraße vor der Villa Bannberger ankamen, stand ein Möbelauto vor dem Eingang. Die untere Tür stand offen und auf der Treppe kamen sie nur mit Mühe an schwerbepackten Männern im blauen Anton vorbei. An der Haustür stand Katja, die die Transporte innen und außen überwachte:

„Sie hätten nicht ungünstiger kommen können. Meine Mutter ist zwar da und erwartet Sie, aber sie wird Sie als gebrochene Frau empfangen – oder sie spielt wieder Theater. Leider konnte das Möbelauto nur heute kommen oder ich hätte es noch zwei Wochen länger hier aushalten müssen. Es kommt immer alles zusammen: Die Haushälterin hat heute ihren freien Tag, aber wenn mir die Zeit langt, bringe ich Ihnen einen Tee vorbei.“ Sie grinste Alfred an:

„Leider ohne Torte!“

Als die beiden Kommissare an der Tür des Empfangszimmers zaghaft klopften, ertönte ein schwaches „Herein“.

Frau Bannberger saß aufrecht in einem der Jugendstil-Sessel. Sie wirkte nicht gebrochen, sondern wie früher auch, sehr beherrscht. Sie forderte sie mit dem Arm auf, Platz zu nehmen.

Ohne besondere Absprache spielten Alfred und Margot ihre alten Rollen. Er war der gute Bulle und sie die Böse. Alfred sagte verbindlich:

„Es tut uns leid, Frau Bannberger, dass wir Sie erneut stören müssen. Es gibt neue Erkenntnisse, zu denen Sie Stellung beziehen sollten.“

„Welche neuen Erkenntnisse? Mich interessiert nur, ob Sie den Mörder meines Sohnes gefunden haben. Leider kann ich Ihnen nichts anbieten, denn hier kommt heute alles zusammen: Katja zieht endgültig aus und die Haushälterin hat frei. Also, weshalb sind Sie schon wieder da?“

Margot übernahm die Antwort:

„Können Sie uns noch einmal sagen, weshalb Ihr Mann die Überweisungen nach Berlin im Jahr 2003 eingestellt hat?“

„Ich habe Ihnen doch bereits gesagt, dass er sich nicht mehr länger erpressen ließ.“

Während Alfred sein Notizbuch aufschlug, sprach Margot weiter:

„Sie haben bei diesen Überweisungen erst behauptet, dass Sie ein Bild gekauft hätten. Als wir Ihnen diese Lüge nachweisen konnten, haben Sie sich auf das Image Ihres Mannes und der Firma berufen und die Sache so hingestellt, als hätten Sie und Ihr Mann mehr oder weniger freiwillig bezahlt. Wir wissen inzwischen, dass auch diese Aussage nicht der Wahrheit entspricht…

Margot wurde unterbrochen, denn Katja erschien mit einem Tablett und stellte eine Teekanne samt Tassen auf den kleinen Tisch. Offenbar hatte sie Margots letzten Satz gehört, denn sie erkundigte sich sofort:

„Was ist denn nun die letzte Wahrheit?“

Alfred mischte sich ein:

„Vielleicht will Ihre Mutter mit uns allein sprechen, denn es kann für sie unangenehm werden. Frau Bannberger, wir überlassen es Ihnen, ob Sie Ihre Tochter dabeihaben wollen oder nicht.“

Frau Bannbergers Beherrschung und ihre gerade Haltung ließen etwas nach. Doch sie bemühte sich, Zeit zu gewinnen, und sagte:

„Schenk’ uns doch bitte erst einmal Tee ein, mein liebes Kind…“

Katja wurde sofort wütend und unterbrach sie sehr laut:

„Wie oft habe ich dir schon gesagt, verdammt noch mal, dass ich kein liebes Kind mehr bin!“

Margot hatte es satt, diesen wiederholten Streit anzuhören. Energisch fuhr sie die Tochter an:

„Wenn Sie dauernd die Nerven verlieren, hat es keinen Sinn, dass Sie hier weiter zuhören. So sind Sie bestimmt keine Hilfe für Ihre Mutter. Es steht mir nicht zu, Sie hinauszubitten, aber ich denke, für Ihre Mutter wäre es weniger peinlich, wenn wir mit ihr allein reden.“

Frau Bannberger winkte müde ab. Sie war sehr blass geworden, fummelte an ihrer Kette herum und schien – dieses Mal vermutlich echt – den Tränen nahe:

„Von mir aus kannst du dableiben. Du wirst ja sowieso alles erfahren. Ich wäre dir jedoch sehr dankbar, wenn du dich nicht dauernd einmischst. Also bitte, Frau Kommissarin, was haben Sie mir mitzuteilen.“

Wortlos reichte ihr Alfred das Bild von Johanna. Frau Bannberger blickte es lange an und reichte es dann an Katja weiter. Diese sagte:

„Darf ich etwas fragen?“ Als Alfred und Margot nickten, fuhr sie fast schüchtern fort:

„Ist das ein Jugendbild dieser Annemarie Bantner?“

Alfred schüttelte verneinend den Kopf und erklärte dann:

„Nein, das ist ihre Tochter. Sie wurde Ende März 1985 geboren und war im Jahr 2003 achtzehn Jahre alt. Die Daten dürften Ihnen bekannt sein, Frau Bannberger?“

Die Hausherrin blickte ihn erschrocken an, sprach aber dann mit bemüht neutraler Stimme:

„Ich habe nicht alle vergangenen Jahre im Kopf. Aber Sie werden mir sicher weiterhelfen.“

Margot übernahm die Gedächtnisauffrischung:

„Sie und Ihr Mann haben bis 2003 regelmäßig Geld an Annemarie Bantner überwiesen. Den wahren Grund haben Sie uns verschwiegen. Tatsächlich wussten Sie, dass die Vergewaltigung im Sommer 1984 nicht ohne Folgen blieb. Wir können nachweisen, dass Sie und Ihr Mann für das damals gezeugte Kind bis zu dessen 18. Geburtstag Unterhalt bezahlt haben. Warum verschweigen Sie das hartnäckig?“

Frau Bannberger erstarrte, und Katja nicht weniger. Diese wollte etwas sagen, hielt sich aber mit Blick auf Margot eine Hand vor den Mund. Endlich flüsterte Frau Bannberger kaum vernehmlich:

„Ja, wir wussten von der Schwangerschaft. Vergessen Sie jedoch nicht, dass mein Tobi nicht der einzige war, der sich an diesem Mädchen versündigt hat. Da waren noch dieser Tommi und der Saxophonist – wie hieß er doch gleich?“

Jetzt konnte sich Katja nicht mehr bremsen:

„Das war dieser Udo, der Pfarrerssohn, der heute mit fanatischem Eifer die Pforzheimer bekehren will. Der sieht aus wie ein Eunuch, muss sich bestimmt noch nicht einmal rasieren… Also der…“

Ihre Mutter unterbrach sie schroff:

„Was verstehst denn ausgerechnet du von Männern? Halt’ endlich einmal deinen Mund!“

Zu Margot gewandt sagte sie:

„Mein Mann war bereit, alles für dieses Mädchen zu tun. Er bot an, einen Abbruch – notfalls irgendwo im Ausland - zu finanzieren.“

Margot fiel die demente Großmutter ein, bei der sich trotz aller Vergesslichkeit ein Ereignis eingeprägt haben musste. Deshalb hakte sie sofort nach:

„Hat Ihr Mann mit dem Mädchen selbst geredet?“

„Das weiß ich nicht. Jedenfalls wollte diese Pfarrerstochter plötzlich das Kind austragen. Wir beschlossen, obwohl die Vaterschaft unseres Tobias nicht erwiesen war, für das Kind Alimente zu zahlen. Allerdings nur unter der Bedingung, dass dessen Mutter von Pforzheim wegzog. Wäre sie hiergeblieben, hätten wir ständig mit einem Skandal rechnen müssen."

Alfred schrieb eifrig mit, beobachtete dabei immer wieder aufblickend die Tochter. Katja blickte völlig entsetzt ihre Mutter an. Ihr schienen die Worte zu fehlen. Margot, die darüber nicht unglücklich war, fuhr fort:

„Frau Bannberger! Der Vater von Thomas Pleister hat uns an Hand ärztlicher Dokumente nachgewiesen, dass sein Sohn zeugungsunfähig war. Er war jedoch erregbar wie alle Männer…"

Katja unterbrach sie hämisch lachend:

„Sagen Sie doch gleich, er konnte einen Steifen kriegen!"

Margot war sauer über diese neuerliche Unterbrechung. Und empört reagierte ihre Mutter:

„Du solltest dich besser um deinen Auszug kümmern!", was Katja nicht abhielt sitzen zu bleiben. Endlich konnte Margot weitersprechen:

„Auch wenn es Tommis Vater peinlich war, der Kripo die angeborene Behinderung seines Sohnes mitzuteilen, so hat er uns glaubhaft versichert, auch Ihren Mann damals darüber informiert zu haben. Das Mädchen auf diesem Bild ist also mit höchster Wahrscheinlichkeit die Tochter Ihres Sohnes. Ein Vaterschaftstest wird die volle Wahrheit ans Licht bringen."

Frau Bannberger brach haltlos in Tränen aus. Sie ließen ihr Zeit, sich ein wenig zu beruhigen. Endlich sagte sie schluchzend:

„Sie können sich nicht vorstellen, wie schrecklich unsere Auseinandersetzungen damals waren. Entschuldige, mein liebes Kind!“

Katja erhob ausnahmsweise keinerlei Einspruch, sondern starrte weiterhin ihre Mutter fassungslos an. Diese sprach weiter:

„Du hast das niemals erfahren. Unsere Ehe wäre fast zerbrochen. Dein Vater war unerbittlich. Ich ahnte, dass dieses Kind mein Enkelkind sei, und ich hätte gern die junge Mutter und das Baby bei uns aufgenommen. Damit ich für alle Zeiten diese Idee aufgebe, hat er das Mädchen gezwungen, wegzuziehen.“

Spontan stand Katja auf, murmelte etwas von Möbelpackern und ging zur Tür. Dort drehte sie sich noch einmal um und brüllte fast:

„Ich entschuldige mich hiermit bei Ihnen, den Kommissaren, dass ich mich noch ein letztes Mal einmische. Doch ich muss Sie warnen: Glauben Sie meiner Mutter kein Wort. Es ist ausgesprochen unfair, dass sie nun alle Schuld meinem Vater in die Schuhe schiebt. Der kann sich nicht mehr wehren. Er war ein sehr toleranter Mensch und hätte diese bedauernswerte Annemarie vermutlich ohne Bedenken bei uns aufgenommen. Ich nehme an, dass meine Mutter das zu verhindern wusste, denn die Fassade der heilen Welt hätte einige Risse abbekommen. Und erst ihr heißgeliebter Sohn!“

Dann warf sie die Tür zu.

Alfred meinte, dass die familiären Beziehungen und die Hintergründe, die zu den Zahlungen führten, für die kriminalistische Ermittlung nicht relevant seien:

„Für uns zählen die Fakten.“

Frau Bannberger saß mit geballten Fäusten wie eine Statue auf ihrem Stuhl. Allerdings konnte sie das Zittern ihrer Fäuste nicht verhindern. Sie blickte die beiden nicht an, als sie sagte:

„Bitte verlassen Sie mein Haus!“

Alfred und Margot kamen dieser Bitte gerne nach. Sie stolperten im Flur und auf der Außentreppe beinahe über verschiedene Kisten und Kleinmöbel. Vor dem Eingangstor stand Katja, die offensichtlich auf sie gewartet hatte. Sie sah aus, als hätte sie geweint. Mit bedrückter Stimme fragte sie die Kommissare:

„Können Sie mir die Adresse dieser Johanna geben?“

Margot und Alfred blickten sich ratlos an. Sollten sie zugeben, dass sie diese selbst nicht wussten? Schließlich antwortete Alfred – wie er fand diplomatisch:

„Wir wissen nicht, ob die junge Frau Kenntnis von der Übereinkunft ihrer Mutter mit Ihren Eltern hat. Vielleicht wäre es taktvoller, sie zuerst zu fragen, ob sie mit Ihnen Kontakt aufnehmen will.“

Margot beschloss Nägel mit Köpfen zu machen:

„Wir wissen, dass sie seit einigen Wochen in Pforzheim lebt, aber sie wird vermisst.“

„Schade! Hoffentlich wird sie nicht auch noch ermordet! Könnten Sie mir bitte das Bild geben. Sie haben doch sicher mehrere Abzüge!“

Bevor sie sich verabschiedeten, reichte ihr Margot das Bild. Im Auto äußerte sie allerdings ihre Befürchtung:

„Hoffentlich macht sich diese Katja jetzt nicht selbst auf die Suche nach ihrer Nichte.“

Alfred hatte denselben Gedanken, beruhigte sie aber:

„Das ist halt unser Risiko.“

Dr. Badenmaier hatte die ermittelnden Beamten, Braun und Frau Dr. Burger zu einer Sitzung einbestellt. Auch hatte er Direktor Größer um seine Teilnahme gebeten, der dieser unwillig nachkam. Als sie vollständig im Sitzungsraum saßen, fasste der Staatsanwalt die bisherigen Erkenntnisse zusammen und schlug dann vor, Frau Annemarie Bantner in Berlin erneut zu befragen:

„Allerdings wäre es korrekter, wenn dies nicht sozusagen halbprivat geschieht. Ihr Kollege, Herr Forstmann – wie heißt er doch gleich?“

Auf Zuruf Forstmanns fuhr er fort:

„Also dieser Kriminalrat Sven Burger sollte meines Erachtens im offiziellen Auftrag des Berliner LKA ermitteln, oder das LKA ernennt eigene Ermittler. Die erstere Möglichkeit wäre sinnvoller, denn Ihr Berliner Kollege hat bereits Kontakte zu dieser offenbar schwierigen Frau aufgenommen und kennt deren Reaktionen. Ich werde mich darum kümmern. Die Beweislage dafür, dass die Familie Bannberger 18 Jahre lang für den Unterhalt des unehelichen Kindes bezahlt hat, ist dünn. Wir haben zwar das neueste Geständnis der Frau Bannberger, aber – da werden Sie mir zustimmen – es besteht die Gefahr, dass sie dieses bei einer möglichen Gerichtsverhandlung widerruft. Die Kontoauszüge und die Bankauskunft sind unvollständig. Auch muss selbstverständlich das Alibi dieses Udo Blumer nachgeprüft werden.“

„Ist bereits geschehen“, sagte Pfefferle, „mehrere Brüder der ‚Freien Diener Gottes’ haben bestätigt, dass Udo bei der Tagung in Bad Herrenalb ununterbrochen anwesend war.“

„Auch bei diesem Udo bleibt fraglich, ob er seine Aussage über das schreckliche Ereignis im Sommer 1984 nicht widerrufen wird. Frau Dr. Burger ist übrigens übereinstimmend mit mir der Ansicht, dass dieser fromme Mann versuchen wird, die Tochter seiner Jugendliebe zu finden. Ich schlage vor, dass Sie ihn beobachten lassen.“

„Auch das geschieht bereits, Herr Dr. Badenmaier“, warf Alfred brummig ein, „wir lassen ihn nicht aus den Augen. Ich muss hier noch anfügen, dass Katja Bannberger, die an dem letzten Gespräch teilgenommen hat, ganz sicher das Geständnis ihrer Mutter bestätigen wird. Nebenbei gesagt, sie ist unter Protest zu Hause ausgezogen. Übrigens haben wir die Suche nach der jungen Frau, dieser Johanna Bantner, in die Wege geleitet. Das Vermisstendezernat wird sich darum kümmern. Die Kollegen sind auch bereit, den Arzt, bei dem sie arbeitet, herauszufinden.“

Nicht zu fassen! Badenmaier lächelte ihn an und sagte dann:

„Ich denke, dass Ihnen Frau Dr. Burger einige Hinweise geben kann.“

Er verbeugte sich galant vor der schönen Frau. Als sich diese erhob, machte Margot Alfred mit einem Seitenblick auf Größer aufmerksam. Dieser blickte nicht nur skeptisch, sondern ausgesprochen unwillig auf die junge Dame. Sie merkte es nicht. Sie registrierte ausschließlich Forstmanns bewundernde Blicke, während sie zu sprechen anfing:

„Selbstverständlich ist es mir nicht möglich, Ihnen ein Täterprofil zu bieten, aber erlauben Sie mir ein sogenanntes Psychogramm. Entschuldigen Sie bitte, dass ich das hier erwähne: Ich habe meine Doktorarbeit über ‚Multiple Persönlichkeitsstörungen’ geschrieben. Diese junge Frau passt auffallend in dieses Krankheitsbild. Viele der Betroffenen – es sind überwiegend Frauen – können je nach Grad der Krankheit ganz normal wie andere Menschen denken und handeln, doch neigen sie zu konfliktbedingten, aggressiven Ausfällen, die aus Kränkungen und Wut resultieren. Es kommt zum zeitweiligen Verlust der Impulskontrolle, die – ich sage es jetzt einmal etwas lässig – das Gehirn ausschaltet.

Die Ursachen dieser Krankheit, die oft mit einer Depression verbunden ist, sind noch nicht völlig erforscht. Sie sind teils genetisch bedingt, resultieren aber überwiegend aus chaotisch-instabilen Familienverhältnissen wie zum Beispiel Gefühlskälte gegenüber dem Kind, Demoralisierung, Phasen des Alleinseins und der Vernachlässigung…"

Größer verlor die Geduld und fiel ihr ins Wort:

„Entschuldigen Sie bitte meine Unterbrechung! Ich frage mich, wie Ihre Krankheits-Diagnose uns helfen soll, die mögliche Täterin zu finden. Vergessen Sie bitte nicht, dass diese junge Frau, falls sie es wirklich war, zwei Menschen ermordet hat – feige von hinten erschossen. Wir sind keine Seelenheiler, sondern konkret damit beauftragt, ein Verbrechen aufzuklären und den Verbrecher zu überführen.

Im Übrigen bitte ich Sie, mich zu entschuldigen. Ich habe noch einen wichtigen Termin."

Er stand abrupt auf und wollte gerade gehen, als Frau Burger ihn bat, sich doch bitte noch ein paar Worte anzuhören. Sie sagte:

„Ich vermute, dass Sie mich missverstanden haben. Ich wollte Sie alle hauptsächlich darauf hinweisen, dass Sie bei einer Festnahme mit unberechenbarer Aggressivität und Gewaltbereitschaft der betreffenden Person rechnen müssen."

Während Größer unschlüssig dastand, war es jetzt Alfred zuviel geworden:

„Frau Doktor Burger! Mit Aggressivität und Gegenwehr rechnen wir immer. Kaum ein Täter lässt sich freiwillig festnehmen und wie ein Lamm abführen."

Die Psychologin reagierte nun sehr gereizt:

„Ich will nur verhindern, dass Sie sofort von Ihrer Schusswaffe Gebrauch machen, was ja gerade in letzter Zeit oft passiert ist.“

Sie setzte sich beleidigt hin, blickte hilfesuchend den Staatsanwalt an, der aber nicht reagierte. Die anwesenden Ermittler begannen vor sich hinzumurmeln. Es war deutlich, dass der letzte Satz der Burger eine allgemeine Empörung hervorgerufen hatte. Größer rettete die Situation, indem er sagte:

„Ich bitte um Ihr Einverständnis, Herr Dr. Badenmaier, dass wir die heutige Sitzung beenden und uns dann erst wieder zusammensetzen, wenn wir mit der Suche der jungen Frau weitergekommen sind.“

Zu seiner Überraschung stimmte der Staatsanwalt sofort zu. Als alle auf die Tür zustrebten, blieb die Psychologin noch einen Moment verlegen stehen, bis Forstmann auf sie zukam. Er sagte leise:

„Darf ich Sie zu einem Kaffee einladen? Ich denke, dass ich dazu beitragen kann, die gegenseitigen Missverständnisse zu klären.“

Sie lächelte ihn an:

„Gern! Ich glaube, dass ich voll in einen Fettnapf getreten bin. Hoffen wir, dass der Kaffee hilft, mich daraus zu befreien. Danke!“

Während Forstmann mit der Burger in der Nähe des Rex-Kinos Kaffee trank, saßen Alfred, Margot und Pfefferle in ihrem Büro. Alfred war immer noch erregt und schimpfte:

„Wenn jeder, der eine lieblose Kindheit hatte, aus Wut und Frust andere hemmungslos ermordet, wäre die Einwohnerzahl Pforzheims schnell stark dezimiert. Und uns gleich den Schusswaffengebrauch zu unterstellen, ist eine Unverschämtheit!“

Margot beruhigte ihn:

„Größer und du, ihr habt sie aber auch arg gereizt. Es ist doch verständlich und bei einer Psychologin beinahe sympathisch, dass sie ebenfalls ausgeflippt ist. Die sind doch sonst immer so beherrscht. Ihr sogenanntes Psychogramm, auch wenn es sehr allgemein ist, haut bei dieser Jo doch einigermaßen hin. Deren Mutter scheint ja wirklich eine echte Schreckschraube zu sein. Außerdem, Alfred, die Burger konnte ihren Vortrag ja nicht zu Ende führen. Warten wir mal ab, ob Forstmanns Kollege oder“, sie grinste, „von mir aus das LKA Berlin dieser ein Geständnis über die Überweisungen entlocken kann.“

„Okay“, meinte Alfred, „haben sich die Kollegen vom Vermisstendezernat gemeldet?“

Als die beiden anderen den Kopf schüttelten, fragte er:

„Also, wie machen wir weiter?“

Pfefferle, der sich bisher zurückgehalten hatte, meldete sich:

„Wie wär’s denn, wenn wir in den Pforzheimer Zeitungen das Bild dieser Jo veröffentlichen würden mit einem neutralen Text, etwa als Vermisstenanzeige oder so ähnlich?“

Margot fand diese Idee im Prinzip nicht schlecht, wandte aber ein:

„Und wer nimmt die Anrufe und dazu noch viele Fehlanzeigen von Leuten, die sich wichtig machen wollen, entgegen? Die müssen alle kontrolliert werden. Wo nehmen wir die Einsatzkräfte her?“

„Abgesehen davon, dass wir damit das öffentliche Interesse und besonders die Presse wachrufen“, ergänzte Alfred, „die junge Frau, die vielleicht auch Zeitung liest, würde schnellstens abhauen. Immerhin, wir können uns deinen Vorschlag noch überlegen."

Dann begann er seine Aktentasche zu packen und meinte:

„Mir reicht's für heute! Geht ihr mit?"

Wie meistens nach Dienstschluss standen Margot und Alfred noch eine Weile neben ihren Autos. Als Alfred schon wieder über die Psychologin zu hetzen begann, bremste ihn Margot ab:

„Eines musst du ihr lassen. Auf unseren Staatsanwalt hat sie einen sehr besänftigenden Einfluss. Das ist doch schon viel Wert, oder?"

Alfred lachte und meinte dann:

„Auf mich auch! Ich denke, dass ich mich nachher bei Emma nach ihrer Kindheit erkundigen muss. Wie war noch das andere?"

„Genetisch bedingt! Also frag sie auch gleich nach Oma, Opa, von mir aus nach dem ganzen Stammbaum. Tschüss!"

Alfred hatte an den letzten Abenden Emma kaum gesehen. Beim Frühstück saßen sie sich meistens stumm gegenüber oder schwätzten über Banalitäten, über das Wetter, über den Nachbarn, der schon wieder nicht seine Kehrwochen-Pflicht erfüllt hatte, oder über Emmas Schwester und deren Bandscheibenvorfall.

Abends, wenn Alfred heimkam, lag Emma entweder schon im Bett oder sie glotzte eine Seifenoper, an der Alfred nie teilnahm. Er hasste diese kitschigen Happy-End-Illusionen.

Heute saß Emma wieder an der Glotze – vermutlich irgendein alter „Tatort". Alfred verzehrte in der Küche ein Käsebrot und trank dazu eine Flasche Bier. Eigentlich hatte er vor, sich gleich darauf in das Gästezimmer zu verziehen, doch entschied er sich plötzlich, endlich einmal mit Emma zu reden. Er öffnete eine Flasche Neuweierer Riesling und ging damit ins Wohnzimmer. Emma nickte ihm zu und bat leise, den Film bis zum Ende sehen zu dürfen. Vor ihr stand bereits eine geöffnete Flasche. Er holte sich ein zweites Glas und setzte sich dazu. Warum waren Krimikommissare im Fernsehen immer so verdammt erfolgreich? So wenig wirklichkeitsnah? Er schaltete innerlich ab, bis er wahrnahm, dass der Film fertig war: Die Kölner Kommissare Freddy und Max standen wie in allen Folgen an ihrer Wurstbude. Emma machte den Fernseher aus und fragte spöttisch:

„Ihr steht wohl auch zum Abschluss an so einem Fresskiosk, vielleicht am Bootsverleih beim Theater?“

„Nein, sicher nicht. Der ist zu weit weg und unser Krimi ist leider nicht nach eineinhalb Stunden abgeschlossen.“

Er erzählte ihr dann von der Psychologin, die sie zusätzlich zu viel Zeit koste.

„Ist sie jung und hübsch?“

„Kann man so sagen. Sie hat den Staatsanwalt voll eingewickelt.“

„Dich also auch! Arme Schnepfe!“

„Emma! Hör doch endlich einmal auf mit diesem Quatsch. Ich frage ja auch nicht, warum du mit deinem Begleiter in die Götterdämmerung so herzlich gelacht hast, als er sich von dir verabschiedet hat. Ich habe dieses Lachen seit Jahren nicht gehört. Warum nicht?“

„Weil du ein Idiot bist! Er hat gesagt, dass ich sehr gut aussehe. Er möge Frauen, an denen was dran ist. Er will mich unbedingt wiedersehen.“

„Und? Vermutlich hast du dir die teure Eintrittskarte nicht bezahlen lassen und ihn womöglich anschließend zu einem Abendessen eingeladen?“

Emma wurde kein bisschen verlegen:

„Du hast vollkommen recht: ich habe ihn eingeladen und zwar, damit du Bescheid weißt, zu einem besonders teuren Abendessen. Ich habe es mir gegönnt, bewundert zu werden, mich mit einem gebildeten Mann zu unterhalten. Vermutlich gehen wir zusammen nächste Woche wieder nach Stuttgart, in „La Traviata“.

Alfred grinste sie an:

„Bestimmt, wenn du den Eintritt bezahlst. Muss ja ein echter Gigolo sein, der Typ.“

Emma stand ruckartig auf und warf dabei ihr Glas um, aus dem ein Rest Wein über den Tisch floss. Entgegen ihrer sonstigen Gewohnheit rannte sie nicht sofort weg, um einen Lappen zu holen. Wütend schrie sie ihn an:

„Hau endlich ab in dein Gästebett. Ich schlafe sowieso lieber allein. Da muss ich mir nicht ständig etwas über deine Fälle anhören, wenn ich lieber schlafen würde. Oder war da mal noch etwas?“

Er versuchte sie zu beruhigen und bat sie:

„Setz dich doch noch ein paar Minuten hin. Vielleicht können wir einmal vernünftig miteinander reden. Es ist alles sehr bedauernswert. Ich weiß, dass ich viele Fehler gemacht habe. Gib uns bitte eine Chance.“

Er sah sie an wie ein geprügelter Hund, aber sie stand mit dem Rücken zu ihm. Er nahm erst jetzt wahr, dass sie beim Friseur gewesen war. Nicht nur das: Die Speckringe um ihre Hüfte waren kaum sichtbar. Sie hatte sich also in ihr Korsett gezwängt. Er hatte wieder alles falsch gemacht! Sie hatte sich für ihn schön gemacht! Er hatte ihr Signal nicht verstanden, auch nicht ihre Anspielung auf den Verehrer, der ihr Komplimente gemacht hatte, der sie attraktiv und bewundernswert fand.

Von plötzlicher Zuneigung gepackt ging er auf sie zu und wollte sie umarmen. Emma hatte sich umgedreht und erkannte seine Absicht. Sie wehrte ihn ab, sagte etwas milder:

„Gib dir keine Mühe! Du merkst einfach nichts! Es wäre so einfach für uns beide, wenn du ein wenig sensibler wärst, auch einmal an mich denken würdest. Ich habe dir eine neue Matratze für das Gästebett bestellt. Ansonsten kannst du mich kreuzweise! Morgen soll's übrigens ein Gewitter geben. Gute Nacht!"

Als sie gegangen war, wischte Alfred den verkleckerten Wein auf.

Es würde sich wohl nie mehr etwas ändern, dachte er beim Einschlafen. Vielleicht gibt es auch ein multiples Alt-Ehen-Syndrom?

16. Fluchtversuche

Das Vermissten-Dezernat hatte sich noch immer nicht gemeldet. Forstmann, der schlecht gelaunt war, rief dort an und erhielt die Antwort:

„Meint ihr von der Mordkommission vielleicht, wir hätten nichts anderes zu tun? Bei uns haben vermisste Kinder absoluten Vorrang. Es sind uns gleich zwei gemeldet worden, vermutlich Ausreißer. Weil sie erst 10 Jahre alt sind, müssen wir sie unbedingt schnell finden. Hoffentlich passiert nichts Schlimmes und sie landen dann bei euch. Vielleicht haben wir aber Glück, dann werden wir uns um eure hübsche Verdächtige kümmern."

Am liebsten hätte Forstmann den Kollegen, der für seine Brummigkeit bekannt war, angebrüllt. Doch hätte das auch nichts genutzt.

Er dachte an den gestrigen Spätnachmittag und an Frau Burger. Anfangs beim Kaffeetrinken war alles gut verlaufen. Sie sprachen über gegenseitige Vorurteile, die aus momentaner Gereiztheit schärfer als üblich geäußert wurden. Vermutlich würde sich Polizeidirektor Größer sowieso entschuldigen. Er habe halt schlechte Erfahrungen mit Gutachtern vor Gericht. Sie meinte, sie hätte sich ebenfalls vorgenommen, sich zu entschuldigen, weil sie zu heftig reagiert habe. Mit ihrem Einverständnis hatte er dann noch für beide einen Cognac bestellt. Er hätte die Gelegenheit nutzen sollen, ihr seine Bewunderung zu zeigen oder – wie Pfefferle sich ausdrücken würde, sie anzubaggern. Stattdessen war er beim Thema geblieben und hatte sie gefragt, weshalb sie den Bullen – er hatte sich tatsächlich so ausgedrückt – sofortigen Waffengebrauch unterstelle.

Sie hatte lange geschwiegen, wollte sich vielleicht nicht seine Sympathie verscherzen. Endlich entschloss sie sich zu reden und erzählte, dass ihr 10 Jahre jüngerer Bruder seit vielen Jahren an den Rollstuhl gefesselt sei. Wieder machte sie eine Pause. Warum war er nur so ein Idiot? Wenigstens da hätte er sie doch ablenken sollen! Der Bruder interessierte ihn doch überhaupt nicht.

Verlegen war sie dann damit herausgerückt. Der Bruder habe in der Pubertät Haschisch konsumiert. Bei dem Versuch, sich Nachschub zu besorgen, sei er in eine Razzia geraten.

Forstmann sah sie vor sich. Sie hatte ihn vorwurfsvoll angesehen, so als wäre er einer der Polizisten gewesen, und sagte:

„Als er davonlaufen wollte, hat ihn eine Kugel in den Rücken getroffen. Seither sitzt er für den Rest seines Lebens im Rollstuhl. Er ist jetzt ein Mann, aber was hat er für eine Zukunft?"

„Warum habe ich Trottel sie daraufhin auf den Stress der Polizisten speziell bei Razzien hingewiesen?", fragte sich Forstmann jetzt im Rückblick. Sein später Versuch, ihr Komplimente zu machen, war restlos danebengegangen. Er wusste nicht mehr jeden Satz, den er an sie hingeredet hatte. Zu spät hatte er registriert, dass ihr Gesicht immer abweisender wurde. Sie war dann aufgestanden und hatte sich mit den Worten verabschiedet:

„Leider sind Sie auch nur ein Bulle! Tschüss!"

Jetzt starrte er vor sich hin. Er gab sich zu, keine Ahnung von der weiblichen Psyche zu haben. Oder tickten Psychologinnen anders? Sein Grübeln wurde vom Telefon unterbrochen. Es war Kruger:

„Hallo, Kumpel! Du kannst deinen Staatsanwalt beruhigen. Meine Recherchen sind jetzt hochoffiziell. Das hat mich aber auch nicht weitergebracht. Inzwischen ist Frau Bantner wieder in ihrer Wohnung, wollte mich zuerst nicht hineinlassen und schweigt weiterhin wie ein Grab. Auf all meine Fragen antwortete sie stets, dass ihr Privatleben niemanden etwas anginge. Sie habe schließlich nichts verbrochen, müsse sich auch als Mutter nichts vorwerfen. Sie könne nichts dafür, dass ihre missratene Tochter einfach abgehauen sei. Die habe noch nicht einmal eine Adresse hinterlassen.

Ich glaube nicht, dass ein neuer Versuch, aus ihr etwas rauszuholen, Sinn macht. Die Frau ist nicht zu erweichen. Vielleicht reagiert sie anders, wenn ihr die Tochter gefunden habt. Wie geht's mit der attraktiven Psychologin?“

Forstmann war nicht zu einer Beichte bereit und antwortete:

„Mir geht's wie einem Dackel: Drei Schritte vor, zwei zurück. Ich denke, die Mühe ist es nicht wert. So toll ist sie auch wieder nicht.“

„Na ja, auf Märchenprinzessinnen warten wir alle vergebens. Mach's gut. Lass mal wieder von dir hören.“

Immer noch niedergeschlagen machte sich Forstmann über einige Akten her, um Versäumtes nachzuholen, als erfreulicherweise schon wieder das Telefon klingelte. Es war Alfred Müller, der ihn bat, schnell in ihr Büro hinunterzukommen:

„Wir haben eine Besucherin, deren Aussage Sie mächtig interessieren wird.“

Bei den drei Kommissaren saß in dem sowieso schon engen Büro eine Frau, die ihm erwartungsvoll entgegenblickte. Trotz ihres kurzen Haarschnitts – Forstmann stand bei Frauen auf Haarpracht - sah sie gut aus. Sie trug enge Jeans und eine erfreuliche Fülle in ihrem knappen T-Shirt. Allerdings ist sie für mich zu alt, dachte er sofort, vermutlich bereits um die Fünfzig. Sie wirkte jedoch sehr sympathisch, denn sie war im Gegensatz zu den meisten Besuchern bei der Kripo überhaupt nicht verlegen. Margot übernahm die Vorstellung:

„Frau Katja Bannberger, das ist Kriminalrat Forstmann! Er ist einer unserer Vorgesetzten."

Sie schüttelten sich die Hände und gleichzeitig kam Pfefferle mit einem weiteren Stuhl herein. Margot sprach weiter:

„Frau Bannberger ist bereit, uns eine wichtige Mitteilung zu machen. Haben Sie etwas dagegen, wenn ich das Tonband einschalte?"

Sie hatte nichts dagegen und meinte:

„Sitzen Sie hier immer so eng? Also", sie unterbrach sich, „muss ich jetzt Name, Geburtstag, Beruf, Wohnung – vielleicht auch noch meine Blutgruppe? - und was Sie sonst noch brauchen, laut und deutlich aussprechen?"

„Das übernehmen wir", sagte Alfred freundlich und sprach, als das Band eingeschaltet war, die notwendigen Angaben darauf. Als er ihr freundlich zuwinkte, begann sie:

„Ich bin plötzlich Tante geworden, auch wenn meine Nichte aus dem Baby-Alter längst heraus ist. Dass ich bisher davon nichts gewusst habe, macht mich traurig und wütend zugleich. Immerhin weiß ich, wie die Nichte jetzt aussieht."

Sie schwieg plötzlich, weil sie Forstmanns vorwurfsvollen Blick auf Alfred und Margot beobachtete. Sie deutete mit einer Geste auf das Bandgerät. Alfred verstand und schaltete es ab.

Als das geschehen war, fuhr sie Forstmann an:

„Falls Sie das illegal finden, sagen Sie es gleich. Ich werde dann sofort gehen und Ihnen die Suche überlassen“, sie grinste spöttisch, „bisher scheinen Sie ja nicht gerade Erfolg gehabt zu haben, oder?“

Forstmann sagte ruhig:

„Lassen Sie sich nicht stören. Die Weitergabe des Bildes ist grenzwertig“, auch er grinste jetzt, „Sie waren offenbar erfolgreicher, oder nicht?“

„Ja, und das alles ohne Beamtengehalt!“

Bevor Alfred das Gerät wieder in Betrieb setzte, sagte er:

„Es wäre schön, wenn wir mögliche Missverständnisse nach der Mitteilung von Frau Bannberger klären könnten, okay?“

Alle nickten und Katja sprach etwas lauter weiter:

„Also! Nach meinem Umzug ließ ich alles liegen und stehen, setzte mich hin und betrachtete ausführlich das Bild. Mir fiel dabei einiges aus unserer Jugend ein, auch manches aus der Zeit der „Reuchlin Rocker“. Normalerweise waren mir die Aktivitäten meines Bruders egal, er war schließlich vier Jahre jünger und ich hatte meine eigenen Probleme. Doch erinnerte ich mich plötzlich auch an diese Annemarie, die mir damals vermutlich auffiel, weil sie offenbar total in Tobi vergafft war. Sie war ein paar Mal bei uns, ich meine bei seinen Partys. Manchmal habe ich sie alle beobachtet. Diese Kleine war mir aufgefallen, weil sie so brav und bieder - nicht gerade mit modischer Kleidung - so gar nicht zu Tobis Klüngel passte. Ihre Tochter sieht ihr verdammt ähnlich. Plötzlich war mir, als hätte ich diese schon irgendwo hier in Pforzheim gesehen. Aber wo?“

Katja trank einen Schluck Wasser und schnäuzte sich gründlich:

Endlich! Ich hatte gerade Geschirr eingeräumt, als bei mir der Groschen fiel. Na klar! Bei meinem letzten Arztbesuch stand sie in einem weißen Kittel im Flur. Ich habe sie also nur kurz gesehen. Möglicherweise bildete ich mir das aber ein, deshalb ließ ich das Geschirr stehen, wo es stand, und rief meinen Arzt Dr. Rübele an. Er wollte mir zuerst keine Auskunft geben, aber ich habe ihn rumgekriegt. ‚Ja', sagte er endlich, ‚bei mir arbeitet eine Johanna Bantner. Leider ist sie heute krank, übrigens nicht zum ersten Mal. Mehr kann und will ich Ihnen nicht sagen'."

Alfred wollte gerade das Band abschalten, als Katja sagte:

„Halt! Ich bin noch nicht fertig. Ich habe mich am folgenden Tag auf dem Leo in der Nähe der Praxis aufgestellt, die um 17.00 Uhr geschlossen wird. Aus Langeweile hatte ich mir eine Butterbrezel gekauft und dann noch eine zweite. Diese hatte ich noch nicht ganz aufgegessen, als meine neue Nichte herauskam. Sie ging die Bahnhofstraße hoch. Sie scheint etwas an ihren Beinen zu haben, denn sie blieb oft stehen. Also ich langsam hinterher. Im Bahnhof reihte sie sich in die Warteschlange ein, blickte sich aber immer wieder um. Ich nahm Deckung bei diesem abscheulichen Tinnef-Stand und, Sie werden kaum glauben, wer da bereits stand. Unser dämlicher Udo! Der war so sehr damit beschäftigt, Johanna zu beobachten, dass er mich zuerst nicht wahrnahm. Sie scheint ihn gesehen zu haben, denn obwohl sie jetzt endlich am Schalter war, verzichtete sie auf den Kauf einer Fahrkarte und ging überstürzt zum Ostausgang der Bahnhofshalle. Wir beide folgten ihr. Udo ging allerdings reichlich langsam – na ja, bei der Körperfülle. Er bekam nicht mit, dass diese Jo, wie er sie nannte, hinter dem Vorhang des Passbildautomaten verschwand. Um diesen Blödmann loszuwerden, verriet ich ihm nicht, wo sie sich versteckt hatte. Stattdessen zeigte ich in Richtung ZOB, wohin sie meiner Meinung nach verschwunden sei. Er ging sofort hinterher, während ich selbst in der Stehbude einen Espresso trank – übrigens war er miserabel - und wartete, bis sie endlich wieder auftauchte. In der Unterführung zum Schlossberg stolperte sie und fiel hin. Ich rannte zu ihr, um ihr beim Aufstehen zu helfen. Sie wehrte mich ab. Vielleicht war sie einen Moment nicht ganz bei sich, dachte ich. Weil sie mir leidtat, bot ich ihr an, sie heimzufahren, und fragte sie, wo sie wohne. Ich weiß nicht, was in sie gefahren war. Sie beschimpfte mich total wütend und gab mir dann einen kräftigen Stoß, der mich an die Wand warf. Ich sah sie gerade noch zur Treppe hinauf zum Schlossberg rennen. Nicht zu fassen! Komisch, gell, sie konnte plötzlich laufen.“

Katja war heiser geworden und schwieg erschöpft. Alfred schaltete das Band ab, woraufhin Katja empört weitersprach:

„Schade! Sie scheint zwar clever zu sein, aber sie ist eine blöde Gans. Ich bin ehrlich gesagt überhaupt nicht mehr scharf darauf, sie kennenzulernen. Deshalb habe ich mich entschlossen, hier eine Aussage zu machen. Gibt’s zufällig einen Kaffee?“

Die Kommissare starrten sich gegenseitig schweigend an. Pfefferle wollte gerade zum Kaffee-Automat gehen, als Forstmann ihn aufhielt:

„Wir sind Ihnen zu großem Dank verpflichtet. Herr Pfefferle, bitte holen Sie den Kaffee aus meinem Büro. Ich habe, kurz bevor ich kam, einen auf meiner Maschine hingestellt. Der dürfte wesentlich besser sein als die Automatenbrühe.“

Alfred konnte sich nicht bremsen und sagte zu Katja:

„Leider hat er keine Sahnetorte.“

Daraufhin wurde sie merklich lockerer und lachte Alfred an:

„Mich wundert, dass Sie noch nicht gekündigt haben.“

Er lachte ebenfalls und meinte:

„Nach Ihrem aktuellen Bericht würde ich vorschlagen, dass Sie meinen Job übernehmen. Sie sind eine kriminalistische Naturbegabung!“

Als Pfefferle mit der Kaffeekanne kam und Plastikbecher verteilte, entschuldigte sich Margot. Sie müsse dringend telefonieren. Ein wenig besorgt erkundigte sich Forstmann bei Katja:

„Haben Sie dieser jungen Frau gesagt, wer Sie sind?“

„Ich werde mich zu hüten wissen. Ich bin jetzt überzeugt, dass Saft dicker ist als Blut und nicht umgekehrt. Warum fragen Sie?“

„Eigentlich ist das eine dienstliche Sache, aber da Sie das Bild bekommen haben, werde auch ich indiskret. Bei uns ist derzeit eine Polizeipsychologin, die uns ein Psychogramm Ihrer – entschuldigen Sie – Nichte geliefert hat. Sie ist der Überzeugung, dass Johanna Bantner psychisch krank ist…“

Katja unterbrach ihn spöttisch:

„Für diese Profis sind wir doch alle krank! Oder? Hat diese Psychotante jemals mit Jo gesprochen?“

Nachdem sie verneinten, schüttelte Katja ungläubig den Kopf:

„Sie wurde also in eine Schublade gesteckt. Ist mir auch schon passiert, allerdings nicht mit einer Ferndiagnose. Sie werden es nicht glauben, aber ich mag keine Seelenklempner.“

Sie lachten, besonders Forstmann, dem ihre letzte Bemerkung gutgetan hatte. Jeder der Kommissare dankte ihr nochmals, auch Margot, die wieder erschienen war. Bevor Katja hinausging, bat sie:

„Bitte geben Sie mir Bescheid, wenn Sie meine reizende Nichte eingefangen haben.“

Margot gab bekannt, dass sie die Schutzpolizei informiert hatte, das Haus, in dem Dr. Rübele seine Praxis hatte, ununterbrochen observieren zu lassen:

„Vielleicht reicht das nicht. Ich wollte aber erst eure Meinung hören, ob jemand von uns gleich mit dem Doktor sprechen soll?“

„Die Frage ist, ob die Bantner, falls sie sich nicht mehr krank gemeldet hat, unseren Besuch mitbekommt und dann endgültig verschwindet“, warf Alfred ein, „Auf jeden Fall brauchen wir auch einige Leute in Zivil, die sich auf dem Bahnhof unauffällig herumtreiben.“

Mit dem Besuch bei Dr. Rübele sollte Alfred, der das übernommen hatte, noch einen Tag abwarten.

Am Tag nach Katjas Aussage hatte Pfefferle nachmittags frei. Er wollte sich bei Salamander am Leo, wo auch seine Mutter immer einkaufte, ein Paar Sandalen kaufen. Als er gerade im Begriff war, in den Laden zu gehen, fiel ihm eine Menschenansammlung auf. Diese hatte sich direkt vor dem Haus gebildet, in dem dieser Doktor Rübele seine Praxis hatte. Polizeiobermeister Schmitt, den er ohne Uniform fast nicht erkannt hätte, bemühte sich die Leute zurückzudrängen. Laut brüllte er, sie möchten zurücktreten, er sei Polizist.

„Des kann jeder behaupte, gell“, rief eine ältere Neugierige, „isch dei Uniform in de Reinigung?“

Pfefferle entschloss sich einzugreifen. Er zog seinen Ausweis hervor und hielt ihn wie einen Wimpel vor sich hin:

„Machen Sie sofort Platz, sonst droht Ihnen allen eine Anzeige wegen Behinderung polizeilicher Ermittlungen. Das kann teuer werden!“

Als ihm endlich eine Gasse freigemacht wurde, sah er zu seiner Überraschung Bruder Udo vor der Haustüre liegen. Pfefferle beauftragte Schmitt, sofort den Notarzt und einen Krankenwagen zu rufen und die Kripo-Kollegen zu informieren. Er selbst eilte, seinen Ausweis immer noch vor sich herhaltend, in die Praxis-Räume, wo er von wartenden Patienten und dem Personal angestarrt wurde. In barschem Befehlston rief er:

„Wo ist Frau Johanna Bantner? Ich muss sie sofort sprechen."

Mit unwilliger Miene öffnete der Arzt die innen gepolsterte Tür seines Sprechzimmers, hinter der er Pfefferles Frage trotz aller Lautstärke vermutlich nicht recht verstanden hatte. Beim Herauskommen sagte er empört:

„Was brüllen Sie hier so herum? Nehmen Sie gefälligst Rücksicht auf die Patienten, die schon länger warten. Hier geht es der Reihe nach!"

Pfefferle stellte sich vor und erkundigte sich erneut nach der Bantner. Sie stehe in dringendem Tatverdacht, seinem Patienten Udo Blumer eine falsche Spritze verpasst zu haben – es fiel ihm im Moment nichts anderes ein –, der würde unten gerade vom Notarzt abgeholt.

Dann ordnete er an, dass vorerst niemand, auch kein Patient die Praxisräume verlassen dürfe.

Dr. Rübele bat in aller Ruhe eine der Weißbekittelten, den Ausgang im Auge zu behalten, und sagte zu dem jungen Kommissar:

„Ich denke nicht, dass jemand weggehen will. Die meisten meiner Patienten sind Rentner, die es genießen, wenn hier endlich einmal was los ist."

Dann bat er Pfefferle in sein Sprechzimmer, ließ jedoch zur Beruhigung seines Gastes die Polstertür halb aufstehen. Nachdem er ihm einen Stuhl angeboten und sich selbst gesetzt hatte, sagte er:

„Beruhigen Sie sich erst einmal. Frau Johanna Bantner ist schon seit Tagen krank gemeldet. Ehrlich gesagt kann sie von mir aus entweder bis zum Ende ihrer Probezeit krank bleiben, oder so lange sie will. Sie war anfangs so zuverlässig, ist bestens ausgebildet und konnte gut mit den Patienten umgehen. Ich weiß nicht, weshalb sie sich so verändert hat. Sie wurde immer unkonzentrierter und machte einige Fehler – Sie können sich denken, dass das in einer Arztpraxis verheerende Folgen haben kann. Ich habe ihr vor einigen Tagen gesagt, dass ich ihr unter diesen Bedingungen leider keinen ordentlichen Arbeitsvertrag anbieten kann. Vielleicht ist sie inzwischen wieder nach Berlin zurück, was mich nicht wundern würde.

Und nun zu diesem Udo Blumer. Diesen Mann kenne ich vor allem als Bruder Udo – falls er mit Ihrem Blumer identisch ist. Vor Jahren habe ich mich geweigert, ihn weiterhin als Patienten zu behandeln. Er hat in meinem Wartezimmer trotz meiner Einsprüche ständig die anderen Patienten mit seinen missionarischen Reden genervt. Ich nehme an, dass er im Flur gegenüber beim Zahnarzt war."

Pfefferle wollte schon die ganze Zeit etwas sagen, aber der Doktor ließ sich nicht unterbrechen. Endlich hatte er eine Chance. Er bat den Arzt um die Adresse der Johanna Bantner.

„Moment bitte, auswendig weiß ich die nicht."

Dann kramte er in einer Kartei und nannte schließlich eine Hausnummer in der Erbprinzenstraße. Er setzte schon wieder zum Reden an, doch Pfefferle war abrupt aufgestanden. Im Flur telefonierte er mit dem Kommissariat, was sich als überflüssig erwies, denn gerade kamen Alfred und Margot herein. Pfefferle nannte ihnen sofort die Adresse. Es reichte gerade noch, der Sprechstundenhilfe Bescheid zu geben, dass seine Anordnung des Verbleibens in den Praxisräumen sich erledigt habe. Er sah nicht mehr deren bösen Blick, denn sie eilten schnell zur Haustür. Dort stand Schmitt. Er informierte Alfred, dass dieser Udo nach Auskunft des Notarztes vermutlich nur einen Kreislaufkollaps erlitten habe. Für alle Fälle hätten sie ihn ins Krankenhaus mitgenommen:

„Na ja, mir wird auch schlecht wenn ich an den Zahnarzt…“

Alfred schnitt ihm das Wort ab und befahl, eine Einsatztruppe – egal ob in Uniform oder zivil - so schnell wie möglich vor das Haus in der Erbprinzenstraße zu schicken:

„Aber merken Sie sich: Egal was passiert, der Gebrauch von Schusswaffen ist verboten!“

Sie rasten mit Blaulicht am Bahnhof vorbei und dann kurz in Gegenrichtung der Einbahnstrasse. Margot fuhr. Alfred meinte, es wäre vielleicht besser, ein paar Häuser vorher die Sirene abzuschalten, damit diese Bantner nicht gewarnt sei, was Margot dann auch tat. Als sie anhielt, blieben sofort einige Gaffer stehen:

„Isch ebbes bassiert?“

Zornig antwortete Alfred:

„Nein, aber wenn Sie nicht gleich weitergehen, passiert mit Ihnen etwas.“

Zu seiner eigenen Überraschung gingen die Leute tatsächlich weiter. Pfefferle suchte im Erdgeschoss vergeblich die Namensschilder ab, während Margot und Alfred die enge, schmuddelige Holztreppe hinaufstiegen. Fast oben angelangt versperrte ihnen eine dicke, aufgetakelte Frau den Weg. Sie zeigten ihre Ausweise und baten sie um Auskunft nach der Wohnung von Johanna Bantner. Die Dicke starrte sie fassungslos an:

„Sie send do, bevor i no ang'rufe heb. I bin die Frau Schmitt, die dere Bantner die Wohnung vermiet hat."

Sie deutete mit dem Arm auf eine der Türen und schimpfte:

„Des Dreckmensch! Sie sollte sich mal die Wohnung angucke! De reinschte Müllhaufe isch des. Un jetzt will se au no abhaue, ohne die letscht Miet zu bezahle. Kann i bei Ihne glei e Anzeig erschtatte?"

Margot erklärte ihr, dass sie dafür ins Revier müsse, worauf Frau Schmitt ihnen beleidigt Platz machte.

Sie klopften an der angegebenen Tür. Vergeblich! Erst als Alfred brüllte:

„Hier ist die Polizei! Frau Bantner, wir wissen, dass Sie da sind. Machen Sie sofort auf oder wir müssen die Tür einschlagen."

Die Wohnungstür wurde von innen einen Spalt geöffnet und mit erschöpfter, kaum verständlicher Stimme sagte eine Frau:

„Hat mich die grässliche Vermieterin angezeigt?"

„Nicht nur das", sagte Alfred, „wir müssen Sie auch in einer anderen Angelegenheit sprechen. Bitte lassen Sie uns hinein!"

Die Tür wurde nur einen Spalt geöffnet. Als die Kommissare im Zimmer waren, war die auffallend gut aussehende junge Frau dabei, hastig die Türen des Kleiderschranks zu schließen, was ihr in der Eile jedoch nicht gelang. Während die von einem Hustenanfall geplagt wurde, sagte sie stotternd mit müder Stimme:

„Bevor ich zum Bahnhof muss, mache ich hier bestimmt noch sauber."

Das schien absolut notwendig: In der Küchenzeile stapelte sich schmutziges Geschirr, der Boden schien seit Wochen nicht gesaugt und auf dem Bett, das zerwühlt aussah, lag ein offener, halbgepackter Koffer. Durch das Fenster konnte man kaum hindurchsehen und auf dem Tisch lag auf einem verdreckten Papierteller ein Stück vertrocknete Pizza. Außerdem herrschte ein Gestank, der anzeigte, dass hier seit Wochen nicht gelüftet worden war. Während Margot das Chaos registrierte, ging Alfred näher zum Schrank, auf dessen Boden lagen – soweit er es in der Eile sehen konnte – zwei Perücken: eine rote und eine hellblonde. Er winkte Margot und Pfefferle zu, während er die junge Frau ansprach:

„Heißen Sie Johanna Bantner?"

Alfred zeigte ihr seinen Ausweis und sagte:

„Wir sind von der Kriminalpolizei. Ob Sie hier saubermachen, geht uns nichts an. Bitte zeigen Sie mir Ihre Fahrkarte – nach Berlin nehme ich an?"

Jo kramte in ihrer Handtasche und hielt ihm die Fahrkarte hin. Weil sie ihn so völlig teilnahmslos anblickte, hatte er Zweifel, ob sie ihre Umgebung überhaupt wahrnahm. Es musste ihm egal sein, weshalb er fortfuhr:

„Wir müssen Sie wegen Fluchtgefahr festnehmen. Sie stehen unter dem dringenden Verdacht, zwei Morde begangen zu haben."

Er winkte Margot zu, die daraufhin hinausging. Dann sprach er weiter:

„Sie können die Aussage verweigern und Ihren Anwalt anrufen, falls Sie einen haben. Sollten Sie keinen haben, werden wir uns um einen Pflichtverteidiger bemühen. Wenn Sie nicht freiwillig mitkommen, müssen wir Ihnen leider Handschellen anlegen."

Jo streckte ihm, erneut hustend, ihre Hände entgegen und sagte resigniert:

„Machen Sie, was Sie wollen. Ich habe genug! Kann ich mir meine Toilettenartikel und etwas Wäsche mitnehmen und vielleicht Papier und Stifte sowie mein Adressbuch?“

„Ja sicher, Sie werden diese Dinge höchstens 48 Stunden brauchen. Den Rest klären wir auf dem Revier.“

Als sie gerade dabei war, sich einige Sachen in eine ALDI-Tüte zu packen, kam Margot herein und flüsterte Alfred zu, dass der Staatsanwalt informiert und Braun mit seiner Truppe bereits unterwegs sei. Bevor sie mit Jo die Treppe hinuntergingen, baten sie Pfefferle, bis zum Eintreffen des Erkennungsdienstes die Wohnung zu bewachen. Er war nicht gerade begeistert. Seinen Sandalenkauf konnte er endgültig vergessen.

Jo zwischen Alfred und Margot zeigte keinerlei Reaktion, auch nicht, als sie vor die Haustür traten. Dort stand die dicke Frau Schmitt und meinte:

„Des hab i net g’wellt, dass Se des Mädle glei verhafte. Mir hät’s g’langt, wenn se butzt hätt!“

Margot meinte, es gäbe Schlimmeres als eine schmutzige Wohnung, die sie nun halt selber putzen müsse. Sie stiegen in das Polizeiauto und hörten noch, wie die Dicke sagte:

„Was moine Se denn damit? Was hat’n die Bantner ang’schtellt?“

Margot fuhr und Alfred hatte sich hinten neben die Festgenommene gesetzt. Was hatte die Psychologin über unkontrollierte Impulse gesagt? Es war ihm nicht wohl, doch saß Jo mit geschlossenen Augen apathisch neben ihm. Im Revier brachten sie die junge Frau in eine Haftzelle. Zuvor musste sie die erkennungsdienstlichen Maßnahmen über sich ergehen lassen. Wie eine Marionette ließ sie die Fingerabdrücke, die körperliche

Untersuchung und die Kontrolle ihrer Handtasche, der Kleidung und der ALDI-Tüte über sich ergehen. Ihr Schreibmäppchen und einige Bogen Briefpapier durfte sie behalten. Sie nahmen ihr ansonsten alles ab, womit sie sich und andere verletzen konnte. Ihr Toilettenbeutel wurde bis auf das Notwendigste geleert. Sie wehrte sich nicht, als ihr eine halbe Packung Valium weggenommen wurde. Erst als ein angebrochenes Briefchen mit Penicillintabletten ebenfalls konfisziert werden sollte, erhob sie Einspruch:

„Ich habe eine starke Bronchitis und muss von diesen Tabletten alle vier Stunden eine einnehmen. Sie wissen sicher, dass man diese Einnahme nicht unterbrechen darf."

Eine Polizistin erklärte ihr daraufhin, dass es Vorschrift sei, auch notwendige Medikamente wegzuschließen, doch sei in der Zelle eine Klingel, mit der sie beim Wachpersonal läuten könne. Es würden ihr dann jeweils eine Tablette und ein Glas Wasser gebracht. Nachdem sie ein Formular unterschrieben hatte, wurde sie in die Zelle gebracht. Es war inzwischen 18.00 Uhr geworden.

Die Polizistin, die sie abgetastet hatte, erkundigte sich, wann sie die letzte Tablette genommen habe. Etwas verwirrt aber emotionslos antwortete Jo:

„Kurz bevor ich verhaftet wurde. Es muss vor zwei oder drei Stunden gewesen sein. Aber so genau weiß ich das nicht mehr."

„Kein Problem, wir werden nachfragen."

Als sie allein war, sank Jo auf die unbequeme Liege und schloss die Augen. Als hätte sie geahnt, was passieren würde, hatte sie sofort nach dem ersten Klopfen der Polizei schnell noch zwei Valium zu sich genommen. Trotzdem fand sie keine Ruhe. Der Husten plagte sie. Wieder fühlte sie diese entsetzliche nasse Kälte im Gesicht, über das sie sich hektisch mit einem Taschentuch wischte. Wenigstens das hatten sie ihr gelassen! Ihr Blick fiel auf die scheußliche Klosettschüssel. Der Ekel überfiel sie und beinahe hätte sie sich übergeben, aber sie konnte nicht aufstehen. Ihre Beine, die sie nach dem Fahrkartenkauf nicht mehr gequält hatten, wehrten sich jetzt gegen jede Bewegung. Sie würden sicher Dr. Rübele anrufen. Sie würden sie für den Rest ihres Lebens einsperren wollen. Doch sie würden sich noch wundern!

Ein Polizist versuchte Dr. Rübele telefonisch zu erreichen, um eine Bestätigung für die Verordnung der Penicillin-Tabletten zu erhalten. Er versuchte es mehrmals, erreichte aber jedes Mal nur seine Stimme auf dem Anrufbeantworter. Er teilte mit, dass die Praxis derzeit für zwei Tage geschlossen sei. Für dringende Fälle nannte er zwei Kollegen, die ihn vertreten würden.

„Und jetzt?“, fragte der Polizist seine Kollegen, „soll ich die Vertreter bemühen?“

Eine Kollegin, die vor kurzem bei einem Vertreter ihres Zahnarztes war, riet ihm ab:

„Das bringt nichts. Die Vertreter haben keine Unterlagen. Wann kommt der Doktor denn zurück?“

„Erst übermorgen. Wir müssen der Verhafteten eben glauben. Sie hat keine Uhr, also müssen wir selbst für die pünktliche Einnahme sorgen, sonst kommen wir in Teufels Küche.“

17. Strafvereitelung

Im Sitzungszimmer waren alle außer Braun versammelt. Dr. Badenmaier hatte schon wieder Frau Dr. Burger mitgebracht, was inzwischen trotz ihres guten Aussehens keine große Freude mehr auslöste. Er war grundsätzlich bei Verhaftungen wegen Gefahr in Verzug misstrauisch, doch konnte er von der Rechtmäßigkeit dieser Maßnahme schnell überzeugt werden. Es wurde gerade beraten, welchen der Pflichtverteidiger man beauftragen wolle, um wie viel Uhr die Tatverdächtige morgen dem Richter vorgeführt werden und ob man die Mutter in Berlin informieren solle, als Braun hereinstürmte.

Sein Anklopfen hatten alle überhört. Er redete sofort los:

„Also, wir haben außer den Perücken eine Plastiktüte mit persönlichen Dokumenten gefunden, einen Stapel mit Zeitungsausschnitten der Pforzheimer Zeitungen und noch einen Vordruck für einen Vaterschaftstest der Firma „Kuckuckskinder.org“. Interessant ist, dass die Zeitungsausschnitte ausschließlich die beiden Opfer betreffen: Es sind Polizeiberichte, Todesanzeigen, Nachrufe und ein paar Leserbriefe, in denen, wie meistens, die erfolglose Arbeit der Polizei kritisiert wird. Die Perücken befinden sich bei der Kriminaltechnik. Möglicherweise finden die Spezialisten im Inneren Spuren, die, verglichen mit denen der Trägerin nachweisen, dass sie diese getragen hat.“

Braun machte eine Pause und zog aus seiner Tasche eine Plastiktüte mit einem Metallstück hervor und sprach dann mit triumphierendem Lächeln weiter:

„Dieses Ding wurde auf dem Boden des halbgepackten Koffers gefunden. Es ist, wie Sie sehen und sicher erkennen, ein volles Magazin für eine Pistole. Ich bin sicher, auch wenn wir noch kein endgültiges Ergebnis haben, dass es exakt zu der auf dem Messplatz gefundenen Makarow passt. Die Untersuchung wird höchstwahrscheinlich ergeben, dass sich auf diesem Magazin Fingerabdrücke von Johanna Bantner befinden."

Braun blieb sein Siegerlächeln im Gesicht stehen. Er schien Beifall zu erwarten, so als wäre es sein Verdienst, dass die Verhaftete das Magazin zurückgelassen hatte.

Endlich sagte der Staatsanwalt:

„Danke, Herr Braun! Man sieht einmal wieder, dass jeder Verbrecher Fehler macht. Diese Frau war sehr leichtsinnig, sie ist meiner Meinung nach eine echte Dilettantin, in deren Vorleben wir vermutlich keine vergleichbaren Verbrechen entdecken werden.

Nun, jetzt haben wir eine Fülle von Indizien, die zur Überführung der Täterin genügen könnten. Das bleibt jedoch eine Entscheidung des Gerichts. Vielleicht gelingt es, die Festgenommene aufgrund der Indizien zu einem Geständnis zu bewegen, das dann auch den Haftrichter vollkommen überzeugen wird. Selbstverständlich ist es Ihre Sache, wie Sie dabei vorgehen."

Größer wollte gerade etwas sagen, aber Frau Dr. Burger kam ihm zuvor:

„Ich möchte bitte bei den Verhören dabei sein, geht das?"

„Nein", antwortete Größer sofort, „das geht nicht! Sie können die Verhöre beobachten, aber Ihre unmittelbare Teilnahme oder gar Einmischung ist nicht möglich. Unsere Kommissare haben jeder für sich viel Erfahrung und ihre eigene Methode. Ich denke, wir können die Festgenommene jetzt in den Verhörraum führen lassen. Am besten scheint mir, dass Sie beide, Frau Meister und Herr Müller, sich dabei gegenseitig unterstützen."

Jo wurde von der Polizistin in das Verhörzimmer begleitet. Sie hinkte und strich sich ständig über das Gesicht. Die Polizistin, die befürchtete, dass die Verhaftete umfallen würde, blieb bei ihr stehen, bis Alfred hereinkam.

Er wies Johanna Bantner einen Stuhl an dem Resopaltisch zu, setzte sich gegenüber und stellte sich vor. Er sah, dass sie immer noch völlig teilnahmslos war. Sie saß nach vorn gebeugt, die Arme hingen schlaff über den Oberschenkeln. Sie blickte ihn nicht an. Entweder sie hat zu viel Valium geschluckt oder sie weiß ganz genau, dass sie keine Chance hat, dachte Alfred. Auf jeden Fall wird es ein langwieriges Verhör mit fraglichem Ausgang. Er beschloss, auf ein langsames Vorgehen zu verzichten und gleich zur Sache zu kommen. Er schaltete das Aufnahmegerät ein, sprach die üblichen Notwendigkeiten darauf und sagte dann zu ihr:

„Frau Bantner! In Ihrem Koffer wurde ein volles Magazin für eine Makarow-Pistole gefunden. Wo haben Sie die Waffe selbst versteckt?"

Jo konnte nicht sofort antworten, denn sie bekam wieder einen Hustenanfall. Nachdem Alfred die Polizistin gebeten hatte, ihr ein Glas Wasser zu geben, antwortete sie endlich:

„Die ist mir gestohlen worden."

„Sie geben also zu, die Waffenbesitzerin zu sein. Ich frage mich, weshalb Sie überhaupt eine Waffe bei sich hatten. Pforzheim ist nicht gerade als Verbrecherhochburg bekannt. Was hatten Sie mit dieser Waffe vor? Ist es nicht so, dass Sie den Vorsatz hatten, Tobias Bannberger und Thomas Pleister zu …“

Sie unterbrach ihn, wobei sie ihm direkt in die Augen sah:

„Ich kenne diese Männer nicht!“

„Warum haben Sie dann Zeitungsartikel über die Morde an den beiden Männern gesammelt?“

„Es hat mich eben interessiert. Ich will einen Krimi schreiben und sammle Material. Seit ich in Pforzheim bin, ist keine solche Gewalttat mehr passiert.“

Dumm ist sie nicht, ging es Alfred durch den Kopf. Sie war sich wohl sicher, dass wir sie erwischen, und hat sich eine Geschichte ausgedacht. Er sprach weiter:

„Lassen wir das einen Moment außer Acht. Wo haben Sie die Waffe her?“

„Meine Mutter hatte nach der Wende einen Ossi-Freund mit engen Kontakten zum Schwarzmarkt, wo er diese Waffe erstanden hatte. Bevor sie ihn vor die Tür setzte, hat sie ihm wahrscheinlich das Ding abgenommen. Vor meiner Abfahrt hat sie mir die Pistole dann in meinen Koffer geschmuggelt.“

„Das klingt sehr unglaubwürdig, denn wir wissen, dass Sie ihre Mutter heimlich verlassen haben. Sie lügen also. Ich muss Sie darauf hinweisen, dass Sie mit einer Strafmilderung rechnen dürfen, wenn Sie uns die ganze Wahrheit sagen.“

Jo fiel wieder in sich zusammen und sagte leise:

„Welche Wahrheit wollen Sie denn hören? Soviel ich weiß, ist Lieblosigkeit keine Straftat und hat somit auch keine Strafmilderung zur Folge.“

Sie schwieg einen Augenblick, richtete sich wieder auf, blickte ihm voller Zorn ins Gesicht und sagte laut:

„Ihre Aufgabe ist die Verfolgung von Diebstählen, Schlägereien, Morden und anderen Verbrechen. Lebenslange Kränkungen, Geringschätzungen, Zerstörung der Persönlichkeit sind der Polizei total egal. Meine Mutter hat gegen mich ein Komplott inszeniert. Fragen Sie doch sie. Sie wird zwar alles ableugnen, aber es ist Tatsache. Bitte lassen Sie mich jetzt in diese Zelle zurück. Ich bin sehr müde. Außerdem werde ich ab sofort jede Aussage verweigern."

Sie hustete erneut und wollte aufstehen und den Raum verlassen, doch wurde sie von der Polizistin, die von Alfred ein Zeichen bekam, daran gehindert.

Er ging hinaus, um Margot zu bitten, das Verhör fortzusetzen. Unter den Mithörenden war inzwischen Unruhe entstanden. Frau Dr. Burger drängte darauf, wenigstens kurze Zeit allein mit der jungen Frau zu sprechen. Gegen Margots Einwände stimmte Dr. Badenmaier zu. Trotz ihres Ärgers waren die Kommissare auf das Ergebnis des Gesprächs im Verhörraum gespannt. Sie beobachteten, wie die Psychologin der stumpfsinnig vor sich hin Starrenden die Hand reichte und sich höflich mit ihrem Namen vorstellte. Als sie dieser jedoch mitteilte, dass sie Psychologin sei, flippte Jo aus. Sie brüllte:

„Psychologin? Hauen Sie ab! Sie sollen mich in die Klapsmühle bringen und mit Tabletten zustopfen? Muss ich mir das gefallen lassen?"

Dr. Burger wollte ihr gut zureden und legte ihren Arm auf Jos Schulter. Diese schlug den Arm zurück und traf dabei das Gesicht der Psychologin, die schnell sagte:

„Ich will Ihnen doch nur helfen."

„Auch das noch! Diese Sprüche kenne ich! Mir hat noch nie jemand geholfen und schon gar nicht Leute wie Sie."

Die Psychologin setzte sich trotz des Angriffs der jungen Frau gegenüber und sagte mit ruhiger Stimme:

„Ich glaube, dass Sie, auch wenn Sie sich dagegen wehren, jemanden brauchen, bei dem Sie sich aussprechen können. Sie mussten viel einstecken, haben das nicht verdrängen können. Ich bin keine Polizistin, vor mir brauchen Sie keine Angst zu haben. Ich bin auch nicht zuständig für die Anordnung einer psychiatrischen Untersuchung."

Jo hustete erneut und sagte dann wütend:

„Wenn Sie mir wirklich helfen wollen, dann sorgen Sie dafür, dass ich endlich meine Tabletten bekomme. Sie wurden mir abgenommen. Die Zeit vor der letzten Einnahme ist doch abgelaufen", ihre Stimme wurde immer aggressiver und sie schien völlig die Nerven zu verlieren, „oder will man mich hier umbringen?"

Sie stand auf, warf den Stuhl hinter sich und wollte mit geballten Fäusten auf die Burger zugehen. Die Polizistin hinderte sie daran, wusste aber einen Moment nicht, wie sie sich verhalten solle, denn die Psychologin war völlig sprachlos. Im richtigen Moment kam Margot in das Verhörzimmer und hinter ihr ein junger Polizist, der die attraktive Gefangene anstarrte. Nicht zu fassen, dachte er, dass so eine bildschöne Frau eine Mörderin ist. Margot machte ein mürrisches Gesicht und sagte zu Jo:

„Ich verbitte mir Ihre Unterstellung. Wir haben noch nie jemanden sterben lassen. Eine Entschuldigung wäre angebracht. Hier, der junge Mann hat Ihnen Ihre Tabletten mitgebracht. Nehmen Sie eine heraus und geben Sie ihm die Packung zurück!"

Jo nahm den halb geleerten Streifen der Metallfolie in die Hand und entnahm eine Tablette, die sie zwischen ihrem Daumen und Zeigefinger hielt. Als ihr ein Glas Wasser gereicht wurde, nahm sie einen kräftigen Schluck.

Während sie erneut von einem Hustenanfall geplagt wurde, sagte Margot zu der Polizistin:

„Führen Sie die Frau zurück in die Zelle“, zu Jo gewandt teilte sie dieser mit:

„Wir haben einen Rechtsanwalt und Verteidiger verpflichtet. Er wird Sie morgen Vormittag besuchen.“

Während Jo mit geübtem Griff zur Tür gebracht wurde, drehte sie sich plötzlich um, schien noch etwas sagen zu wollen, gab es aber unter dem geübten Griff der Polizistin auf.

Margot ging beiden hinterher und überzeugte sich persönlich, dass dort in der Zelle alles in Ordnung war. Anschließend wies sie die Polizistin an, der Gefangenen etwas zum Essen zu besorgen und sie mit ihren Kollegen ansonsten regelmäßig zu beobachten.

„Wird gemacht! Viel kann sie ja nicht anstellen.“

Anschließend besprachen die Kommissare im Sitzungszimmer mit Direktor Größer das magere Ergebnis. Forstmann war nicht mehr anwesend, Frau Dr. Burger hatte sich bereits entschuldigt und war gegangen. Ihr folgte Dr. Badenmaier. Sie schwiegen sich eine Zeitlang an, bis Alfred feststellte:

„Wenn die bei jedem weiteren Verhör so unkontrolliert ausflippt, werden wir bestimmt kein Geständnis bis zur Vorführung bei dem Haftrichter erreichen. Zugegeben hat sie immerhin den Waffenbesitz. Aber ob sie deshalb in Untersuchungshaft kommt?“

Margot war weniger skeptisch:

„Andererseits haben wir eine Fülle von Indizien. Außerdem besteht bei ihr nach wie vor Fluchtgefahr.“

Größer, der sich bisher nicht eingemischt hatte, wirkte ratlos, als er schließlich sagte:

„Ich muss zugeben, dass Frau Burger nicht ganz unrecht hatte. Ob ihre Diagnose nun richtig war oder nicht: Ich bin jetzt überzeugt, dass diese Johanna Bantner tatsächlich psychisch krank ist. Doch die Entscheidung einer Untersuchung oder gar Einweisung in eine Psychiatrische Klinik ist Sache des Richters.“

Pfefferle, der bisher stumm dabeigesessen hatte, meldete sich zögernd zu Wort:

„Es bleibt also nur abzuwarten, bis sie total durchdreht. Aber wie? Es gibt in der Zelle keine Gegenstände, die sie an die Wand werfen kann. Zum Zerreißen der Decke etwa oder sonst einer auffallenden Zerstörung fehlt ihr das nötige Werkzeug und sicher auch die Körperkraft. Vielleicht reißt sie sich die Haare raus oder rennt mit dem Kopf gegen die Wände?“

„Vielleicht solltest du als Geist in ihrer Zelle erscheinen“, spottete Alfred, der genug hatte. Was sollen all diese Spekulationen! Außerdem war er mit seinem Vorgehen in dem Verhör nicht zufrieden. Was hatte er falsch gemacht? Er wollte in Ruhe darüber nachdenken und war froh, dass Größer offenbar derselben Ansicht war, denn er drängte zum Aufbruch.

Als Margot Alfred fragte, ob sie vielleicht noch ein Bier zusammen trinken könnten, lehnte er ab:

„Sei mir nicht böse, aber ich muss mir unser morgiges Vorgehen durch den Kopf gehen lassen. Ich bilde mir dauernd ein, dass ich die falschen Fragen gestellt habe. Diese Jo, wie sie sich nennt, scheint doch sehr intelligent zu sein. Ihre sogenannten unkontrollierten Impulse“, er grinste, „kommen mir zu theatralisch vor. Ich glaube, dass sie, beachtlich gekonnt, uns etwas vormacht.“

Margot beruhigte ihn. Sein Verhör sei doch in Ordnung gewesen. Um ihn ein wenig aufzumuntern, meinte sie, dass er sich vielleicht von der Schönheit der Gefangenen beeinflussen lasse. Wider Erwarten lachte Alfred nicht, sondern blickte sie – was selten vorkam – vorwurfsvoll an. Margot war ein wenig beleidigt, als sie sich verabschiedete.

Zu Alfreds Überraschung stand vor der Büro-Tür Bruder Udo. Den hatten sie völlig vergessen. Er sah aus, als wäre er gerade aufgestanden, seine wenigen Haare standen wild um seinen Kopf und, wie Alfred erst auf den zweiten Blick sah, trug er unter seiner schwarzen Jacke so etwas wie ein Nachthemd, dessen Zipfel unten herausragten.

„Sie, Herr Blumer! Was wollen denn Sie hier?“

„Entschuldigen Sie bitte, aber ich will ein Geständnis ablegen. Ich habe von einem meiner Brüder im Krankenhaus gehört, der es wiederum von Frau Schmitt gehört hat, dass Sie Jo verhaftet haben. Ich bin aus dem Krankenhaus geflüchtet, um meine Verbrechen zu gestehen.“

Nein, bitte nicht auch das noch, dachte Alfred, bat ihn jedoch ins Büro:

„Also, dann schießen Sie mal los. Aber vorher sagen Sie mir noch, weshalb Sie auf dem Leo zusammengebrochen sind?“

„Irgendetwas mit meinem Kreislauf. Die Ärzte wollen noch einige Untersuchungen vornehmen.“

Bevor er weitersprechen konnte, wählte Alfred die Nummer des Krankenhauses und meldete sehr leise, dass der Patient Udo Blumer in seinem Büro säße.

„ Ja, möglichst bald!“

Udo, schon wieder den Tränen nah, redete wie auswendig gelernt:

„Falls Sie Jo wegen der Morde an Banni und Tommi verhaftet haben, irren Sie sich gewaltig. Ich habe die beiden umgelegt. Gott hat es mir befohlen. Ich bin Banni heimlich an den Büchenbronner Aussichtsturm gefolgt und habe ihn erschossen, später dann auch Tommi auf dem Messplatz. Ich habe mich in Bad Herrenalb weggeschlichen. Meine Brüder haben das nicht gemerkt.“

Er wollte eine kurze Pause machen, als ihn Alfred fragte:

„Wo hatten Sie die Pistole her?“

„Es war eine alte Militärpistole, die von meinem Großvater stammte, doch sie funktionierte noch.“

„Und was haben Sie nach dem Mord an Tommi mit der Waffe gemacht?“

„Ich habe sie in die Enz geworfen.“

Er wollte weiterreden, aber Alfred fuhr ihn wütend an:

„Sie lügen wie gedruckt, hat Ihnen auch das Ihr Herr befohlen? Das, was Sie wissen, haben Sie aus den knappen Polizeiberichten. Dass Sie dieser Jo zuliebe alles auf sich nehmen wollen, ist zwar von Ihnen edel gemeint, doch ist es der Versuch einer Strafvereitelung.“

Alfred wollte diesen bescheuerten Kerl endlich loswerden, weshalb er jede Rücksicht fallen ließ. Mit drohender Miene sagte er:

„Sie machen sich damit strafbar! Ich werde ein Auge zudrücken, wenn Sie jetzt sofort mein Büro verlassen. Warten Sie vor der Tür bis der Krankenwagen Sie abholt. Wollen Sie, dass ich einen Polizisten beauftrage, Sie so lange zu bewachen?“

Udo murmelte ein „bitte nicht!“ und ging wie ein Schlafwandler zur Tür. Dort drehte er sich noch einmal um und fragte mit einem bettelnden Hundeblick:

„Darf ich Jo besuchen?“

„Dafür müssen Sie einen Antrag stellen, wenn Sie in Untersuchungshaft sitzt. Raus jetzt!“

Als die Türe zu war, schlug sich Alfred mit der Hand an die Stirn. Hatten sie es heute nur mit Spinnern zu tun? Er sehnte sich fast nach einem ganz normalen Killer, der gegen Geld mordete. Aber war so einer normal? Er verbot sich, weiterhin darüber nachzudenken, und trank das Bier, das Margot ihm in ein Fach seines Schreibtischs „für Notfälle“ gelegt hatte. Noch so ein Tag und er müsse sich vorzeitig pensionieren lassen.

Das Bier war zu warm, tat aber trotzdem seine Wirkung. Etwas beruhigt rief er beim Wachpersonal an und erhielt die Auskunft, dass die Inhaftierte friedlich am Tisch sitze und eifrig schreibe:

„Alles im grünen Bereich!“

Er hätte jetzt nach Hause gehen können, aber nicht nur Emmas miese Laune hielt ihn davon ab. Diese verrückte junge Frau Bantner ließ ihm keine Ruhe. Er rief sich noch einmal alle Ergebnisse der Ermittlungen ins Gedächtnis. Dass sie die Waffe bei Tommis Leiche weggeworfen hatte, war für ihn ein Anzeichen, dass sie einen Schlussstrich ziehen, vielleicht sogar entdeckt werden wollte. Warum verweigerte sie dann ein Geständnis?

Er beschloss, sich die Frau noch einmal anzusehen und ging zu der Zelle. Um von ihr möglichst unbemerkt zu bleiben, machte er die Türklappe so leise wie möglich auf. Sie lag, die Decke über sich gezogen auf der Liege, schien zu schlafen, hustete jedoch stark. Na ja, so eine Bronchitis ist eben kein

Zuckerschlecken! Trotzdem erkundigte er sich beim diensthabenden Personal, ob sie ihr auch pünktlich ihre Tablette gebracht hätten:

„Selbstverständlich, pünktlich um 23.00 Uhr."

„Bringen Sie ihr noch eine Decke", befahl er dem Uniformierten, „vielleicht beruhigt sich dann ihr Husten ein wenig."

Nachdem der Polizist versprochen hatte, sich um eine weitere Decke zu kümmern, ging Alfred zurück ins Büro. Er saß noch eine Weile grübelnd am Schreibtisch. Woher kam seine Unruhe, dieses Gefühl, dass irgendetwas passieren würde? Margot hätte ihn vermutlich ausgelacht, was sie meistens tat, wenn er von einer Vorahnung sprach. Hoffentlich war ihr oder Emma nichts passiert! Vielleicht sollte er Frau Dr. Burger fragen? Bei diesem Gedanken musste er plötzlich grinsen. Blödsinn! Er stand auf und fing an, seine Sachen zu packen. Die leere Bierflasche versteckte er in seiner Aktentasche.

Gerade als er sich seine Jacke anziehen wollte, läutete das Telefon. Es war Margot:

„Hallo, Alfred! Es ist fast Mitternacht und ich kann einfach nicht schlafen. Wollte mal hören, ob du immer noch da bist, und dich ablösen, damit du morgen nicht so müde bist. Soll ich kommen?"

„Nein, bestimmt nicht. Ich gehe jetzt heim, denn hier wird von uns niemand mehr gebraucht. Kann ich, wenn du sowieso nicht schläfst, noch kurz bei dir vorbeikommen? Stell dir vor, dieser Udo …Moment bitte, das Diensttelefon verlangt nach mir. Bleib bitte dran."

Er hob den anderen Hörer ab. Eine aufgeregte Stimme meldete sich:

„Herr Müller, sind Sie noch da? Hier spricht Polizeimeister Schwarz. Ich wollte Sie informieren. Die Festgenommene scheint einen Asthma-Anfall zu haben. Sollen wir den Notarzt rufen?“

„Sofort! Und einen Krankenwagen dazu! Ich komme gleich.“

Margot, die seiner Antwort einen Unfall entnahm, erkundigte sich:

„Hat sich einer ein Bein gebrochen?“

„Nein! Schlimmer! Diese Johanna Bantner soll einen schweren Asthma-Anfall haben. Ich hoffe, dass sie uns dieses Mal wirklich etwas vormacht. Für alle Fälle ist es sicherer, wenn sich ein Arzt um sie kümmert. Ich schaue jetzt selbst nach ihr. Nein, es ist überflüssig, dass du kommst. Versuche, endlich einzuschlafen. Bis morgen. Gute Nacht!“

Er ließ alles stehen und liegen und rannte zur Haftzelle. Ratlos standen zwei Polizisten in der Zelle und blickten auf die Liege:

Alfred erschrak. Das Gesicht der jungen Frau war aufgequollen und mit roten Pusteln übersät. Zwischen den Hustenanfällen rang sie keuchend nach Luft. Es sah aus, als würde sie ersticken. Als sie anfing, sich zu übergeben, erinnerte sich Alfred an die Erste-Hilfe-Kurse. Mit Hilfe einer Polizistin legte er sie auf die Seite. Dabei betrachtete er entsetzt ihre Arme und Beine: Alles voller Pusteln und unnatürlich geschwollen.

Endlich kam der Arzt - es schien eine Ewigkeit gedauert zu haben. Nachdem er die Patientin kurz betrachtet hatte, sagte er:

„Es ist höchste Eile geboten. Sie muss sofort ins Krankenhaus. Sie hat einen anaphylaktischen Schock, ausgelöst durch eine Allergie. Ich werde ihr eine Adrenalin-Spritze geben.“

Jo war inzwischen bewusstlos geworden. Den Sanitätern gab der Arzt die Anweisung, ihr im Krankenwagen sofort eine Sauerstoffmaske aufzusetzen. Während Jo hinausgetragen wurde, wandte sich der Arzt an Alfred:

„Wissen Sie, was sie gegessen und getrunken hat?“

Eine Polizistin gab ihm die Auskunft:

„Sie erhielt nur Mineralwasser und ein Brötchen mit Butter und Käse.“

„Hat sie irgendwelche Tabletten genommen?“

„Nur zweimal jeweils eine Penicillintablette, die ihr der Arzt gegen ihre Bronchitis verschrieben hatte.“

Der Arzt, der es eilig hatte, sagte im Weggehen:

„Wenigstens haben wir jetzt die Ursache! Es ist schlimm, wie leichtsinnig manche Kollegen heutzutage immer noch Rückfragen vergessen und kurzerhand Rezepte ausschreiben. Machen Sie sich nicht allzu große Sorgen. Vielleicht kriegen wir sie durch.“

Jo war noch nicht im Krankenauto, als eine Polizistin in Tränen ausbrach und immer wieder sagte:

„Ich bin schuld, ich bin an allem schuld!. So eine schöne Frau! Ich hätte sie nicht aus den Augen lassen sollen. Ich konnte doch nicht ahnen, dass sie eine Penicillinallergie hat. Meinen Sie, dass sie von ihrer Allergie gewusst hat, Herr Müller? Dann hat sie sich umgebracht. Und ich, ich bin schuld daran.“

Sie heulte weiter, als Alfred seinen Arm um sie legte:

„Machen Sie sich keine Vorwürfe! Die kann auch ich mir machen. Man kann nicht ununterbrochen einen Inhaftierten beobachten. Sie hat uns alle hereingelegt. Vielleicht überlebt sie. Am besten, Sie gehen jetzt nach Hause. Ihre Kollegen werden hier die Zelle bewachen. Ich selbst muss jetzt leider noch einige sehr unangenehme Anrufe erledigen.“

Er rief Dr. Badenmaier an. Es dauerte eine Weile, bis dieser ans Telefon ging. Er beschwerte sich sofort und schimpfte, wer ihn denn mitten in der Nacht aufgeweckt habe. Als Alfred ihn informierte, war er jedoch sofort hellwach und entschuldigte sich:

„Es hat vermutlich wenig Sinn, dass ich jetzt komme. Ich erwarte aber Ihren Anruf, sobald Sie mehr wissen."

Alfred fand es überflüssig, Forstmann und Direktor Größer aus dem Bett zu holen. Sie konnten heute Nacht nichts tun. Er versuchte es jedoch bei Margot, die aber nicht zu erreichen war. Er wünschte ihr, dass sie in dieser Nacht noch einmal gut schlafen könne. Die nächsten Tage würden anstrengend werden.

Dann ging er zurück in die Zelle und befahl den Polizisten, ja nichts anzurühren, auch nicht sauber zu machen.

„Wir sind keine Anfänger, Herr Kommissar!"

„Entschuldigen Sie, meine Nerven liegen im Moment blank, tut mir leid!"

Dann begann er selbst die Zelle genauer zu untersuchen, obwohl es darin fürchterlich nach Erbrochenem stank. Auf dem Tisch lag die Handtasche der Toten, die er mit seinem Taschentuch etwas zur Seite schob. Unter der Tasche lag ein beschriebener Papierbogen. Umschläge hatte sie vermutlich nicht bekommen, weil der Richter oder in seinem Auftrag der Staatsanwalt alle Schreiben zur Vorlage bekommen musste. Plötzlich sagte eine vertraute Stimme hinter ihm:

„Damit hätte ich niemals gerechnet! Sie hat uns ganz schön reingelegt, tut mir aber trotzdem leid. Hoffen wir, dass sie davonkommt! Vielleicht erfahren wir mehr, wenn wir den Brief lesen?"

Margot drückte ihn kurz an sich. Dann lasen sie gemeinsam das Geschriebene – eine Anschrift fehlte.

Dr. Rübele habe ich die Unwahrheit gesagt. Ich habe eine Penicillin-Allergie, die mir jetzt hilft. Ich kann nicht mehr! Ich will nicht mehr! Die Tablette im Verhörzimmer habe ich zwischen meinen Fingern versteckt. Jetzt habe ich zwei genommen, die hoffentlich wirken. Ich habe Mutters Banni und Tommi erschossen. Sie haben es verdient! Dieser arrogante Bannberger hat mir hohnlachend alles erzählt. Für meine Geburt und die Aufzucht ihres Bankerts wurde meine Mutter von seinen Eltern bezahlt! Mein zweiter Vater!!! Tommi sei kostenlos davongekommen. Ich war froh, dass ich die Pistole dabei hatte. Ich habe diese in letzter Minute in meinen Koffer gepackt. Warum weiß ich nicht. Vielleicht hatte ich eine schreckliche Ahnung!!!? Seit ich denken kann, habe ich mich nach einem gütigen und liebevollen Vater gesehnt. Wenn sie besonders bösartig zu mir war, bin ich zu ihm geflüchtet, auch wenn er nicht da war. Er war in meinem Tagebuch. Sie hat es mir zerrissen! Die Wirklichkeit ist grausam und unerträglich. Meine hasserfüllte Mutter soll nicht genießen, dass ihr missratenes Miststück lebenslang im Gefängnis oder in einer Irrenanstalt vegetiert.

Diesen Triumph gönne ich ihr nicht!!!!. Soll sie an ihrem Putzwahn krepieren! Ich hasse alle Menschen….mich selbst… das Ende soll schnell…Es ist so kalt…mir ist schwindelig…… große Angst vor Schmerzen….will nicht gerettet ……. Jo Bant….

Alfred und Margot starrten sich eine Weile hilflos und schweigend an, bis Margot ihren Kopf an seine Schulter legte. Sie wollte etwas sagen, als ein Anruf kam. Es war der Notarzt:

„Exitus! Die Frau war schon tot, bevor wir das Krankenhaus erreicht haben. Sie starb an einem Kreislaufstillstand. Ein schriftlicher Bericht geht Ihnen morgen zu."

Alfred schwankte zwischen Wut und Mitleid. Endlich bat ihn Margot, die sehr blass war, mit zitternder Stimme:

„Alfred, mir ist schlecht. Bitte fahr mich nach Hause und bleib bis morgen bei mir."